文庫 SF
41〉

人形つかい

ロバート・A・ハインライン
福島正実訳

早川書房

5759

THE PUPPET MASTERS
by
Robert A. Heinlein

Translated by
Masami Fukushima
Published 2024 in Japan by
HAYAKAWA PUBLISHING, INC.
This book is published in Japan by
arrangement with
THE LOTTS AGENCY, LTD.
through JAPAN UNI AGENCY, INC., TOKYO.

人形つかい

1

彼らには本当に知能があるのだろうか？　つまり、彼ら自身の知能が？　ぼくにはわからない。どうすればそれがわかるかも、わからない。

もし彼らが本当に知能をもっていないのなら——ぼくはねがう。知能をもったあんなやつらと争う日には生きていまいと。ぼくにはどっちが負けるかがはっきりわかっているからだ。ぼくだ。きみだ。人類といわれるものの負けだからである。

ぼくにとって、それは、二〇〇七年の七月十二日——早すぎる時刻にはじまった。ぼくの通話器が、頭蓋骨をひっぺがすこと請合いという高周波で鳴りひびいたのがはじまりだった。ぼくの部で使っている通話器は普通のやつじゃない。可聴周波継電器（オーディオ・リレー）が左耳の皮下に外科的に埋没してある——つまり、骨伝導というやつだ。ぼくは身体を探ってみて部屋の向こうの上衣の中に送話器を置いてあったことを思いだした。「わかったよ」とぼくは咆えた。「聞こえたよ。そのうるさい音をとめてくれ」

「緊急連絡」と、耳の中で声がした。「出頭せよ」

ぼくは、おまえの緊急連絡なんてくそくらえだ、といってやった。

「おやじ(オールドマン)のもとに出頭せよ」と、声は執拗に繰り返した。「ただちに出頭せよ」

それなら話がちがう。「承知した」と命令の受領を通告すると、勢いよく起きあがった。あまり急激な運動をしたので眼球に痛みをおぼえた。ぼくは浴室に入り刺戟剤(ジャイロ)を腕に注射してから、振動機(ビブロ)のスイッチをいれて、四肢がばらばらにされるにまかせた。そのうち薬がきいてきて、また身体じゅうがしゃんとなった。ぼくは浴槽から別人のようになって——すくなくとも別人の模型ぐらいになって外へ出、上衣を着た。

ぼくは、マッカーサー駅の手洗いの仕切りの一つをぬけて機関(セクション)のオフィスへ入った。このオフィスは電話帳には載っていない。事実、それはこの世に存在しないのだ。すべては幻影なのである。もう一つ、〈切手と古貨幣〉という看板のかかったちっぽけな壁龕造りの店を通る通路があるが、このルートも、試してみるのはやめたがいい——うっかりすると、偽造切手の黒二ペニイでも売りつけられるだろうから。

いや、どんなルートでも試すのはやめるのだ。ぼくらはこの世に実在しないと、ぼくがいっているではないか。

一国の元首が知りえないことが一つある。すなわち、彼の情報機関がどの程度に有能かということだ。その情報機能が、彼の信頼をうらぎってはじめてそれがわかる。ぼくらの機関(セクション)

ができたのも、そのためである。サスペンダーにバンド、念には念というわけなのだ。国連もぼくらの存在を知らず、ＣＩＡもぼくらについては知らない――と思う。ぼくがぼくら自身について本当に知っているのは、ぼくの受けた訓練と、おやじ(オールドマン)がぼくらに課する仕事のことだけなのだ。仕事は面白い――どこで眠り、何を食い、どのくらい長生きができるかを気にしないかぎりは。まあ、利口だったら、とっくに辞めて、ふつうのサラリーマンにでもなっていただろう。

ただそうなると、もう二度と、おやじ(オールドマン)の下で働けなくなるというのが問題だ。だから話がべつなのだ。

べつに、おやじ(オールドマン)がやさしい上役だからというわけではない。彼はいとも平気な顔で「おいきみたち、このカシノキには肥料が必要なのだ。根元に穴を掘ったから中へとびこめ。わしが土をかけてやる」ぐらいなことはいう男なのだ。

そしてぼくらはそうしただろう。ぼくら捜査官(エージェント)のだれもが。

しかも、おやじ(オールドマン)は、そういうぼくらを生きながら埋めるだろう……もしそれが、彼が育てている自由の木のために、五三パーセントの確率で役にたつと思ったならば。

ぼくが入っていくと彼は、れいの奇怪な笑みで相好を崩しながら、足を引きずり近寄ってきた。大きなつるっぱげの頭と鼻すじの高く通った顔が、彼に、悪魔と〈パンチ・アンド・ジュディー〉のパンチのほうとの混血みたいな印象を与えていた。「よく来た、サム」と彼はいった。

「起こして悪かったな」

　悪かったな、がきいてあきれる！

「休暇中だったんですよ」とぼくはぶっきらぼうに答えた。

「まだ休暇中だよ。わしらはレジャー旅行に出かけるんだ」

　ぼくはボスの〝レジャー旅行〟なるものを信用しなかったから、そうかんたんにこの餌にはとびつかなかった。

「なるほどね。ぼくの名前はサムと。苗氏はなんというんです？」

「キャヴァノウさ。そして、わしは伯父のチャーリーだ。チャールズ・M・キャヴァノウ。隠退の身でな。そこで、おまえの妹のメアリを紹介しよう」

　ぼくも、部屋の中にもう一人だれかいることには気がついていた。だが、おやじ（オールドマン）がそこにいるときは、彼がのぞむかぎり、いっさいの注意力を吸いとられてしまうのだ。ぼくははじめて〝妹〟なるものを眺めた。一度眺めて、もう一度見なおした。それだけの価値は、優にあった。

　なぜおやじ（オールドマン）が、いっしょに仕事をするぼくらを兄妹ということにしてしまったか、その理由はすぐにわかった。そうすれば彼が面倒な目にあわないですむからだ。充分に訓練をうけた捜査官（エージェント）は、ちょうど俳優が意識的に役柄をトチることがないように、けっしてその課せられた役割からハミだすことはない。ということは、この女を、ぼくは妹として扱わなければならないのだ——汚い手だ——ぼくがいままでさんざ受けたなかでもいちばんの！

細くて痩せた身体だが、見た目に悪くない哺乳類。いい脚をして、肩幅は女にしてはやや広い感じだった。焔のように波うつ赤い髪。頭蓋に、ほんものの赤毛のトカゲの骨格だ。女の顔は、美人というよりもととのった顔だった。女はぼくを、まるで牛のアバラ肉でも見るような目で見た。

ぼくは片翼を下げて一旋回したくなった。それが態度に出たのだろう、目ざとく見つけたおやじ(オールドマン)がしずかにいった。

「おいおい、サミイ。おまえの妹はおまえを兄貴として大変に愛しているし、おまえはまた妹を非常に好いているんだ。ただしそれは、きわめて健全でサッパリしていてキナ臭いほど騎士的な、いわばミスタ・アメリカン・ボーイ的な愛しかたなんだぞ」

「そんなひどいんですか?」ぼくは、依然としてぼくの〝妹〟を眺めながらいった。

「それ以上だ」

「ま、しかたがない。こんちは(ハウディ)、妹さん。ご機嫌いかがです」

女は手をつきだした。しっかりした手で、ぼくのと同じくらい力がありそうだった。「こんにちは(ハイ)、兄さん」よく響くコントラルトだった。ぼくにはピタリのいい声だ。おやじ(オールドマン)の畜生め!

「ついでにいっておいてもいいが」とおやじ(オールドマン)はつけくわえた。「おまえは妹を非常に愛してるから、彼女を守るためには喜んで生命も投げだすんだ。それから、これはいいにくいことだがな、サミイ、おまえの〝妹〟は、すくなくとも現在は、わが機関にとって、おまえよりも少しばかり価値が高いのだ」

「わかりましたよ」ぼくは謝意を表した。「ご丁寧なご説明で恐れいります」

「そこで、サミイ――」

「彼女はぼくのお気に入りの妹で、ぼくは彼女をワンワンや変な男どもから守ってやるんでしょ。オーケイ。いつからやるんです？」

「変装（コスメチクス）部に寄っていけ。おまえの新しい顔を用意してある」

「頭ごと新しいのと取り換えましょう。じゃまた、妹くん」

変装（コスメチクス）部の連中もそこまではしなかったが、ぼくの後頭部の皮膚下に個人通信器を埋め、その上から毛髪を植えつけた。それから髪を新しく出来た妹のそれと同じ色合いに染め、皮膚を漂白し、頬骨と顎とにもなにか細工をした。鏡をみると、ぼくは妹なるものとほぼ同じぐらいの赤髪になっている。ぼくはその髪をみながら、いったい生まれつきのぼくの髪の色はどんなだったか、いつごろまでそうだったかを、思いおこそうと試みた。それから、ぼくは、かの妹なるものも、見かけどおりのあの女なのだろうか、と考えた。どっちかといえば、そのほうがよかった。

ぼくが連中の用意してくれた旅行着をつけおわると、だれかが、すでに詰めこんであるジャンプ・バッグを渡してくれた。おやじ（オールドマン）も変装（コスメチクス）部にいたにちがいない。頭はピンクと白の中間の色をしたチリチリのまき毛でおおわれていた。顔にもなにかしたにちがいないが、ぼくには、どこがどうとはっきりはわからなかった。が、いずれにせよぼくら三人は、どこから見ても血縁関係に見えたし、またともども、かのけったいな亜種族——赤毛族に属していることは明らかだった。

「行こう、サミイ」とおやじ（オールドマン）はいった。「車のなかで要領を話す」

ぼくらは、ぼくのまだ知らなかったルートを通って、やがて、ニュー・ブルックリンの上はるかに聳（そび）え、マンハッタン・クレーターを眼下に見おろすノースサイド発進プラットホームの上に出た。

ぼくが車を運転し、そのあいだ、おやじ（オールドマン）が話した。地区のコントロールを出るとすぐ彼は自動操縦装置をアイオワ州デモインに向けてセットするようにと命じた。それから、ぼくは、客室に入って、〝チャーリー伯父さん〟とメアリと同席した。おやじ（オールドマン）はまず、ぼくらの今日までの履歴を教えはじめた。

「というわけで」と彼は結論した。「わしらは目下、楽しい家族旅行の最中というわけなんだ。だからもし途中でなにか特別な事件にでもぶつかったら、まさにそんな連中がするように振舞う——口さがない、無責任な旅行者としてな」

「しかし、問題はなんなのです？」とぼくが訊いた。「それともこの一件では、ぼくらはぶっつけ本番で演ずるのですか？」

「うむ……あるいはな」

「それもけっこう。しかし、死ぬときには、死ぬ理由を心得ているのもいいものですよ。なあメアリ？」

〝メアリ〟は答えなかった。彼女は、女には奇蹟にちかい、言うべきことのないときには喋らないという性質を持ち合わせていたのだ。おやじはぼくを見やった――そしていった。

「サム、おまえは〝空飛ぶ円盤〟のことは聞いているだろう」

「ええ？」

「歴史はならったろう。しっかりせんか」

「ああ……あのことですか？　無秩序時代のはるか以前にあった空飛ぶ円盤さわぎの？　ぼくはまた、あなたのいうのは、もっと最近の、現実のことだと思ったんだ。あれは集団幻覚だったんでしょう」

「そうかな？」

「いや、ぼくは統計異常心理学のほうはあまりやらなかったんですが、あの方程式だけはどうやらおぼえてますよ。あの時代は全体が病的だったんだ。しっかりした正常な人間は、ぎゃくに閉じこめられかねなかったのでしょう」

「現在はそれではノーマルかな？」

「いやいや、そんなことまではいいませんよ」ぼくは心の中を手探りして、求めていた答えを見つけた。「あの方程式を思いだしましたよ。二次高等序列データのためのディグビイ評価整数です。それによると、いわゆる空飛ぶ円盤伝説は、説明のつく誤認のケースをのぞくと、全体の九三・七パーセントまでが妄想だということです。ぼくがこれをおぼえているのは、これが空飛ぶ円盤現象が組織的に蒐集され、調査された最初のケースだったからです。

政府の公式調査ですがね——なぜこんなことをやったのかはわからないが」
おやじ（オールドマン）は慈悲にあふれた表情になった。「驚くなよ、サミィ。われわれはこれから、空飛ぶ円盤を調べにいくんだ。たぶん、土産品をくすねてくることになるかもしれん——いかにも旅行者らしくな」

2

「十七時間と――」おやじ（オールドマン）は、指時計にちらと視線を投げて、つけくわえた。「二十三分前、国籍不明の宇宙船が、アイオワ州グリンネルの近くに着陸した。型式不明――おおむね円盤型をなし、直径およそ百五十フィート。だが――」

「飛跡探査はしなかったのですか？」と、ぼくはおやじ（オールドマン）を遮っていった。

「しなかった」と彼はオウム返しに答えた。「これが、着陸後に宇宙ステーション・ベータ衛星から撮った写真だ」

ぼくはそれをざっと眺めてから、メアリに渡した。それは、五千マイルも遠くから撮影した写真にふさわしくぼやけていた。苔のように見える樹木……写真の、いちばん肝心な部分をおおっている雲……円盤型の宇宙船にも見え、またオイル・タンクか貯水池にも見えないことはない灰色の環状のもの……。

メアリは、写真を返してよこした。ぼくがいった。「キャンプのテントみたいにも見えるな。ほかに、なにかわかっているのですか」

「なにもわかっておらん」

「なにも？　十七時間もたっているのにですか！　捜査官を出さなきゃいけませんな！」

「いや、もう出したのだ。手もとにいたのが二人、呼び寄せたのが四人。その全員が、それきり連絡を絶った。わしは、捜査官を失うのは好かん——とくに、なんの成果もあがらんときはな、サミイ」

ぼくは突然、心の底まで冷たくなった。状況は予想以上に深刻なのだ。だからこそおやじは、機関そのものの損失を覚悟のうえで自己の頭脳をこれに賭ける方法を選んだのだ。というのは——彼自身が機関そのものだったからだ。ぼくは急に身うちが寒くなった。原則として、捜査官は、己が生命を守る義務がある。生きて還って報告するためである。今度の仕事では、生きて還るべき人物はおやじ自身だ。つぎがメアリだ。ぼくは、紙クリップのように使い捨て可ということになる。これは、あまりぞっとしなかった。

「捜査官の一人は、部分的な報告を入れた」と、おやじはつづけた。「ヤジ馬を装って近づいていって、電話で、あれが宇宙船にちがいないといってきたのだ。それから、宇宙船が入口を開きかけたから、もっと近づいて——警察の警戒線を越えて近づいてみる、といった。彼のいった最後の言葉はこうだった——やつらが来ます。ちっぽけな生物です。だいたい——

——と、そこで途切れてしまった」

「小人だというんですか？」

「小さな生物といったのだ」

「状況報告は？」

「いろいろあった。デモインの立体テレビ放送局がスポットを撮るために移動撮影隊を出した。撮影隊が送ってきた写真は、みんなロング・ショットで、空中から撮ったものばかりだった。写真には、円盤型のものが写っているだけだった。それから約二時間ばかりのあいだ、写真もニュースもよこさなかったが――その後、クローズアップの写真と新しいニュースを送ってきた」

おやじ(オールドマン)が口をつぐんだ。ぼくは促した。「それで?」

「あれがインチキだったというんだ。その〝宇宙船〟は金属板とプラスチックでつくったハリコで、農家の若いものが二人で作ったのだそうだ――彼らの家の近くの森に。最初のでたらめ報告は、その若いものをそそのかしたアナウンサーのでっちあげだった――話を作るためにやったもんだというのだ。アナウンサーは馘になった。そして、〝宇宙からの侵略〟最新版は悪どいいたずらだったということになったのだ」

ぼくは身体をよじった。「インチキか――ところが、こっちは六人の男が消えたままだ。ぼくらは彼らを探しにいくのでしょう」

「ちがう。探したところで見つかるまい。わしらは、なぜこの写真の三角測量が――」と彼は、宇宙ステーションから撮った写真をかざした――「ニュースと符合しないのか、それを確かめにいくのだ――そして、デモインの立体テレビ放送局が、なぜしばらくのあいだ沈黙してしまったのかを」

メアリが、はじめて口を開いた。「わたしはその農家の男の子たちに会ってみたいわ」

ぼくは車をグリンネルの五マイルこちら側で接地させ、それから、マクレイン農場を探しはじめた。ニュースでは、いたずらの犯人の名を、ヴィンセントとジョージ・マクレイン兄弟だといっていたのである。農場を探すのはなにも面倒はなかった。道路の二叉道まで来かかると、〈宇宙船はこの道へ〉という、大きな看板が出ていたのだ。すこし行くと、道路の両脇には、空陸両用車、地上車、空陸水兼用車などが、ずらりと駐車していた。マクレイン農場へまがる角には、屋台が二、三軒できて、冷たい飲みものや土産品を売っていた。州警察の警官が一人、交通整理をやっている。

「とめろ」とおやじ（オールドマン）がいった。「面白そうだ、見物していこうや」

「よっしゃ、チャーリー伯父さん」と、ぼくは賛成した。

おやじ（オールドマン）はステッキを振りまわしながら車を降りる。ぼくはメアリの手をとって車から出してやったが、彼女はぼくにすがりついて、腕をぐっと握った。ぼくを見あげて、馬鹿でおとなしやかな娘の役を演じようとしている。「あら、兄さん、りっぱな身体してんのね」

ひっぱたいてやりたくなった。かよわく愛らしい女の子のつもりなのだ。おやじ（オールドマン）の捜査官の一人がだ。まるで、虎ににっこり微笑まれたみたいなものじゃないか。

〝チャーリー伯父〟は、はやくも典型的なヤジ馬ぶりを発揮して、しつこく州警の警官につきまとったり、そのへんの連中をとっつかまえて喋りたてたり、屋台で葉巻を買ったりをはじめた。要するに、休暇で見物にきた、懐具合のいい田舎の馬鹿親爺の役を演じていたのである。彼は振りかえると、葉巻で、州警察の巡査部長を指してみせた。「あの警部さんに聞いたんだが、イカサマなそうだよ——小僧どもの悪どいいたずらなそうな。つまらん。行こうや」

メアリは、がっかりした風を装う。「宇宙船はないの？」

「宇宙船はありますよ、どうしてもあれを宇宙船だと思いたいのなら」警官が答えた。「あの阿呆どものあとについていってみるといい。それからわたしはまだ巡査部長だ。警部じゃない」

ぼくらは牧場を横ぎり、ちいさな森の中へ入っていった。そこにゲートがあって、入るのに一ドル取られるので、たいていの者はそこから引き返してくる。森に通ずる道はほとんど人影もなかった。ぼくは注意ぶかく進んだ。後頭部に、通話器でなく目がほしいところだった。チャーリー伯父と妹とは先に立って歩いていたが、メアリは馬鹿みたいに喋りまくっていた。ここまで来る途中より、もっと若く、背をひくく見せようというつもりらしい。そうするうちに、空地に来た。そこに、〝宇宙船〟があった。

それは、直径百フィート以上もあったが、見たところ、軽金属とプラスチックの板をくっつけて、アルミニウム粉末を吹きかけただけのようだった。形はちょうど、パイ皿を向かい合わせにくっつけたよう。それ以外、はっきりとなんに似ているとはいえなかった。ところがメアリは、金切声をあげて、「んまあ、すごい！」

日焼が地色になってしまったような、色の黒いソバカスだらけの若者が、この怪物のてっぺんのハッチから顔をつきだして、「なかが見たいかね？」と、いった。それには、一人もう五十セントずつかかった。チャーリー伯父がそれを出した。

メアリは、ハッチのところでためらった。ソバカスの若者は、双生児らしいもう一人のソバカスの若者とで、彼女を中へ降ろそうとした。メアリが後しざりした。ぼくはすばやく前に出た。どんなことが起こってもぼくが処理するつもりだった。その理由は九十九パーセントまで職業的なものだった——ぼくは、そのあたり一帯に、ある種の危険の気配を感じていたのである。

「暗いわ」と、メアリが身震いしていった。

「だいじょうぶだよ」と、二人めのソバカスがいった。「おれたちは一日じゅう見物人を案内してたんだ。おれはヴィンク・マクレインだ。入んなよ、あんた」

チャーリー伯父は、用心ぶかいメンドリよろしく、ハッチから中を覗いた。「ヘビがおるかもしれん。メアリ、おまえは入らんほうがええな」

「心配することはないって」一人めのマクレインが、しつこくいった。「だいじょうぶなんだって」

「金はとっとけ」チャーリー伯父が、指をちらと見ていった。「おそくなったわい。もう行こう、おまえたち」

ぼくは、二人の後を追って道を引き返した。そのあいだじゅう、ぼくの神経はびりびりと緊張しつづけだった。

ぼくらは車のところへ戻った。車を走らせはじめると、おやじ（オールドマン）が鋭くいった。「どうだ？何を見た？」

ぼくははっしと切り返した。「最初のリポートには何か疑わしいことがありましたか？れいの途中で途切れたリポートです」

「なにもない」

「あんなものでは、捜査官をごまかせはしませんよ、真暗闇の中でも。あいつは、彼の見た宇宙船じゃない」

「もちろんだ。ほかには？」

「あのにせ宇宙船に、どのくらい費用がかかったと思います？　新品の金属板に新しいペンキだ。それに、ハッチから見ただけでも、あれを支えるのに少なくとも千フィートの材木が使われている」

「それから？」

「マクレイン農場は、全部抵当に入っている。あの連中がやった悪戯だとしても、それだけの費用が払えるはずはない」

「もちろんだ。メアリ、きみはどうだ？」

「彼らがわたしをどう扱ったか、気がついて？」

「だれが？」とぼくは語気あらくいった。

「州警察の巡査部長とあの二人の男の子よ。わたしがセックスのかたまり式のゼスチュアをすれば、かならず何か反応があるはずなのよ。それが、なにもなかったわ」

「連中はそれどころじゃなかったんだ」

ぼくは反対した。

「あなたにはわからないのよ——わたしにはわかる。かならずわかるのよ。あの人たちはどこかが狂ってたわ。中身が死んでたわ、宦官(かんがん)みたいに——わかる、わたしのいう意味？」

「催眠術か？」と、おやじ(オールドマン)が訊いた。

「そうかもしれないし——薬かもしれないわ」といいながら、彼女は眉をひそめた。わけがわからない、といった顔つきだった。

「ふむ……」おやじ(オールドマン)は答えた。「サミイ、つぎの道を左に行け。これから、ここから二マイル南のあるところを調べる」

「写真の三角測量の地点ですね？」

「あたりまえだ」

だが、ぼくらはそこへ着けなかった。第一に着地した空陸両用車の交通規則はべつとしても、まず橋がなくなっていて、そこを跳躍するには、場所がせますぎた。ぼくらは南へ迂回して、ふたたび、唯一の残された道に出た。すると、ハイウェイ・パトロールの警官にストップを命じられた。山火事だから通れないというのだ。これ以上すすめば、消防隊に強制参加させられるかもしれない——いずれにしろ、ぼくは防火帯に行ってもらわなければならないかもしれないと彼はいった。

メアリが、警官にウインクした。とたんに警官は軟化した。彼女は、自分もチャーリー伯父も車の運転ができないと、しゃあしゃあと嘘をついたのだ。

引き返しはじめてから、ぼくは訊いた。「あいつはどうだった？」

「あいつの何が？」

「宦官だったか？」

「とんでもない。男性そのものだったわ」

ぼくは不愉快になった。

おやじ（オールドマン）は、空を飛んでその上を通過しようという提案に拒否権を発動した。なんにもならないというのだった。ぼくらはデモインに向かった。通行税ゲートで車を一時停止させないで、金を払うと、車を市中に乗り入れ、やがて、デモイン立体テレビ放送局のスタジオについた。〝チャーリー伯父〟はふんぞりかえって放送局長のオフィスへ通った。彼は嘘ばかりついた——あるいは、チャールズ・M・キャヴァノウ氏は、じつは連邦通信局の大物だったのかもしれない。

オフィスに入りこんでも、彼は依然大物調をつづけた。「いったい、あのにせ宇宙船のでたらめ放送はどういうつもりですか。はっきり答えてください。返事しだいではこの局の認可を取り消さんともかぎらんのですよ」

局長は撫で肩の小柄な男だったが、そういわれてべつにおじけもせず、ただ戸惑っているといったふうだった。「説明はすべて放送を通じてしたはずです」と彼はいった。「われわれも騙されたのです。あの男はもう解雇しました」

「それでは十分ではありませんな」

小柄な男は——バーンズという名前だった——肩をすくめてみせた。「では、どうすればいいのです？　縛りあげて吊せとでもおっしゃるのですか？」

チャーリー伯父は、葉巻の先を、ぐいと彼につきつけた。「いいかね。わしは、そんな弁解でごまかされはせん。あれだけの悪質な悪戯が、二人の田舎者と、新米アナウンサーだけの力でやれたとは絶対に信じられん。あれには、金がかかっている。そうだ、金がだ。さあ、はっきり答えてもらいましょう、いったいあんたは——」

メアリはバーンズのデスクのすぐそばに坐っていた。彼女は服に細工をしたらしく、そのポーズはぼくにゴヤの〝裸婦〟を思わせた。彼女はおやじ（オールドマン）にむかって、拇指を下にさげてみせた。合図だ。

バーンズがそれに気がつくはずはなかった。彼の注意は、おやじ（オールドマン）に向けられているように見えていたのだ。だが、彼は気がついた。彼はメアリを振りむいた——その顔が、表情を失った。彼はデスクに手をのばした。

「サム！　殺せ！」

おやじ（オールドマン）が怒号した。

ぼくは、バーンズの脚を焼き払った。身体が床にころがった。失敗だった。ぼくはやつの腹を射つつもりだったのだ。

ぼくは踏みこんで、まだもがいている手から、銃を蹴飛ばした。そして、とどめをさそうとした。それだけの火傷を負えば死ぬが、死ぬまでに時間がかかるからだ——そのとたん、おやじ（オールドマン）が鋭く叱咤した。

「そいつに触るな！　メアリ、さがれ！」

おやじ（オールドマン）は、猫が正体のわからないものを調べるときのように、用心ぶかくにじり寄った。バーンズは、長い溜息のような息をはくと、動かなくなった。おやじ（オールドマン）は、死体を、ステッキの先でそっとつついた。

「ボス」ぼくはいった。「引き上げどきじゃありませんか」

おやじ（オールドマン）は振りかえりもせずに答えた。「どこにいても同じことだ。このビルじゅうに、やつらがうようよしているのかもしれんのだから」

「なにがうようよしているんです？」

「なんでわしにわかる？　なにかわからんが、こいつみたいなのがうようよしてるんだ」彼はバーンズの死体を差した。「これが、わしの探していたやつだ」

メアリが、いきなり、恐怖につまったような声をあげた。喘ぎながら、「まだ息をしてるわ！　ほら！」

死体は、うつぶせに倒れていた。上衣の背が、まるで、胸が呼吸しているように盛りあがっていた。おやじ（オールドマン）は、それを見ると、ステッキでそこをつついた。「サム、来い」

ぼくは行った。

「服を脱がせろ。手袋を使え。気をつけてやれよ」

「仕掛け爆弾ですか？」

「だまれ。注意してやれ」

彼は、そのときすでに、真相にちかい第六感を感じていたにちがいない。おやじ（オールドマン）の頭脳には、きっと、最小限の事実から、論理的必然性を組み立てる計算機のようなものが備わっているのだ――ちょうど、博物館のムシがたった一本の骨から、その動物を復元するようにだ。ぼくはまず手袋をはめた。捜査官専用の特殊グローヴだ。これをはめていれば、煮えくりかえる酸をかきまわすこともできれば、真の闇の中で、貨幣の裏表を探りあてることもできるのである。グローヴをはめると、ぼくはバーンズの身体をひっくりかえして、服を脱がせにかかった。

背中はまだ上下に動いていた。不気味な感じだった。みょうに不自然なのだ。ぼくは、両肩の骨のあいだに掌をあてた。

男の背というものは、筋肉と骨でできているものだ。それが、みょうに柔らかくて、波うっているのだ。ぼくははっと手を引いた。

一言もいわずに、メアリが、バーンズのデスクから鋏をとって渡してくれた。ぼくはそれを受けとって、上衣を切り裂いていった。上衣の下に、死体はうすいシャツを着ていた。そのシャツと皮膚とのあいだ、首から背中のまんなかあたりへかけて、何か、肉でないものがくっついていた――厚みが二、三インチあって、そのため死体は、撫で肩に……でなければ、猫背に見えたのだ。

それが、脈搏（みゃくう）っていたのである。

見まもるうちに、それは背中からゆっくりと這いおり、われわれから遠ざかろうとした。

ぼくは手をのばしてシャツをめくろうとした。と、ぼくの手は、おやじ（オールドマン）のステッキで荒っぽく押しのけられた。「いたいな……」とぼくはいって、拳の甲をこすった。

おやじ（オールドマン）は答えず、そのかわりステッキを男のシャツの下に突っこんで、ぐいと持ちあげた。

い、

それが現われた。

灰色がかった半透明にちかい物体で、中を黒っぽい筋のような組織が走っている。はっきりした形状はない――が、明らかに生きているのだ。ぼくらが見まもるうちに、それはバーンズの腕の胸とのあいだのすき間に這いおりてきて、そこにうずくまるようにとまった。先へ進めなくなったからだ。

「可哀そうなやつだ」と、おやじ（オールドマン）が、柔らかい声音でいった。

「なにが……あれが？」

「ちがう――バーンズがだ。この件がすんだら、彼に紫十字章（パープル・ハート）をもらってやることを、わしに思い出させてくれ。もし終ったらだが……」おやじ（オールドマン）は上体をのばして、部屋の中を行ったり来たり歩きはじめた。まるで、バーンズの腕の関節ちかくにうずくまっているもののことは、すっかり忘れてしまったようだった。

ぼくは身をひいて、銃をかまえたまま、そいつを見まもった。そいつは、敏速な動きも飛ぶこともできなかったが、なにができるかは、知れたものではなかった。メアリが近寄ってきて、肩をぼくのそれに触れ合わせた。人肌恋しくなったような仕種だった。ぼくはあいたほうの腕を彼女の腰にまわした。

サイド・テーブルの上に、ステレオ・テープ用の罐が積んであった。おやじ(オールドマン)はその一つを取りあげると、リールを出し、あいた罐を持ってぼくらのところへ戻ってきた。

「これでよかろう」

彼は罐を床の上のそのもののそばに置くと、ステッキでそいつをつつきだした。そいつを怒らせて、罐の中へ這いずりこませようというのだ。

だが、そうは問屋がおろさない。それは、ジリジリと後しざりして、とうとう、ほとんど完全に死体の下へもぐってしまった。ぼくはバーンズのもう一方の腕を摑み、死体をひっくりかえした。そいつは、ちょっとしがみついていたが、やがてぽとりと床に落ちた。チャーリー伯父御のご命令によって、ぼくとメアリは、銃の出力を最低にして、そいつの近くの床を焼き、じりじりと罐の中へ追いこんでいった。ついに、ぼくらはそいつを仕とめた。そいつは罐にぴったりだった。ぼくは、いそいで蓋をしめた。

おやじ(オールドマン)は、罐を小脇にかかえた。「ご帰還にあいなろう、おまえたち」

部屋を出がけに、彼はドアのところでとまると、別れの挨拶をし、それからドアを閉めて、バーンズの秘書のデスクの前で足をとめた。「明日またバーンズ氏に会いにきますぞ」と、彼はいった。「いや、約束はよい。こっちから電話をしましょう」

外へ出て、ぼくらはゆっくりと歩きだした。おやじ（オールドマン）は小脇にあいつの詰まった罐をかかえ、ぼくは両の耳をピンと立てて警戒していた。メアリは一人でぶつぶつとわけのわからないことを喋って、馬鹿な娘の役を演じていた。おやじ（オールドマン）は、ロビーでも立ちどまって、葉巻を買ったり、道を訊いたり、ひとりよがりなうるさい好人物のふりをやってみせさえした。

車に乗りこむと、彼は行き先を命じ、あまり早く走りすぎるな、と警告した。行き先は、あるガレージだった。おやじ（オールドマン）は支配人を呼んで、「マローンさんがこの車をほしいといっている——今すぐにだ」といった。この暗号は、ぼく自身も前に使ったことがあった。二十分以内に、この車は、修繕工場の部品棚に名もないスペアの部品として残る以外、完全に姿を消してしまうのだった。

支配人はぼくたちを眺めやると、しずかにいった。「そのドアを通っていってください」そして、そこにいた二人の修理工を外にやった。ぼくらは、そのドアに飛びこんだ。

ぼくらは、年輩の夫婦もののアパートについた。そこで、ぼくらはブルネットになりおやじ（オールドマン）はもとの禿頭をとりもどした。ぼくは口髭をつけた。メアリは、前に赤髪だったのとおなじくらい、つやつやしい黒髪に変った。キャヴァノウ一族は消え去り、メアリは看護婦の服をつけ、ぼくは運転手になりすました。そのあいだに、おやじ（オールドマン）は、ぼくらの年寄りの患者に化けた。ショールから癇癖までぜんぶそろっている病人だった。

車が一台、ぼくらを待っていた。もどる途中の車の中は何事もなかった。その気なら赤毛のキャヴァノウ一族で通せそうだった。テレビは、ずっとデモインに合わせておいた。が、警察はバーンズ氏を発見していたかもしれないが、報道機関はまだそれを嗅ぎつけてはいないようだった。

ぼくらはおやじ（オールドマン）のオフィスに直行し、ついてすぐ、罐をあけた。おやじ（オールドマン）は、機関の生物学研究室の主任のグレーヴズ博士を呼びにやった。仕事は手動式の器具で行なわれた。だが、ぼくらに必要だったのは、ガス・マスクであって、手動式の器具ではなかったのだ。腐敗した有機物の悪臭が、たちまち部屋じゅうを満たした。ぼくたちは、あわてて蓋をしめ、換気装置の出力をあげた。グレーヴズ博士が、鼻柱に皺をよせた。

「いったい、これはなんだね？」

彼は叫んだ。

おやじ（オールドマン）は、ひくく悪態をついた。「それを発見するのがあんたの役目だ」と彼はいった。「防護服を着て、殺菌室の中で調べるんだ。そいつが死んでいると考えちゃいかんぞ」

「こいつが生きてたら、お目にかかりたいぐらいのものだ」

「たぶん、そのとおりだろうが、油断をしてはならん。それは一種の寄生虫なのだ。人間のような宿主（ホスト）にとりつく能力を持っていて、その人間を自分の思うままにする。そいつが、地球外の生物で、地球型生物とちがう新陳代謝を持っていることは、ほぼ確実だ」

研究室の主任は鼻を鳴らした。「地球外の寄生虫が地球生物にとりつく？　そんな馬鹿な！　生体の化学的構造が、ぜんぜん合わんでしょう」

おやじ（オールドマン）は唸った。「あんたの学説なんか聞きたくはない。わしらがそれをつかまえたときは、そいつはある男にとりついていたんだ。だから、これが地球上の有機物だというのなら、何類の何目に属するのか、こいつの仲間がどこにいるのかを突きとめてもらいたいのだ。あわてて結論に飛びつくんじゃないぞ。わしは事実がほしいのだ」

生物学者は硬化した。「いいとも、お目にかけよう！」

「すぐやれ。念のためいっておくが、そいつが死んでいると仮定するような馬鹿なことはくれぐれもするな。このけっこうな香りは、あるいは、やつの防御用の武器かもしれん。そいつは、もし生きていれば、想像もできないほど危険な相手なのだ。もしそいつが研究室の研究員にとりついたら、その男は、まずまちがいなく殺してしまわなければならんのだから」

所長は、やや毒気を抜かれたかたちで、部屋を出ていった。

おやじ（オールドマン）は椅子にどっかり腰を落し、嘆息をついて、両眼を閉じた。五分ほど経って眼をひらくと、彼はいった。

「あの程度の大きさのカラシ膏薬が、今日見たにせの宇宙船と同じくらいの宇宙船で、どのくらいやって来たと思う？」

「宇宙船は来たでしょうかね？」と、ぼくはいった。「証拠は薄弱だな」

「薄弱だが、論議の余地はない。宇宙船が来たのだ。今もどこかにいるのだ」

「では、その位置を確認してくるべきでしたね」

「位置は、わしらが最後に見たところだったのかもしれない。ほかの六人は、馬鹿ではなかったのだぞ。質問に答えろ」

「宇宙船の大きさは、かならずしも負荷重(ペイロード)を意味しません。その宇宙船の推進方法も、飛行距離も、乗員に何が必要かもわかっていないのですからね。縄の長さはどれくらいか？　推測でいいのなら、数百とも——あるいは数千ともいえるでしょう」

「ふむ……そうだな。すると、今夜、このアイオワには、おそらく数千人の怪物どもがいることになる。メアリにいわせれば、宦官がな」彼はちょっと考えこんだ。「だが、どうしたら彼らの間を抜けて後宮まで行けるかな？　まさか、アイオワじゅうの撫で肩の男を射ち殺してあるくわけにもいかん。たちまち大騒動になるだろう」彼はかすかに笑った。

「もう一つ質問をします」と、ぼくがいった。「もし昨日アイオワ州に宇宙船が一隻おりたのなら、明日は、ノース・ダコタ州や、あるいはブラジルにどのくらい着陸するでしょう？」

「そうだ」彼は、いっそう暗い表情になった。「おまえの縄の長さを教えてやろうか」

「え？」

「おまえの首を絞めるだけはある。きみらは、楽しんでこい。またの機会はないかもしれない。オフィスは離れるなよ」

ぼくは変装部(コスメチクス)へ行って、もとの肌の色とぼく自身の正常な容貌をとりもどし、風呂をあびマッサージを受けてから、酒と飲み仲間とを見つけようと機関員専用のラウンジへ行った。

ぼくは部屋を見まわした。金髪か、ブルネットか、赤髪かは決めていなかったが、射撃目標に事欠かないことだけはたしかだった。

　赤髪にした。メアリがボックスに坐って、酒を飲んでいた。最初あったときと、ほとんどそっくりに見えた。

「やあ、メアリ」

　ぼくはいって、彼女の隣りにすべりこんだ。

　彼女は微笑を返して、「まあ、兄さん、お坐りなさい」といいながら、ぼくに席をあけてくれた。

　ぼくはバーボン・ウイスキーと水をダイヤルしてから、いった。

「それはきみの本当の姿かい？」

　メアリは首を振った。

「とんでもない。ほんとは、縞馬のような縞があって、頭は二つなのよ。あなたは？」

「おふくろが、枕でぼくの息の根を止めちまったんでね、ついぞ、本当の姿なんていうのを知る機会にめぐまれずさ」

　メアリは、また、ぼくを頭から爪先まで、まるで上等の牛肉を買うときのような念の入れかたで見つめると、「お母さんの気持はわかるような気がするわ。でも、わたしは、お母さんよりずっとタフなのよ。あなたは、それでけっこうイカスわ、兄さん」

「ありがとう」ぼくは答えた。「ところでその、兄さんづき合いは、そろそろやめようじゃないか。抑制感(インヒビション)が出てきていけない」

「……あなたには、抑制感(インヒビション)が必要なんじゃない」

「ぼくに？　冗談じゃない、ぼくは暴力はぜんぜんだめなんだよ。ぼくはイエスマン型なんだ」ついでにこうつけくわえてもよかったのだ——もしきみに手を出して、きみがいやだといったら、あっさり手を引くつもりだよ、と。おやじ(オールドマン)の息のかかった連中は、絶対に〝弱きもの〟でないことは確かだからだ。

　メアリは微笑んだ。

「そうなの……でも、わたしのほうは、イエスじゃないわよ——今夜は」彼女はグラスを置いた。「それを飲んでしまって、もう一杯注文して」

　ぼくらは飲んで、注文し、そのままそこに坐っていた。穏やかで気持がよかった。ぼくらの職業では、こんな時は、そうざらにはない。それだけに、いっそうこんな時が楽しく思えるのだ。

　そうして坐っているうちに、ぼくは、メアリが、煖炉の前で差し向かいに坐っていたらどんなにかよく見えるだろう、と思いはじめていた。職業が職業だけに、ぼくは、結婚ということを真剣に考えたことは一度もなかった。それに、女の子は、結局のところ女の子にすぎない、のぼせるにはあたらないと、思ってきたのだった。しかし、メアリは、捜査官なのだ。彼女にむかって話すのは、山にむかって怒鳴って、返ってくるこだまを聞くのとはわけがちがうだろう。ぼくは突然、自分が、ひどく長い、長いあいだ孤独に生きてきたことを、痛切に感じていた。

「メアリ……」

「なに？」

「きみは結婚しているの？」

「え？　なぜ聞くの？　実際のはなし、結婚なんかしてはいないけど。それがあなたとなんの関係が――いいえ、つまり、それがどうしたというの？」

「関係があるかもしれないさ」と、ぼくはいった。

メアリは頭を振った。

「まじめだよ」と、ぼくはいいつづけた。「ぼくを見てくれ。両手両足はちゃんとあるし、若いし、家に泥靴で入りこむ癖もない。ぼく以下のやつにぶつからないとはいえないんだぜ」

メアリは笑ったが、親しげな笑いだった。

「あなただって、もっといい線にあたってみることはできたわけだわ。それとも、今までのはみんな一時の気紛れだったのかな」

「そうさ」

「だからって、気紛れじゃ悪いとはいわないわ、わたしは。いい、狼さん、その手はだめよ。でも、だれかに振られたからといって、すぐ頭にきて契約を持ちだすという手はないわ。わるい女なら、それをいいことに、あなたを縛らないものでもないわよ」

「本気なんだ」とぼくはじれていった。

「あら。給料はいくらなの？」

「そんなきれいな眼をしてるくせに！　しかし、きみがそんなタイプの契約が望みなら、それでもいい。きみの給料はそっくりそっちへ取っておいて、ぼくのを半分渡そう――きみが辞めたくない場合だがね」

　メアリはまたかぶりを振った。

「そんなお金ずくの契約は、わたししたくないわ――結婚するつもりの人とはね」

「ぼくもそう思ったよ」

「わたしはただ、あなた自身がちっとも真剣じゃないということを認めさせてあげようと思ったのよ」彼女はふと言葉をとぎらせてぼくを見やった。「でも、あるいは、真剣なのかもしれないわね」ひどく穏やかな、柔らかい口調でつけくわえた。

「真剣だよ」

　彼女はまた首を振った。「捜査官は結婚なんてすべきじゃないわ」

「捜査官は、捜査官以外のものとは、結婚すべきじゃないんだ」

　彼女は何か答えようとしたが、ふいに口を閉ざした。ぼくの通話器が、耳の中で話しかけていた。おやじ（オールドマン）の声だった。そしてぼくは、メアリも同じ声を聞いていることを覚った。

「オフィスへ来い」と、おやじ（オールドマン）はいっていた。

　ぼくらは、何もいわずに立ちあがった。ドアのところで、メアリはぼくを止めると、目の中を覗きこむようにした。「これだから、結婚のことなんて、馬鹿馬鹿しくて話にならないのよ。わたしたちは、この仕事をやりとおさなきゃならないのよ。いつでも、わたしたちの話すのは仕事のこと。あなたの考えるのも仕事のこと。わたしだってそうだわ」

「ぼくはちがうね」

「ふざけるのはよして！　サム、かりにあなたが結婚したとして、朝、目が覚めてみたら奥さんの肩にあれが一匹のっかっていて、奥さんにとりついていたと考えてごらんなさい――――」目に恐怖の色を浮かべながら、彼女はつづけた。「でなければ、わたしがあなたの肩にあれを見つけたら――」

「それでも賭けるさ。それに第一、ぼくはきみにあんなのをとっつかせやしない」

メアリはぼくの頬を指でつついた。「あなたなら、とっつかせないわね、きっと」

ぼくたちは、おやじ（オールドマン）のオフィスへ入っていった。

おやじ（オールドマン）はぼくらを見あげると、とたんにいった。「行こう。出かけるんだ」

「どこへ？」と、ぼくは答えた。「それとも、それは極秘ですか？」

「ホワイト・ハウスだ。大統領と会うんだ。だまれ」

ぼくは口を閉じた。

3

山火事でも、あるいは疫病の流行でも、すくなくとも最初のうちには、方法さえ正しければ最小限の行動でもそれを制御し制圧することができる。大統領が必要としていたことを、おやじ(オールドマン)はすでに考えだしていた——まず国家非常事態宣言を発令し、デモイン地区を封鎖して、脱出しようと試みるものは誰彼の区別なく射殺する。それから、一人ずつ、寄生虫の有無を調べて外へ出すのだ。一方、レーダー・スクリーンとミサイル部隊と宇宙ステーション網とを動員して、新しく着陸しようとする宇宙船を発見し、撃滅するのだ。

諸外国に警告を発し、その協力を求める——ただし、国際法などにかかずらわることはしない。これは、外宇宙からの侵略者に対する、人類の運命を賭けた戦いだからだ。彼らがどこから来たか——火星か、金星か、木星の衛星のどれかか、それとも太陽系以外のところからか——そんなことは問題ではない。侵略を撃退することだけが問題なのだ。

おやじ(オールドマン)の独得の才能は、どんなに馴染みのない、信ずべからざることでも、ごくありふれたこと同様に容易にかつ論理的に理解する能力を持っていることだ。たいしたことはない、と思うか？　しかしたいていの人間は、あまりに基礎的な信念とあいはんする事実に直面すると、立往生してしまうのが普通だ。「そんな馬鹿なことが！」文化人も、非文化人も、一様にそういうにきまっているのだ。

だが、おやじ（オールドマン）はちがう。しかも、彼は大統領の信任が厚かったのだ。

シークレット・サーヴィスの護衛が、さまざまな方法でぼくらを調べた。X線ブザーが鳴って、ぼくは熱線銃を取りあげられた。メアリは、さながら歩く武器庫だったことがわかった。ブザーは四回鳴り一回しゃっくりをした。税金の領収書だって、隠しおおすことはできなかったにちがいない。おやじ（オールドマン）はいわれる前にステッキを渡した。

カプセル受信器も、X線と金属発見器で見つかったが、護衛たちは外科手術の道具を持っていなかった。彼らは急いで相談したが、護衛の主任が、身体に埋めこまれたものは武器と見なす必要はなかろうと判断した。彼らはぼくらの指紋をとり、網膜写真を撮ってから待合室に案内した。おやじ（オールドマン）だけが、一人で大統領に会うために連れていかれた。

しばらくして、われわれも中へ通された。おやじ（オールドマン）がぼくらを紹介し、ぼくはどもりながら挨拶した。メアリはただ頭を下げただけだった。大統領はわれわれに会えて嬉しい、といい、立体テレビで見馴れたあの微笑を浮かべた——それを見ると、彼が、ぼくらに会って本当に嬉しく思っているのだ、という気になった。ぼくはほっとして、ぎごちない気分から解放された。

おやじ（オールドマン）は、ぼくに、今度の任務についてからぼくのしたこと、見たこと、聞いたことを洗いざらい報告するようにと命じた。話がバーンズを殺した部分に来たとき、ぼくはおやじの目の色を見ようとした——が、そこにはなんの色も浮かんでいなかった。そこでぼくはおやじが殺せと命じた部分をカットし、同僚を——つまりメアリを守るために、銃に手をのばしたバーンズを射たなければならなかったことを強調した。おやじがぼくを遮った。

「報告は完全にしろ」

そこでぼくは、おやじが射殺しろと命じたことを補った。大統領はおやじにちらと視線を投げたが、それが彼の見せた唯一の表情らしきものだった。ついでぼくは寄生虫のことから現在にいたるまで話は進んだ。だれもやめろとはいわなかったからだ。今度はメアリの番だった。彼女は、いいにくそうにしながらでも、ふつうの男からは期待できる反応が、マクレイン兄弟や州警察の巡査部長、そしてバーンズからは得られなかったことを説明した。大統領は温かに微笑して、助け船をだした。

「お嬢さん、わかりますよ、よく」

メアリは赤くなった。大統領は彼女が話しおえるまで重々しく聴いていたが、終ってからも数分のあいだ黙って坐っていた。やがて彼はおやじにむかっていった。「アンドリュー、きみの機関はいままでかけがえのないものだった。きみの報告は、何回か、歴史的な危機に際して、バランスを回復してくれたものだ」

おやじは鼻を鳴らした。「ということは、つまり、ノオですな？」

「そうはいっていない」

「いおうとしているんだ」

大統領は肩をすくめた。「わたしは、この若い人たちにさがってもらおうと思っていたのだ。アンドリュー、きみは天才だ。だが、天才といえども間違いをおかすことはある」

「いいかね、トム、わしもそんな返事を聞かされるのではないかと思っていた。だからこそ、こうして目撃者を連れてきたのだ。この二人は、薬をうたれてもいなければ、命令されて喋ったのでもない。心理学班(サイキ・クルー)の連中を呼んで、彼らの話を調べてみたまえ」

大統領はかぶりを振った。「きみは、そうしたことにかけては、わたしが連れてこれる誰よりも達者ではないか。たとえばこの若者だ——彼は、きみを守るためには、喜んで殺人罪をかぶるつもりだった。きみは忠誠心をふきこむ力を持っているのだ、アンドリュー。こちらの娘さんの話については——すまんがアンドリュー、わたしは、女の勘を信じて、戦争騒ぎをはじめる気にはならないね」

メアリは一歩前に出た。「大統領閣下(ミスター・プレジデント)」彼女はおそろしくきまじめな声音でいいだした。「わたくしにはわかるのです。いつでもわかるのです。なぜわかるのか、説明はできませんけれど……でも、彼らは、正常な男性ではなかったのです」

「あんたは、きわめて明白な説明のあるのを忘れている——つまり、彼らが、実際にその——宦官であったかもしれぬということだ。失礼、お嬢さん。世の中には、つねにそうした不幸な人がいるものなのだ。偶然の法則で、あなたは今日一日でそうした人間に四人出会ったということなのだ」

メアリは口をつぐんだ。が、おやじ（オールドマン）は黙らなかった。「馬鹿いうな、トム――」ぼくは震えあがった。大統領に対して、そんな口のききかたってあるもんじゃない。「――わしは、あんたが上院の調査委員長だった時分から知っておるし、わしはあんたの調査機関の長だった。あんたは、わしが、もしこのとてつもない話に、べつの説明のしようさえあれば、あんたのところまで持ちこんだりせんことはよく知っているはずだ。あの宇宙船のことはどうだ？　宇宙船の中に何がいた？　いったいなぜ、わしは、あれが着陸した地点にも行きつけなかったのだ？」彼は宇宙ステーション・ベータ衛星が撮影した写真をとりだして、それを大統領の鼻先につきつけた。

　大統領はびくともしなかった。「事実だよ。アンドリュー、事実だ。きみも、わたしも、事実を何よりも尊重する。だが、わたしには、きみらの機関以外にも、情報源がある。たとえばこの写真にしてもだ。きみは電話してきたとき、この点を重視した――郡裁判所に登記されているマクレイン農場の土地境界線は、この写真の物体の、三角測量経緯度と一致しているとな」大統領は顔をあげた。「わたしは、自分の家の近所で道に迷ったことがある。しかもそこは、きみの家の近所ではなかったのだ……アンドリュー」

「おい、トム……」

「なんだね？」

「あんたは、まさか、自分で出ていって裁判所の地図を調べたわけではないだろうな？」

「もちろん、ちがう」

「ありがたい——でもなければ、あんたは今頃、息をするタピオカみたいなやつの三ポンドも、その肩の上に載せていたかもしれないのだ——アメリカ万歳！　いいかね、郡の裁判所の書記も、どんな情報部の捜査官が派遣されたとしても、その連中は、いまのこの瞬間にも、やつらにとりつかれているんだ。そうとも、それに、デモインの警察署長も、あの地方の新聞社の連中も、特派員も、警官も——この事件の鍵になる連中ぜんぶがだ。トム、わしは、わしらの戦おうとしている相手が何者かを知らぬ——だが、やつらのほうではわしらが何者かを知っている。ほんもののニュースが帰ってくる前に、社会組織の神経細胞をたたきつぶそうとしているのだ。でなければ、真相の上ににせ情報をかぶせている——バーンズにしたのと同じ方法で。大統領閣下、あんたは、いますぐ、あの地区に強硬な隔離命令を下さなけりゃならん。それ以外に、希望はないのだ！」

「バーンズか」大統領は、穏やかに繰り返した。「アンドリュー、わたしは、できるならこんなことはしたくなかったのだが……」彼はデスクの上のスイッチに触れた。「WDES、デモインの立体テレビ放送局をだしてくれ。局長室をたのむ」

待つ間もなく、デスクの上のスクリーンが明るくなった。彼がもう一つのスイッチに触れると、壁面のディスプレー装置が明るくなった。三時間前までぼくらのいた部屋がそこに映った。

いや——スクリーンのほとんどを占めている一人の男越しに、部屋を見たのだ。その男は、バーンズだった。

さもなければ、彼の双生児だ。人を殺したら、そのあとも死んでいるものと思うのはあたりまえだろう。ぼくは震えあがった——が、まだぼくは自分を信じた。ぼくの熱線銃を信じた。

バーンズがいった。「わたくしにご用でしょうか、大統領閣下?」大統領からじかに呼ばれた光栄に感激しているという調子だった。

「いや、ご苦労。バーンズさん、あなたはこの人たちを知っているかな?」

彼は驚いたような顔をした。「存じ上げないようですが……知っているはずなのですか?」

おやじ(オールドマン)が割って入った。「局の連中を呼ばせなさい」

大統領はみょうな顔をしたが、その言葉に従った。部下たちが、ぞろぞろと入ってきた。ほとんどは女で、そのなかに、見覚えのあるドアのそばのデスクにいた女秘書の顔もあった。一人が、甲高い声で「まあ! 大統領よ!」といった。

彼らの一人として、われわれに見覚えがあるというものはなかった。おやじ(オールドマン)とぼくについては、それも不思議はなかったが、メアリの場合はあんな派手な恰好をしていたのだし、それに、彼女の顔は、一度でも会った女ならけっして忘れられず心に焼きつくはずのものだったのだ。

だが、一つだけ、共通のことにぼくは気づいた——彼らは、一人のこらず、猫背だったのである。

大統領はわれわれを解放した。彼はおやじ(オールドマン)の肩に手をかけた。「まじめな話だ。アンドリュー、合衆国はそう簡単にまいりはしない。十分慎重に考えているんだ」

十分後、われわれはロック・クリーク公園のプラットホームに立って風に吹かれていた。おやじ(オールドマン)はしなびて老人くさく見えた。

「どうします、ボス」

「え? うむ。きみら二人には何もない。二人とも呼ばれるまで休暇をとっていい」

「ぼくは、もう一度バーンズのオフィスに行ってみたいんですが」

「アイオワからは離れていろ。命令だ」

「ええ……あなたは何をするんですか……聞いてもよければ教えてください」

「フロリダに行って日光浴をしながら世界が地獄へ落ちるのを待つさ。おまえも分別があればそうするところだろう。もう時間はあまりないからな」

おやじ(オールドマン)は肩を聳(そび)やかすと、どすどすと足を踏みならして行ってしまった。ぼくはメアリに声をかけようと振りかえったが、彼女もいなかった。見まわしたが見つからない。ぼくは駆け足でおやじ(オールドマン)に追いついた。「すみませんが、ボス。メアリはどこへ行ったんでしょうか」

「ええ? 休暇にきまっているじゃないか。うるさいことをいってくるな」

ぼくは機関の回路を使って彼女に連絡をとろうかと考えたが、気がつくと、彼女の本名も、暗号名も、認識番号も知らないのだ。彼女の様子をいって、一押ししてみようかとも思ったが、もちろんこれはバカげた考えだった。変装部の記録係だけが、捜査官のもとの容貌を知っている。そして彼らは絶対に機密を明らかにしない。ぼくの知っていることは、彼女が二度赤髪で現われたというだけなのだ。そして、ぼくの趣味でいえば、彼女こそ〝男を争わせる〟タイプの女だった。そんなことを、電話でいえるだろうか？

ぼくは、あきらめて、その晩とまる宿をさがした。

4

ぼくは夕暮に目覚めて外を見やった。首都は夜のために息づきはじめていた。河が幅広い帯のように記念碑のそばを流れ下っていた。上流で蛍光物質を流すので、河はバラ色に、オパールに、またエメラルド色に、輝く火の色に燃えながら、その大きなカーヴをきわだたせていた。貸しボートがその色彩を縫って動きまわっていたが、それぞれのボートでは、恋人同士が他愛なく楽しんでいるにちがいなかった。

陸上のあちこちには、ほかのビル群にまじって、バブル・ドームが光っていて、この都市に、お伽の国のような雰囲気を与えていた。かつて水爆の落ちた東側には古いビルは一つもなく、その地区一帯は、中に明かりをともした巨大な色つき卵をつめたイースターの卵かごを思わせた。

ぼくは夜の首都を、ほかの人よりはよけいに見ていたが、いつもとくにどうと思ったことはなかった。だが、この夜にかぎっては、あの「最後のあい乗り」（ロバート・ブラウニングの同名の詩）的な気持になった。ぼくの胸を絞めつけたのは、この街の美しさではなかった。そうではなく、その温かい灯火の下に、生きた、個性を持った人々がいるという意識だった。彼らは法に従って生き行動し、愛しあい喧嘩しあい——どっちでもお好みしだいだが——その他ありとあらゆる自分のしたいことをしているが、みな、世にいわゆる「めいめいのブドウ蔓とイチジクの木の下」で、誰にもおびやかされずに生きているのだった。

ぼくは、その、心優しい、親切な人々が——めいめいの首筋に灰色のナメクジをからみつかせて、手足をひきつらせ、ナメクジどもの命ずるままにものをいい、ナメクジどもの行けというところへ行く姿を想像してみた。

ぼくは自らに厳粛に誓った。もしあの寄生虫どもに負けたときは、やつらにとりつかれる前にかならず死のう。秘密捜査官(エージェント)にとって、死ぬことはごく簡単だった。爪を噛みさえすればいいのだ。もし、両手がもがれている場合には、いくらでもほかに方法がある。おやじ(オールドマン)はありとあらゆる職業上の必要を満たしておいてくれたのだ。

だが、おやじ(オールドマン)は、そんな目的のために準備をしたのではない。ぼくだってそれは知っていた。あの明かりの下にいる市民たちの安全を守ることが——危機が迫ったとき逃げだしたりしないことが、おやじ(オールドマン)の仕事であり、ぼく自身の仕事でもあるのだ。

ぼくは窓から目をはなした。いま、何をするにも、することはないのだ。ぼくにいま必要なのは話相手だ、と思った。部屋には、〝エスコート会社〟や〝モデル・クラブ〟のカタログが揃っていた。大きなホテルならば、どこにでもあるやつだ。ぼくはぱらぱらとページをめくってみて、ぴしゃりと閉じた。ぼくがほしいのは商売女ではない。特定のある女——握手するのと同じくらいすばやく銃の射てる女だった。それなのに、ぼくには、彼女の居場所の見当もつかないのだ。

　ぼくはいつでも〝翔時剤（テンプス）〟を持って歩く。人間はいつ神経にショックを与えて窮境をのりこえなければならなくなるか、わからないからである。宣伝ではいろいろ恐ろしげなことをいっているが、この翔時剤（テンプス）には、ハシッシュのような習慣性はまったくないのだ。

　とはいえ、潔癖な人は、ぼくが中毒症状を呈しているというかもしれない。ぼくは二十四時間の休暇を一週間と感じるために、ちょいちょいこれを使ったからだ。ぼくは、この錠剤がひきおこす、あの穏やかな陶酔感が好きだった。だが、本質的にはこの薬は、十ないしそれ以上の要因（ファクター）から、人間の主観時間をひきのばすにすぎない――時間を、うすい薄片に切り刻み、時計や暦の物理的時間を、ずっと長く経験させてくれるだけなのだ。この錠剤を使いすぎて、一ヵ月のあいだに老衰して死んでしまったという恐ろしい例もある。だがぼくの場合は、ほんのときどき、飲むだけだった。

　おそらく、その男の考えも間違ってはいなかったのかもしれない。彼は長い幸福な生涯を生き――幸福だったろうことだけはたしかだ――そして、幸福に死んでいったのだ。太陽がわずか三十回あがっただけだということになんの意味がある？　誰がスコアをつけているというのだ？　どんなルールがあるというのだ？

　ぼくはそこに坐ったまま、錠剤の入ったチューブを見つめて、これだけあれば、すくなくとも〝二年間〟は跳躍（ホップ）できるな、と考えていた。ベッドにもぐりこんで、あとはこいつに委せればいい……。

ぼくは二錠とりだして、水をコップについだ。それから、錠剤をチューブにもどし、銃と送話器を身につけると、ホテルを出て議会図書館にむかった。

途中で、バーに寄り、ニュースキャストに目を通した。アイオワからのニュースは何もなかった。だが、アイオワからニュースが入ってくるわけはなかったのだ。

図書館につくと、ぼくは目録室に行き、走査鏡をつけて、カードを走査(スキャン)しはじめた。〝空飛ぶソーサー〟から〝空飛ぶ円盤〟、〝ソーサー作戦〟から〝空の怪光〟、〝火球〟〝生命宇宙伝播説〟そのほか二ダースものえたいの知れない読物類があった。どれがぼくの求めるほんものの鉱石かを決めるためには、ガイガー・カウンターがほしいところだった。とくに、ぼくの求めるものが〝イソップ寓話〟と〝失われた大陸〟伝説のあいだを区分けする語義学的キー・ワードだったからなおさらだった。

にもかかわらず、一時間ばかりのあいだに、ぼくは、必要なカードをいくらかは見つけだした。ぼくはそれをデスクのところにいるヴェスタの処女に渡して、処理機にかけてくれるのを待った。しばらくすると彼女がいった。「このフィルムはほとんど借出中です。それ以外のものは、9A閲覧室にまわしておきます。エスカレーターでどうぞ」

9A閲覧室には先客があった。顔をあげると、ぼくを見て、いった。「あら、狼さんじきじきのお出ましね。どうしてわたしの居場所がわかったの？　みごとまいちゃったと思ってたのに」

「やあ、メアリ」

「さようなら。ミス・バーキスはまだその《よろこんでといぅ》気になってないし、仕事もあるのよ」

ぼくはむかっとした。「おい、この憎たらしいうぬぼれ屋、よく聴けよ。おかしく見えるかもしれないが、ぼくはきみのその疑いもなくきれいな身体が欲しくてここまできみを探しにきたんじゃない。偶然だがぼくも調べものにきたんだ。ぼくのスプールがきたら、それを持ってこんなところは出て、ほかの閲覧室を探しにいく——男専用の部屋をだ！」

真っ赤になって怒ると思いのほか、彼女はそのとたんにやさしくなった。

「すみません、サム。女は、おんなじ台詞を、何百何千回と聞かされるのよ。お坐りなさい」

「けっこうだ」とぼくはいった。「ぼくは出る。ほんとうに調べものがあるんだ」

「ここにいて」彼女はいい張った。「あの注意書きを読んで。スプールを、指定された以外の部屋に持ちだす場合には、分類係は一ダースものチューブを操作しなきゃならないのよ。それだけじゃなく、貸出係主任はまちがいなく神経衰弱になるわ」

「終ったらここにもどしにくるからいい」

彼女はぼくの腕をとった。深いうずきが腕をのぼってきた。「おねがいよ、サム、悪かったわ」

ぼくは坐って、にやりとした。「こうなれば何がどうなっても、出てはいかないぞ。きみの電話コードと、家の住所と、きみのほんとの髪の色を知るまでは、ぜったいきみを出ていかせない」

「狼さん」と彼女は柔らかい声音でいった。「三つとも、ぜったいわかりはしないわよ」彼女はぼくを無視しながら、頭をもう一度勉強機のなかへ、えらい苦労しながら入れた。

配送チューブが音をたて、ぼくのスプールがバスケットのなかへこぼれ落ちた。ぼくはそれを、ほかの機械のわきのテーブルの上に積んだ。一つがころがって、メアリの積みあげておいたスプールの山とぶつかり、それをひっくりかえした。ぼくは、ぼくのスプールだと思ったやつを拾いあげて、しりを見た。それは反対側で、分類機にしか読めない点のパターンと、続き番号しか書いてなかった。ひっくりかえしてラベルを読むと、ぼくはそれを自分の山の上に置いた。

「ねえ」とメアリがいった。「それ、わたしのよ」

「ご冗談でしょう（インナ・ビグズ・アイ）」とぼくは丁寧に答えた。

「だってそうですもの。つぎにそれが見たいのよ」

遅かれ早かれ、わかるはずだったのだ。メアリははきものの歴史を調べにきたのではなかった。ぼくは、彼女のほかのスプールを取りあげてラベルを読んでみた。「そうか——だから、ぼくのほしかったものがなんにもなかったんだな」とぼくはいった。「しかし、きみのだけでは、完全な調査はできないよ」といってぼくは、自分の選んだものを彼女に渡した。

メアリはぼくのスプールを見て、全部をいっしょの山にした。「半分ずつに分けましょうか、それともおたがいに全部みる？」

「まず、半分ずつに分けて、不必要なものをどけよう。それから、のこりを、二人でちゃんと調べようじゃないか」ぼくが決断を下した。「さあ、行くぞ」

あの気の毒なバーンズの首筋に載っていた寄生虫を見たあとなのに――いや、おやじから、〝空飛ぶ円盤〟がまちがいなく着陸したということを教えられたあとなのにもかかわらず、ぼくは、こんなにもたくさんの証拠が、公共図書館のなかに埋まっているのを発見しようとは、夢にも考えていなかった。ディグビィの方程式なんかくそくらえだ！　証拠は明白だった。地球は、一度どころか、何度も何十度も、宇宙からの訪問者を迎えていたのである。

訪問の記録は、われわれが宇宙旅行の方法を達成するはるか前にさかのぼっていた。あるものは十七世紀にまで、いや、もっと前までさかのぼるが、〝科学〟という言葉が、アリストテレスへのアピールを意味するような時代の報告では、判断の下しようがなかった。最初の組織的なデータは、一九四〇年代、五〇年代にはじまっていた。そのつぎには、一九八〇年代にちょっとした騒ぎになった。ぼくはあることに気づいた――報告が、だいたい三十年のインターバルで繰り返しているという事実である。統計分析学者ならば、これから、何事かを引きだすかもしれない。

〝空飛ぶ円盤〟は〝原因不明の失踪〟の項目に入っていた。また海蛇の目撃例とか血の雨の降った事実とかいった荒唐無稽なデータと同じ範疇にも発見された。そのほかもっとまともな、証拠のある記録――パイロットが〝円盤〟を発見して追跡していったまま帰ってこなかったか、あるいはどこかに墜落したかといった、なかにも見出された。そうしたケースは、公式には、未開地域に墜落して回収されなかったことになっている――もちろん、適当な説明にすぎない。

　ぼくはもう一つかなり乱暴な推測を試みた——つまり、原因不明の失踪事件にも三十年のサイクルがあるかどうかということだ。そしてもしそうなら、それは、空中の飛行物体の出現のサイクルと一致するだろうか？　だがけっきょく、これのほうは、はっきりわからなかった。データが多すぎて変動がしっかりつかめなかったからである。毎年、あまりにもたくさんの人間が、さまざまのほかの理由で行方不明になっているのだ。しかし、重要な記録は長期間にわたって保存されていたし、そのすべてが爆撃で失われたわけではなかった。ぼくはそれをあとで専門家に分析してもらうためにメモしておいた。

　メアリとぼくは一晩じゅう三言と口をきかなかった。かなりの時間がたってから、二人は立ちあがってのびをした。それからぼくはメアリに小銭を貸し（なぜ女というものはいつも小銭を持ち歩かないのだろう？）彼女のとったメモのスプール用のマシンの金を払わせた。それから自分のも払った。「さて、判決はなんと出た？」とぼくは訊いた。

「雨樋のなかにすてきな巣をつくってしまった雀みたいな気分だわ」とメアリが答えた。

　ぼくはふるい諺をもちだした。「そしてぼくらはまた同じことをするんだ——懲りずに何度でも雨樋のなかに巣をつくるのさ」

「いいえ、ちがうわ！　サム、わたしたち、何かしなければ！　今度はまちがいない——彼らは、地球に居すわる気なのよ」

「ありうるね。たぶん、そのとおりだ」

「どうする？」

「きみは、盲人国では片目の人間はひどい目にあわされるということを知らないのか」

「皮肉をいっている場合じゃないわ。もう時間はないのよ」

「ない。たしかにない。ここを出よう」

夜明けが来かかって、図書館のなかはほとんど人影もなかった。

「提案だが――どこかでビール樽を仕入れて、ぼくのホテルの部屋に持ちこんで、蓋をぶちわって、この問題を論ずるというのはどうだ？」

メアリはかぶりを振った。「あなたの部屋はいただけないわ」

「なにいってるんだ、これは仕事だぞ」

「わたしのアパートへ行きましょう。二、三百マイルかそこらしかないわ。あそこなら、朝食もつくれるわ」

ぼくは人生におけるわが目的が、ついにぼくに流し目をくれているのを知った。「それは今晩うけたなかで最高の提案だが――なぜホテルじゃいけないんだ。三十分たすかるじゃないか」

「わたしのアパートに来たくないの？　わたし咬みつきはしないわよ」

「咬みついてくれないかと期待していたんだぜ――いや、そうじゃなくて、なぜそう急に気が変ったんだろうと思っていたんだ」

「そうね……きっと、あなたに、わたしのベッドのそばにしかけてある熊罠（ベアトラップ）を見せたくなったからでしょう。でなければ、わたしの料理の腕を証明してみせたくなったのかな」メアリの頬にえくぼが浮かんだ。

ぼくは手をあげてタクシーを呼び、アパートにむかって出発した。

アパートに入ったとき、彼女は注意ぶかくなかを点検した。それからもどってくると、いった。

「うしろを向いて。あなたの肩を調べたいの」

「なんだってまた――」

「うしろを向いて！」

ぼくは口を閉ざした。彼女は拳で、かなりつよくぼくの肩をたたいた。それから、ぼくにむかっていった。

「今度はあなたがわたしのをためして」

「よろこんで！」

冗談めかしてはいったが、仕事はきちんとやった。もちろん、彼女が何を考えているかぼくにはよくわかっていたからだ。服の下には、若い女の身体と、命とりの道具一式とがあっただけだった。

メアリは振りむくと、ちいさな溜息をついた。「ホテルに行きたくなかった理由はこれよ。これで、ようやく、あの放送局長の背中にあれが載ってるのを見てからはじめて、二人とも安全になったんだわ。このアパートは気密式だからぜったい大丈夫。出るときは空気を出して金庫室みたいに密封しておくのよ」

「そういえば、エアコンの通風管はどうなんだ？」

「エアコンはつけないの。そのかわり、空襲時用のエア・ボンベを使っているのよ。そんなことどうでもいいわ。あなた、何が食べたい？」

「ひょっとして、温めただけのステーキがいただけますかな？」

ステーキはあった。食べながら、二人はニュースキャストを見た。アイオワからは、依然としてなんのニュースもなかった。

5

ぼくはけっきょく熊罠（ベアトラップ）にお目にかからなかった。彼女が寝室のドアに鍵をかけてしまったからだ。三時間後、彼女はぼくを起こし、二人で二度めの朝食をとった。やがて、ぼくらは、煙草をつけ、ぼくはニュースキャストのスイッチを切った。ミス・アメリカ・コンテストの候補者紹介ばかりやっていたからだ。ふつうだったら、興味を持って眺めただろうけれど、女たちの一人も猫背でなかったし、だいいちコンテストのコスチュームは、とうていその下にナメクジを隠せるようなものではなかったので、重要性を欠いているような気がしたのである。

「さてと」と、ぼくがいった。

「この事実を整理しなおして、大統領の鼻先につきつけてやらなければ」とメアリがいった。

「どうやって？」

「もう一度面会するのよ」

「どうやって」とぼくは繰り返した。

メアリは答えなかった。

「会う方法は一つしかない——おやじ（オールドマン）を通じてでなければ会えないんだ」

ぼくは、自分のとメアリの二人の暗号サインを使って交信した。そうすればメアリにも向こうの話が聞けるからだ。やがて、向こうの声がした。「こちら機関長（チーフ）代理オールドフィールド。おやじ（オールドマン）の代理だ。話せ（シュート）」

「おやじ（オールドマン）直接でないと困る」

間があって、やがて、「公式か、非公式か」

「あんたなら非公式というかもしれない」

「非公式のものはいっさいつながない。公式のものなら、わたしが聞く」

悪態をつく前に、ぼくは交信を切った。もう一度かけた。おやじ（オールドマン）は棺桶のなかからでも起きあがってくること保証つきの特別通信コードを持っている——だが必要もないのにそれを使ったら……神よその男を助けたまえ。

彼は悪口雑言の洪水とともに答えた。

「ボス、れいのアイオワの件ですが……」とぼくはきりだした。

「それで?」と、おやじ（オールドマン）はぶっきらぼうに答える。

「メアリとぼくはゆうべ一晩かかってファイルのなかのデータを漁りました。そのことでお話がしたいんです」

悪罵が再開された。彼はぼくに、そんなものは分析にまわせといい、そのうちぼくの耳をフライにしてサンドイッチにはさんで食ってやる、とつけくわえた。

「ボス！」とぼくは声をはげましていった。

「なんだ？」

「あなたが手を引くというんなら、こっちだって手を引く。メアリとぼくはたったいま辞めます。公式申請ですよ！」

メアリの眉があがったが、何もいわなかった。長い沈黙がつづいたが、やがて彼は疲れたような声でいった。「北マイアミ・ビーチのパームグレード・ホテルだ」

「すぐ行きます」ぼくはエア・タクシーを呼び、二人は屋上にあがって待った。ぼくはタクシーに命じて、カロライナのスピード制限を避けるため、大西洋上を飛ばした。ぼくたちはかなりの時間を節約できた。


おやじ（オールドマン）は、われわれが報告するあいだ砂浜に横たわり、顔をしかめて指のあいだから砂をこぼしていた。ぼくは直接電波に流すことができる送信箱を持っていっていた。

ぼくらの話が、れいの三十年周期のことになると、彼は顔をあげたが、そのまま、ぼくに話をつづけさせた。そして、同じような三十年周期で行方不明事件が起っているようだ、といったところで、ふいに、機関（セクション）を呼びだした。「分析部を出せ――もしもし、ピーターか。こちらは機関長（チーフ）だ。一八〇〇年からはじまる原因不明の行方不明事件についてのグラフがほしい。なに？　わかっている要素はのぞき、はっきりした部分も切り捨てろ。わしのほしいのはグラフの山と谷の部分だけだ。いつ？　二時間前だ。何をぐずぐずしているんだ！」

彼は苦労しながら立ちあがり、ステッキを手渡させてからいった。「さて、麻工場へもどるとするか」

「ホワイト・ハウスへですか」とメアリが身を乗りだして訊いた。

「なに？　しっかりしろ。きみたち二人とも大統領の気持を変えさせるようなものは何も見つけてはいないんだ」

「では、何をすればいいのですか？」

「わからん。いい考えが浮かぶまで黙っていてくれ」

おやじ(オールドマン)は車を持ってきていたので、ぼくが運転して帰った。その地区の車輛コントロールに車をまかせてから、ぼくはいった。「ボス、大統領を納得させるちょっとした手を思いついたんですが」

彼は鼻を鳴らした。「こんなふうにするんです」とぼくはつづけた。「捜査官(エージェント)を二人派遣するんです。ぼくと、もう一人と。もう一人の捜査官には、ポータブルの走査カメラを持たせて、ぼくのあとを追わせる。あなたは、大統領に、それを見せるんです」

「何も起きなかったら？」

「ぼくが起こさせます。ぼくは宇宙船の着陸地点に行き、わざと騒ぎを起こす。ほんとうの宇宙船のクローズアップ写真を撮って、それをホワイト・ハウスに中継するんです。それからバーンズのオフィスへ行って、猫背の連中を調べます。ぼくが、カメラの前で、あいつのシャツを引き裂いてやります。小細工はぬきで、そのものずばりをやってのけます」

「ねずみが猫の集会にとびこむようなものだということは心得ているだろうな」

「それほどのこととは思いません。ぼくの見るところでは、あいつらは超人間的な力は持っていない。彼らはとりついた人間のできることしかできないにちがいありません。ぼくは殉教者になろうと思ってはいません。とにかく、写真だけは撮ってみせます」

「うむ……」

「うまくいくかもしれません」とメアリが口をはさんだ。「わたしをもう一人に任命してください。わたしは――」

おやじ（オールドマン）とぼくが同時に「いけない」といった――そしてぼくは赤くなった。そんなことをいう権利はぼくにはなかったのだ。メアリがつづけた。「わたしは、その資格があるといおうとしていたのです。つまり、わたしには、寄生虫にとりつかれた男を見つけだす才能があるからです」

「だめだ」とおやじ（オールドマン）は繰り返した。「彼の行き先では、だれもが寄生虫を持っているはずなのだ――少なくとも、そうでないことが証明されるまでは、そう考えなければならん。それに、わしは、きみにはべつの仕事についてもらいたいのだ」

ふつうならそれで黙ってしまうべきだったのだが、メアリはそうしなかった。「どんな仕事です？　このほうが重大ではありませんか？」

おやじ（オールドマン）は穏やかな声音で、「その仕事も重要なのだ。わしはきみを、大統領の護衛にするつもりなのだ」

「ああ──」メアリは、ちょっと考えてから答えた。「ボス……わたしは、あれを持っている女を見つける自信はありません。わたしは……そんなふうにできていないのです」

「だから、女の長官はぜんぶ遠ざける。そして、メアリ、きみは大統領自身をも監視するのだ」

彼女はじっと考えこんだ。「それで、もし彼にあれがとりついているのを見つけたらどうなります？」

「きみは必要な行動をとる、そして副大統領が地位を引き継ぎ、きみは叛逆者として射殺される。さて、この任務について話そう。わしはジャーヴィスに走査カメラを持たせて派遣しよう。そして、デイヴィドスンを殺し屋としてつける。ジャーヴィスがおまえを追跡しているあいだはデイヴィドスンがジャーヴィスを監視できる──そして、おまえは彼を監視できるわけだ」

「うまくいくと思うのですか？」

「いや──しかし、どんな計画でもやらないよりはましだ。いずれにしろ、何かが起こってくるだろう」

われわれ──ジャーヴィス、デイヴィドスン、ぼくの三人──がアイオワに向かっているあいだ、おやじ（オールドマン）はワシントンへ行った。出発の直前、メアリはぼくを隅のほうに引っぱっていって、耳をつかむと、熱いキスをくれて、「サム……もどってきて」といった。

ぼくはすっかりのぼせあがり、また十五の子供に返ったような気分になった。デイヴィドスンが、このまえぼくが橋がなくなっているのを見つけたところのすこし先に車を持ってきてくれていた。ぼくは、ほんものの宇宙船が着陸した地点が正確に指定されている地図を使って、方位を測定した。橋は正確な参考地点となった。ぼくらはその地点の東十分の二マイルのところで道路を出、灌木の茂みをわけて、その地点を目指した。

それは、ほとんどその地点に近いところだったのだろう。われわれは焼き払われた一帯にぶつかり、その先は歩いていくことにした。宇宙ステーションから撮った写真に示されたそこは野火が発生したらしく――空飛ぶ円盤のすがたはなかった。円盤がこのあたりに着陸したことを証明するには、ぼくよりましな刑事を連れてくる必要があったろう。火は、完全に、あらゆる痕跡を消滅させてしまっていた。

とにかく、ジャーヴィスは、あらゆるものを撮影したが、ぼくは、ナメクジどもがこのラウンドも勝ったことを認めざるをえなかった。そこを出たとき、一人の年輩の農夫に出会った。規定にしたがって、ぼくたちは一定の距離より近づかなかった。

「すごい山火事だね」とぼくは、横ににじり寄りながらいった。

「まったくだ」と農夫は、陰気な口調で、「わしのいちばんの乳牛が二頭も死んだ。かわいそうにな……あんたがたは新聞社の人かい？」

「そうだ」とぼくは頷いて、「しかし、今日はまったく当てずっぽうの取材でね」ぼくは、こんなときもメアリがいっしょにいてくれればよかったのにと思った。おそらく、この人物は、もともと猫背なのだろう。しかしもし宇宙船のことについておやじ（オールドマン）が正しいとすれば――そしておやじ（オールドマン）はつねに正しいのだ――このあまりにも罪のなさそうな爺さんは、かならず何かそのことを知っていて隠していることになる。ゆえに、この男もとりつかれているのだ。

やらなければならない。寄生虫を捕えて、その写真をホワイト・ハウスのチャンネルに流すのは、今ここでのほうが、やつらの大勢いるところよりもいいにきまっている。ぼくはチームの二人に目配せした。二人は緊張し、ジャーヴィスは撮影をつづけた。

農夫が向こうをむいたすきに、ぼくは飛びかかった。農夫は倒れ、ぼくは背中に乗りかかってシャツを引きはいだ。ジャーヴィスは移動してきてクローズアップを撮った。彼に息をつく暇もあたえず、ぼくは男の背をむきだしにした。

ところが、何もいなかった。寄生虫も、それがいた痕もだ。肩にも、どこにもいないことは、ぼくが見届けていた。

ぼくは男を助け起こし、ほこりを払ってやった。農夫の服は、灰で汚れていた。「ほんとにすみません」とぼくはいった。

農夫は怒りに震えていた。「この若僧の――」とそこまでいったが、ぼくの行動に適当な悪口が見つからずに、黙りこんでしまった。彼はぼくたちを見て、口もとをひきつらせた。

「訴えてやるぞ。もう二十も若かったら、きさまら、三人とものしてやるんだが」

「ほんとうに悪かったよ、爺さん、人ちがいだったんだ」

「人ちがいだと！」彼の顔はゆがんだ。ぼくは彼が泣きだすのではないかと思った。「オマハから帰ってきてみたら、家は焼けているし、牛は半分いなくなってる、義理の息子は行方知れずだ。おれの土地を、変なよそ者がうろついているというから見にきたら、いきなりとびかかってきやがって、ひどい目にあわせたうえに『人ちがいだ』とぬかしやがる――なんてえ世の中になっていくんだ！」

その、最後の疑問に答えようとすれば答えられたが、ぼくはあえてそうしなかった。ぼくは、気分をなおしてもらおうとなにがしかの金を差しだしたが、彼は金をたたき落した。ぼくらは尻尾をまいて退散した。

走りはじめたとき、デイヴィドスンがいった。「きみのやろうとしてることは、確かなんだろうな？」

「おれだって間違うこともある」ぼくは声を荒げた。「しかし、おやじ（オールドマン）が間違ったためしはあるか？」

「うむ……ないな。つぎはどこだ？」

「WDES中央局だ。こんどは、ぜったいまちがいないぞ」

デモインの入市税関で、税吏がためらった。彼は帳面をみて、車のナンバープレートを覗いた。「保安官がこの車を呼んでいた。右へ行ってとめろ」彼は横木をあけようとしなかった。

「いいとも」とぼくは頷き、三十フィートほどバックして、いきなり猛然と車を出した。機関の車はうんと頑丈につくってある。これはいいことだった――横木はかなりがっちりしていたからだ。突き抜けてからも、スピードは落さなかった。

「こいつは面白くなってきたぞ」とデイヴィドスンは夢みるようにいった。「きみはまだ自分のしていることに確信があるのか？」

「くだらんお喋りはするな」とぼくは叱りとばした。「いいか、二人とも。おれたちは生きて出られないかもしれない。しかし、写真だけはどうしても撮るんだ」

「心得たよ、チーフ」

ぼくは、追跡者の先を越していた。局のまん前に急停止すると、ぼくらはいっせいに飛びだした。〝チャーリー伯父さん〟式の間接的方法はいっさい抜きだ――ぼくらは最初のエレベーターになだれこみ、バーンズの部屋のある階のボタンを押した。その階についたときエレベーターのドアはあけたままにしておいた。ぼくたちが秘書室についたとき受付の女がとめようとしたが、かまわずなかに押しこんだ。女たちは驚いてぼくらを見つめた。ぼくはまっすぐバーンズのオフィスのドアに行き、あけようとしたが鍵がかかっている。ぼくは秘書に向きなおってきいた。「バーンズはどこだ？」

「どなたでしょう？」女は魚のような冷たい丁重さでいった。

ぼくは女の肩を見おろした。盛りあがっていた。絶対だ、こいつは持っているとぼくは胸のうちで叫んだ。彼女は、ぼくがバーンズを殺したときもここにいたのだ。

ぼくはかがんで女のセーターを引っぱりあげた。

ぼくは正しかった。正しいにきまっていた。二度めに見る寄生虫のすがたに、ぼくは目をむいた。

彼女はもがき、爪をたて、咬みつこうとした。ぼくは空手チョップで女の首筋を打ち、もうすこしで手をだいなしにするところだった。女はくずおれた。ぼくは女のみぞおちに三本指の突きをくれてから、身体をころがした。「ジャーヴィス、クローズアップを撮れ」ぼくはわめいた。

この馬鹿野郎はでかい尻をぼくと獲物とのあいだに据えてもたもた機械をいじくっていたが、やがて立ちあがった。

「だめだ」と彼はいった。「真空管がとんだ」

「とりかえるんだ——早く！」

部屋の向こう側にいた速記者が立ちあがって走査カメラを狙って射った。それが当った——デイヴィドスンが女を焼き殺した。それを合図のように、五、六人の女がいっせいにデイヴィドスンめがけてとびかかった。銃は持っていないようだった。ただ、彼をめがけて、わっとばかりにつかみかかってきたのだ。

ぼくは秘書の上にしゃがみこんだ姿勢のまま射った。目の端に、何かの動きをとらえ、振りかえるとバーンズが——第二のバーンズが部屋のしきいのところに立っているのを見た。ぼくは彼の胸板を射ち抜いた——背中にいるはずのナメクジをやっつけるためだ。そして、ふたたび虐殺場面のほうを振りかえった。

デイヴィドスンは立ちあがっていた。一人の女が彼のほうに這い寄った。重傷を負っているようだった。デイヴィドスンは女の顔を射ち、女は動かなくなった。彼のつぎの熱線が、ぼくの耳をかすめた。「ありがとう！　ここを出よう、ジャーヴィス、来い！」

エレベーターはあいていた。なだれこんだとき、ぼくはまだバーンズの秘書の身体を背負っていた。ドアを閉めてスタートさせた。デイヴィドスンは震えていた。ジャーヴィスはまっさおだった。「しっかりするんだ」とぼくはいった。「人間を射ったわけじゃない、怪物をやったんだ。こいつのように」ぼくは女をかかえて、その背中を見おろした。

つぎの瞬間、ぼくは気絶しそうになった。あの標本が——生きたまま持って帰るためにつかまえたやつがいなくなってしまったのだ。床に滑りおりて、あの混乱のあいだに、どこかに消えてなくなってしまったのだ。「ジャーヴィス、きみは何かにとっつかれなかったか？」彼は首を振った。

女の背中には、無数の針でついた痕のような発疹ができていた。それは、あれがとりついていた痕だった。ぼくは女をエレベーターの壁にもたせかけて床に坐らせた。まだ意識はなかった。それで、エレベーターのなかに置いて出た。ロビーにも、外にも、なんの騒ぎもなかった。

警官がわれわれの車に片脚をかけて、違反カードを書いていた。彼はそれをぼくに渡しながらいった。「この地域には駐車できないんだぞ、おまえたち」

ぼくが「すみません」といってカードにサインした。そして車をだし、車の往来からできるだけ遠ざかったところで——道路から飛びあがった。この違反も、あの警官がカードに書き加えたかどうかとぼくは思った。ある高度に達したところで、ぼくは車の認識番号とナンバーを変えた。おやじ（オールドマン）はなにもかも考えてあったのだ。

だが、おやじ（オールドマン）は、ぼくのことはあんまり考えてくれなかった。ぼくは途中で報告しようとしたが、彼はぶっきらぼうに遮って、機関のオフィスへ来いと命じただけだった。メアリは彼といっしょにいた。彼はぼくの報告をときおりひくい唸りを発するだけで聞いた。「どれくらい見ました？」とぼくは、報告を終って聞いた。

「中継は、おまえたちが税関の柵を突き抜けたときに切れたのだ」と彼はいった。「大統領は、あの光景からは、あまり感銘を受けなかったようだ」

「そうでしょう」

「彼はおまえを馘にしろといった」

ぼくは興奮した。「しかしぼくは、完全に——」叫びはじめた。

「だまれ！」とおやじ（オールドマン）に叱りとばされた。「わしは彼に、わしの首を切ることはできるが、わしの部下の首は切れんと答えてやった。おまえはどうしようもない馬鹿者だ」と彼は穏やかな声音になってつづけた。「しかし、今のところ手離せない」

「ありがとうございます」

メアリはそのあいだ、部屋のなかを行ったり来たりしていた。ぼくは彼女の目をとらえようとしたが、彼女はこっちを見もしなかった、と思うと、ジャーヴィスの椅子のうしろでふと足をとめた。そして、おやじ（オールドマン）にむかって、バーンズのときとおなじサインをしたのだ。

ぼくは熱線銃でジャーヴィスの頭をなぐった。彼は椅子からくずれおちた。

「近寄るな、デイヴィドスン！」おやじ（オールドマン）が怒鳴った。彼の銃はデイヴィドスンの胸に向けられていた。「メアリ、彼はどうだ？」

「彼は大丈夫」

「彼は？」

「サムも大丈夫です」

おやじ（オールドマン）の銃がぼくたちの上をさまよった――ぼくは、これほど死に近い気分を味わったことはなかった。

「シャツを脱げ」と彼は恐ろしげな口調でいった。

ぼくたちは命令にしたがった。メアリのいったとおりだった。ぼくは、かりに寄生虫にとりつかれたとしても、はたして自分にわかるのかどうかと危ぶみはじめていた。

「今度は彼だ」とおやじ（オールドマン）が命じた。「手袋だ」

ぼくたちはジャーヴィスの身体を横たえ、慎重に服を切りとった。こうして、生きた標本を手に入れたのだ。

6

ぼくは危うく吐きそうになった。あいつがアイオワから帰るあいだずっとぼくのうしろにいたのだ、と思うと胃のなかが自然におかしくなってくるのだった。ぼくには吐き癖はない――だが、あいつの正体を知り、あいつをこの目で見たものでなければ、とてもこの気持はわかるまい。

ぼくは唾を呑んだ。「やってしまいましょう！　おそらく、まだジャーヴィスを助けられますよ」ほんとうにそう思っていたわけではなかった。ぼくは、一度あいつにとりつかれたがさいご、その人間は、永遠に癒えることのない傷を負わされるにちがいないという予感を感じていたのだった。

おやじ（オールドマン）は手を振ってぼくらを退けた。「ジャーヴィスのことは忘れろ！」

「しかし――」

「だまれ！　たとえ命が助かって、多少生き延びても、どうにもならん。いずれにしろ――」彼はとつぜん口をつぐんだ。ぼくも黙った。ぼくには彼のいおうとしたことがわかった。われわれは消耗品なんだ。しかしアメリカ国民はちがう。

おやじは銃を抜き警戒を怠らずに、ジャーヴィスの背中のものを見つめつづけた。彼はメアリにいった。「大統領を呼びだせ。特別コード・ナンバー〇〇〇七だ」

　メアリは彼のデスクに近寄った。ぼくは彼女が消音装置にむかって話すのを聞いた。だがぼくの注意は、もっぱら寄生虫に向けられていた。そいつはいっこうに宿主から去ろうとはしていなかった。

　やがてメアリが報告した。「つかまりません。補佐官の一人がスクリーンに出ています。マクダノウさんです」

　おやじはたじろいだ。マクダノウは頭のいい、善良な男だが、完全に大統領に飼い馴らされてしまっていて、どんなことにもぜったいに気持を変えない男なのだ。大統領は彼を緩衝器に使っているのだった。

　おやじは、消音装置など無視して、大声でわめいた。

いいえ、大統領はお目にかかれません。いいえ、伝言もおつたえできません。いや、わたしは越権行為をするわけにはいきません。あなたは例外者のリストには載っていません。たとえ例外者のリストがあるにしても、です。よろしい、予約は喜んでしましょう、お約束します。来週の金曜日はどうですか？　今日？　問題になりません。明日？　不可能です。

　おやじはスイッチを切って発作でも起こしそうな顔つきをした。それから、彼は二度大きく深呼吸した。顔つきがやわらいだ。「デイヴ、グレーヴズ博士に来てもらってくれ。ほかの者は距離をとれ」

生物学研究室の主任がすぐ入ってきた。「博士」とおやじ(オールドマン)がいった。「死んでいないのがここにいる」

グレーヴズ博士はジャーヴィスの背中のそれをそばから見た。「面白い」といって、片膝をついた。

「さがれ！」

グレーヴズ博士は顔をあげた。「しかし、この機会に――」

「機会もくそもあるか！　わしはきみにこれを研究してもらいたい、だが、まず第一にきみはこれを生かしておかなければならん。第二に、ぜったい逃がさないようにしなければならん。第三に、きみ自身を守らなければならんのだ」

グレーヴズは微笑した。「わたしはこれを恐れてはいません。わたしは――」

「恐れるんだ！　命令だ」

「わたしは、こういおうと思っていたのですよ――宿主(ホスト)からとりのぞいたあと、入れておく培養器を、いそいでつくらなきゃならないと。このものが、酸素を――遊離酸素を必要とせず、宿主(ホスト)の身体から摂取していることは明らかだ。おそらく、大きな犬などがいいでしょう」

「だめだ」とおやじ(オールドマン)がにべもなくいった。「いまのままにしておくんだ」

「なんですって？　この男は志願者なんですか？」

おやじ(オールドマン)は答えなかった。グレーヴズがつづけた。

「生体実験者ならば、志願者でなければならない。それが職業倫理でしょう」

こういう科学者たちは、ぜったいにいいなりになろうとしない。おやじは声をやわらげて、

「グレーヴズ博士、この機関（セクション）の捜査官（エージェント）は、すべて、わしが必要と認めた場合には、志願者なのだ。わしの命令どおりにしてほしい。担架を持ってきたまえ。用心して」

ジャーヴィスが運ばれていったあと、デイヴィドスンとメアリとぼくとはラウンジへ行って一杯――いや、三、四杯ずつ飲んだ。飲まずにはいられなかったのだ。デイヴィドスンは震えがとまらないようだった。最初の一杯を飲んでも、まだ震えをとめられないのをみて、ぼくがいった。

「いいか、デイヴ、あの女たちについては、ぼくも、きみとおなじぐらい気の毒だと思っているんだ――しかし、あれはああしかしかたがなかったんだ。もう忘れてしまったほうがいい」

「どんなだったの」とメアリがきいた。

「ひどかった。何人殺したのか、おぼえていない。注意している暇なんかなかった。ぼくらは、人間を射ったんじゃない、寄生虫を射っていたんだ」ぼくはデイヴィドスンを振りかえった。「そう思えないのか？」

「もちろん、そのとおりさ。やつらは人間じゃなかった」彼はつづけた。「おれは、仕事なら自分の兄弟だって射つだろう。でもあいつらは人間じゃない。射っても射ってもやってきやがるんだ、やつらはぜったいに――」言葉がとぎれた。

ぼくの気持は、ただ気の毒というに尽きた。しばらくして彼は出ていき、メアリとぼくとはそれからすこしのあいだ答えを求めて話しあったが、結論はもちろん得られなかった。やがて彼女は眠くなったといって、女子宿舎に向かった。おやじはその夜は全員機関内でとまるよう命令していたので、ぼくも男子宿舎に行き、寝袋のなかにもぐりこんだ。

空襲警報が、ぼくをたたきおこした。

ぼくはあわてて服をひっかけた。警報が鳴りやみ、インターカムがおやじの大声をひびかせた。

「ガス防護、放射能防護態勢をとれ！　すべてを閉鎖せよ！　全員ただちに会議室に集合せよ！」

ぼくは特別捜査官だったから、ここですることは何もなかった。ぼくはオフィスに通ずるトンネルをおりた。おやじはすでに大ホールにいた。暗い表情だった。何が起こったのか聞きたかったが、もうそこには一ダースほどの職員や捜査官、速記者などがやってきていた。やがておやじがぼくをドアの警備員と交代させ、点呼を行なった。機関への入場者リストにある全員が集まっていることが明らかになった。おやじの秘書のミス・ヘインズから、ラウンジの給仕にいたるまで――もちろん、入口の警備員とジャーヴィスをのぞいて――みんな来ていた。リストに間違いのあろうはずはない。機関では銀行の金の出し入れよりも、もうすこし厳重に、人の出入りを調べてあるのだ。

ぼくは入口の警備員を呼びにやらされた。彼は持ち場をはなれる前に、おやじ自身に口頭で報告した。やがて彼はボルト錠のスイッチを入れ、ぼくについてきた。われわれがホールにもどると、ジャーヴィスが、グレーヴズ博士と研究員につきそわれてきていた。彼は患者用の着衣をきせられ、意識はあったが、何もわからないらしかった。

これから何がはじまるのか、ようやくすこしわかりかけてきた。おやじ（オールドマン）は集まったスタッフに、一定の距離を置いて向きあっていた。その手には銃が握られていた。「侵入した寄生虫の一匹がわれわれのなかにもぐりこんだ」と彼はいった。「事情を知っている少数のものにとってはこれで十分だろう。それ以外のものに対して、いまわしが説明する。われわれ全員の――ひいては全人類の安全は、諸君の完全な協力と絶対服従とにかかっているのだ」彼は手みじかに、だが恐るべき正確さで寄生虫がどんなものか、いまわれわれの立たされている状況がどんなものかを説明した。「要するに、寄生虫は、まず確実にいまこの部屋のなかにいる。われわれのうちの一人は、見かけは人間だが、われわれの最も恐るべき敵の意志のままに動くあやつり人形なのだ」

部屋のなかに、ざわめきが起きた。人々はたがいにちらちらと盗み見した。何人かは、近くのものから身を引こうとさえした。ほんの一瞬まえ、われわれは固く結びあったチームだった。だがいまは、たんなる群衆でしかなく、おたがいに相手を疑っていた。ぼく自身、自分にいちばん近くにいる男から――ラウンジの給仕のロナルドから身を引こうとしていた。しかも彼を、ぼくはもう何年も知っている仲なのだ。

グレーヴズがせきばらいした。「機関長（チーフ）―わたしはあらゆる考えられうる手段を――」

いいはじめるとすぐおやじが制止した。「だまれ。ジャーヴィスを前に連れてきて、服を脱がせろ」グレーヴズは口をつぐみ、助手と二人で命令を遂行した。ジャーヴィスは、ほんの半分ぐらいしか、まわりで起こっていることがわからない様子だった。グレーヴズが、麻酔をかけたにちがいなかった。

「うしろむきにしろ」とおやじが命じた。ジャーヴィスはされるままになっていた。両の肩と首のところに、ナメクジのいた、赤い発疹の痕があった。「見えるな」とおやじがいった。「あれが載っていたところだ」ジャーヴィスが裸にむかれたときには、ひそひそ話や、困ったような笑いさえ洩れていたのに、いまは死のような沈黙があたりを占めていた。

「さて」とおやじが言葉をつづけた。「そのナメクジをつかまえるのだ。しかも、生きたまま捕えるのだ。諸君はナメクジが人間のどこに載っているかは知っている。警告しておくぞ。もし寄生虫を射ち殺した者は、わしが射殺する。射たねばならない場合には低く射て。来い！」彼は、銃をぼくに向けた。

おやじはぼくが彼とスタッフたちとの中間までくると、とまれと命じた。「グレーヴズ、ジャーヴィスをわしのうしろに坐らせろ。いや、裸のままにしておけ」おやじはそういってからぼくに振りかえった。「おまえの銃を床に落せ」

おやじの銃はぼくの腹につきつけられていた。ぼくは用心しいしい自分の銃をぬいて、六フィートばかり向こうへすべらせた。

「服をすっかり脱げ」

これは、きまりのわるい命令だった。おやじの銃が、ぼくの禁忌を征服した。ぼくが素っ裸になったとき、女たちのなかから、忍び笑いが洩れたのはしかたがなかった。一人が囁いた。「わるくないわ！」するともう一人が答えた。「りゅうりりゅうたるものよ」ぼくは赤くなった。

ぼくをぐるりとまわってみたあとで、おやじは銃を拾えといった。「わしをバックアップしろ」彼は命じた。「ドアに気をつけろ。おいきみ！　ドッティ・なんとか——きみの番だ！」

ドッティは事務局の女だった。彼女はもちろん武装してはいなかった。床までとどくネグリジェを着ていた。彼女は前に進み出て、立ちどまったが、それ以上何もしようとはしなかった。

おやじは銃を振った。「さあ——それを脱がないか！」

「本気なんですか？」彼女は、信じられないという声音でいった。

「はやくしろ！」

彼女は飛びあがりそうになった。「いいわ！　そんなに頭からどなることはないでしょう」彼女は唇をかんで、腰のところの留め金をはずした。「ボーナスをもらわなきゃあわないわ、こんなことさせられて」彼女は挑むようにいいはなつと、ネグリジェを脱ぎすてた。

「壁のほうを向け！」おやじは声を荒げた。「レンフリュー！」

ぼくが拷問を受けたあとだけに、男たちは何人かがきまりわるそうにしただけで、みないちおうてきぱきとやった。女たちは、忍び笑いするものもあり、恥ずかしげに顔を染めるものもあった、が、だれひとり、おもてだって反抗する者はなかった。二十分ののちには、前代未聞の鳥肌の面積と、兵器庫さながらの銃の山ができた。

メアリの番が来ると、彼女は不平ひとつ洩らさずさっと脱いだ。まったく動じない様子で、その肌には静かな威厳ともいうべきものをまとっていた。彼女は、武器の山に、大変な寄与をした。きっと、武器が生まれつき好きなんだとぼくは思った。

こうして、ぼくらは、おやじとオールドミスの秘書とをのぞいてみんな裸になり、寄生虫にとりつかれてはいないことが明らかになった。おやじはなんとなくミス・ヘインズをおそれていたのだと思う。彼はつらそうな顔で、服の山をステッキの先でかきまわしていたが、ついに顔をあげて秘書を見た。「ミス・ヘインズ、あなたもどうぞ」

ぼくは心のなかで、今度はおまえが力を振るう番だぞと言いきかせた。

彼女はそこに突っ立って、彼を見おろし、傷ついた美徳の女神というポーズで立っていた。ぼくは近寄っていくと、口の端から含み声でいった。「ボス、あなたはどうするんです。そいつを脱ぎなさい」

彼はびっくりしたような顔でぼくを見た。「本気ですよ」とぼくはいった。「あなたか、彼女かなんだ。あるいは両方かもしれない。そいつを脱ぎなさい」

おやじは、避けられない運命にはかえって落ち着く人間だ。彼は「彼女を脱がせろ」というと、暗鬱な顔をして、ジッパーをまさぐりはじめた。ぼくはメアリに、女たちに手伝わせてミス・ヘインズをむけといった。ぼくがおやじ（オールドマン）に振りむき、彼がズボンを半分までおろしたとき——いきなりミス・ヘインズが捨身の行動を起こしたのだ。

おやじ（オールドマン）は、ぼくと彼女のあいだにいた。ぼくには、とっさに引金がひけなかった。しかもその場にいたほかの捜査官たちは、ひとりのこらず武装解除されていたのだ！　それが、偶然の出来事だったはずはない。おやじ（オールドマン）は、みなが射たないと信じられなかったのだ——彼はナメクジが……生きたままのやつがどうしてもほしかったのだ。

ぼくが気をとりなおしたときには、ミス・ヘインズはすでにドアを通りすぎ、通路を走りだしていた。通路で彼女を捕捉しようと思えばできた。だがぼくには、一種の禁忌があった。第一に、ぼくは、そんなに早く感情の切り替えができなかった。つまり、彼女はそのときまだオールドミスのヘインズであり、ぼくの報告書のなかの文法的な誤りを見つけてはがみがみいうボスの秘書だったのだ。第二に、もし寄生虫を持っているとしても、焼き殺してしまう危険をおかしたくなかったのである。

彼女はある部屋へ駆けこんだ。ふたたびぼくはためらった——たんなる習慣だった——それが、婦人化粧室だったからだ。

だが、それはほんの瞬時だった。ぼくはドアを乱暴にあけはなつと、銃をかまえてなかを見まわした。

何かが、右の耳のうしろにがあんとあたった。

それからちょっとのあいだについては、はっきりした記憶がない。すくなくとも一瞬のあいだぼくは意識を失っていた。はげしい格闘と叫びを聞いた記憶がある。「気をつけろ！」「畜生——この女、咬みつきやがった！」「手に気をつけろ！」それから、だれかが、静かにいった。「手と足だ——注意しろよ」だれかがいった。「彼のほうはどうだ？」するとだれかが答えた。「あとでいい、怪我はしていない」

彼らが立ち去ったとき、ぼくはまだ実際にはのびたままだったが、生命の流れが、うずをまいて戻ってくるのを感じはじめていた。ぼくは、何かをしなければならないというおそろしくさし迫った気持を感じながら起きあがった。ぼくは立ちあがり、よろめきながらドアのほうへ行った。ぼくは、用心ぶかくまわりを見まわした。誰も見えなかった。ぼくは通路を小走りに走って、会議室から遠ざかっていった。

外側のドアのところで、ぼくは自分が素裸であることに気づいてはっとした。廊下をフルスピードで走って男子宿舎へ行った。そこで、手あたりしだいに衣服をひっつかみ、いそいで着た。靴がぼくにはちいさすぎたが、そんなことは問題ではないような気がした。

ぼくは出口に走ってもどり、スイッチを探した。ドアがあいた。

だれにも見つからずに逃げられたと思ったが、出ようとしたときだれかが、「サム！」と呼ぶ声を聞いた。ぼくは頭から突っこむようにとびだした。ぼくは、六つのドアのどれかを選ばなければならなかったし、そのあとも三つのどれかを選ばなければならなかった。ぼくらがオフィスと呼んでいた貧民窟はスパゲティさながらのトンネルの迷路でつながっていたのだ。しかし、ついに地下鉄の果物屋兼本屋のなかにたどりついた。ぼくは店番のものに領いてみせ、カウンターをあげて外へ出ると、群衆のなかにまぎれこんだ。

ぼくは上り線のジェット急行に乗りこみ、最初の駅でおりた。向こう側へ渡って下り線へ行き、小銭両替の窓口のあたりで待っていた。すると一人の男が、かなりの額の金をみせびらかすようにしながら両替をした。ぼくはその男とおなじ列車に乗り、男がおりた駅でおりた。最初の暗闇までできたとき、ぼくはラビット・パンチを喰わしてその男を倒した。こうして今後の行動のための金ができた。ぼくは、なぜ金が必要なのかわからなかった。だが、ぼくがこれからすることのために必要なことだけは、はっきりわかっていたのである。

7

まわりのものが、みんな奇妙な二重像になって見えた。まるで、泡だつ水のなかから見ているようだった――だがぼくはなんの驚きも感じなかったし、好奇心も抱かなかった。ぼくは一種の夢遊病患者のように、自分が何をしているのかも意識せず行動した――だが一方でぼくは、明瞭に覚めていて、自分がだれか、どこにいるのか、機関でどんな仕事をしていたのかを明確に把握していた。そして自分がこれから何をするのかは知らないながらも、同時に、つねに自分がしていること、それぞれの行動が、その瞬間において必要であることを意識していたのである。

そのあいだ、ほとんどなんの感情の動きも感じなかった。ただ、やらなければならない仕事をやったことからくる満足感だけはあった。だがそれは意識面だけのことで、どこかもっと深い底のほうでは、拷問を受けているようにみじめで、ひどく怯え、つよい罪悪感にさいなまれていた。しかしそれははるか、はるか下のほうで、閉じこめられ、抑圧されていた。ぼくはほとんどそれを意識することもなく、それに影響されることもなかった。

ぼくは、出てくるときにだれかに見つかったことをおぼえていた。あの「サム！」という叫びは、ぼくに向けられたものだった。その名前を知っているのは二人だけで、おやじ（オールドマン）ならばぼくの本名を使うはずだった。だから出ていくぼくを見たのはメアリだったのだ。彼女がぼくにアパートを教えてくれていたのは良かった、とぼくは思った。彼女がこのつぎあそこを使うときには罠をしかけてやる必要がある。当分のあいだは仕事をしなければならないし、つかまらないように気をつけなければならない。

ぼくは倉庫地域を歩くことにした。人に気づかれるのを避けるためいつもこうする訓練を受けていたのだ。やがてぼくは望みのビルを見つけた。そこには〈倉庫上の部屋（ロフト）、貸します――申込みは一階の代理人へ〉という看板が出ていた。ぼくはそっとそのあたりを偵察し、番地をひかえ、二ブロックもどったところにあったウェスタン・ユニオン電報会社のブースにとって帰すと、あいているマシンを使ってつぎのような電報をうった。「トーキー物語ちっぽけぼうや二巻同額割引きにてジョエル・フリーマンあて急送せよ」そしてそのロフトの番地をつけくわえた。打電先は〝アイオワ州デモイン、ロスコー・アンド・ディラード・ジョバーズ製造会社〟だった。

電報会社のブースを出ると、インスタント・レストランの看板が、空腹を思いださせた。しかし、その生理的反応はすぐ接続を切られ、二度とそのことは思いださなかった。ぼくは倉庫にもどり、うしろの暗い隅を見つけるとそこにうずくまって、朝を――営業時間の来るのを待った。

ぼくは、ぼんやりした閉所恐怖症（クローストロフォビヤ）的な夢魔に、繰り返し、繰り返し襲われつづけた。

九時になると、オフィスをあけた代理人に会い、部屋を借りる交渉をして、すぐ貸してくれたことに対する礼金をたっぷり払った。部屋にあがっていくと、鍵をあけ、そして待った。

十時半ごろ、ぼくあての荷物が配達された。配達人が行ってしまうと、荷箱をあけ、容器を一つとりだし、温めて用意をした。それから、代理人に会いにいった。「グリーンバーグさん、ちょっと来てくれませんか。明かりをちょっと変えたいんで見てほしいんです」

彼はぶつくさいったが、やってきた。部屋に入って、ドアを閉めると、彼を蓋をあけた荷箱のところへ連れていった。「ここですよ。このなかを覗いてくれれば、ぼくのいう意味がわかるんだ。もしこれを――」

ぼくは彼の咽喉を締めて窒息させ、上着とシャツを引きはがして、あいているほうの手で支配者（マスター）を容器からむきだしにした男の背に移した。それから、彼が息を吹きかえすまで支えてやった。彼を立たせ、シャツをたくしこみ、ほこりを払った。息を吹きかえしたとき、ぼくがいった。

「デモインからのニュースは？」

「なにが知りたい？」と彼が訊いた。「どのくらいのあいだ出ていた？」

ぼくは説明をはじめた。が、彼が遮って、「直接交信をしよう、時間の浪費だ」といった。

ぼくはシャツを脱ぎ、彼もそうした。われわれは蓋を閉めた荷箱の上に背中合わせに坐って、われわれの支配者（マスター）たちが触れ合えるようにした。ぼく自身の精神は完全に空白になった。どのくらいのあいだ行なわれていたのかわからない。ぼくは、一匹の蠅がほこりまみれの蜘蛛の巣のまわりを、にぶい羽音を立てて飛んでいるのを見つめていた。

ビルの管理人がつぎの徴用者だった。スウェーデン系の大男だったので、二人がかりでやらなければならなかった。そのあと、グリーンバーグがビルの所有者に電話をかけて、建物に被害が出たから見にきてくれ、としつこく繰り返した。どんな被害といったのかは知らない——ぼくは管理人と二人で容器をあけたり温めたりするのに忙しかったのだ。

ビルの所有者は、ちょっとした大物だった。われわれは——もちろん彼自身をも含めて——大いに喜んだ。彼はコンスティチューション・クラブのメンバーだったのだ。このクラブのメンバー・リストは、財界、政界、産業界の紳士録（フーズ・フー）のようなものだったのである。

もうまもなく正午だった。われわれには一刻の猶予もなかった。管理人はぼくの服と手提鞄を買いにいき、ビル所有者の運転手を呼びだして、この男も徴用した。十二時半に、われわれ——ぼくと、ビル所有者とは彼の車でクラブへ出発した。ぼくの手提鞄のなかには十二個の支配者（マスター）が、容器に入ったまま、だがいつでも役にたつ状態で入っていた。

所有者が〝J・ハードウィック・ポッターおよびその賓客（ゲスト）〟とサインした。制服のボーイが鞄をとろうとしたが、昼食前にシャツを取りかえなければならないからといって渡さなかった。われわれは客が自分たち二人だけになるまで、洗面所でぐずぐずしていた。番人だけになると、そいつを徴用したうえ、彼をマネージャーのところへ行かせて、客が一人洗面所で具合が悪くなっている、といわせた。

マネージャーを始末してしまうと、彼が白い上っ張りを取り寄せてくれたので、ぼくがもう一人の番人になった。ぼくの手もとにはあと支配者(マスター)が十個しか残っていなかったが、ケースは、ロフトへ取りにやらせれば、すぐにクラブへとどくことになっていた。正規の番人とぼくは、昼食時のラッシュが終るまでに、残り全部を使いきっていた。客の一人が、ぼくらが〝仕事〟をしているとき入ってきて驚かせたので、しかたなく殺してしまった。その男は掃除道具のロッカーに押しこんだ。そのあと、小凪になった。ケースもまだとどかなかった。猛烈な空腹感が、身体を二つ折りにしそうになった――それはやがて去ったが、何度も繰り返しやってきた。ぼくはマネージャーに頼み、彼がオフィスで昼食をだしてくれた。食べおえるころ、ケースがやってきた。

午後の暇な時刻のあいだに、ぼくらはクラブを完全に掌握した。四時頃までには、このビルのなかの全員が――会員も、従業員も客ものこらず――われわれの味方になっていた。それから先は、ドアマンが中へ通すたびに、ロビーにつれこんで始末した。その日おそく、マネージャーがデモインに電話してもっとケースを送るようにといった。その夜、大きな獲物がやってきた。財務次官だった。これはすばらしい勝利だった。財務省は、大統領の身辺護衛の任務をになっているからである。

8

高い地位を占める高官を捕えたことに、ぼくはぼんやりした満足をおぼえた——が、やがてそのことは何も考えなくなった。われわれ——つまり人間からの徴用者——はほとんど何も考えないのだ。われわれは、何をなすべきかは知っている、だがそれは、行動の瞬間にだけであって、ちょうど高等馬術用の馬が命令を受けるとそれに反応し、すぐつぎの騎手からの命令に備えるようなものだったのだ。

高等馬術の馬と騎手の喩えはうまい喩えだが、まだまだいい足りないところがある。支配者（マスター）たちは、われわれの知性をフルに駆使するばかりでなく、記憶や感情も自由に操ることができた。また、支配者（マスター）たち同士のためにその情報を交換しあうこともできた。時にはわれわれも、おたがいの話していることがわかる場合があったが、また時にはまるでわからないこともあった。話し言葉は召使い同士で用いられるが、われわれ召使いは、もっと重要な、直接の支配者対支配者（マスター・ツー・マスター）の話し合いにはいっさい参加できなかった。そのあいだ、われわれは、ただ坐りこんで、乗り手の話が終るまで待たされる。終れば、服のしわをのばしつぎの仕事にとりかかるのだった。

ぼくと、ぼく自身が支配者（マスター）のために話している言葉とは、電話と話されている会話と、おなじ程度に無関係だった。ぼくは、情報交換装置にすぎなかったのだ。徴用されてから数日後、ぼくはクラブのマネージャーに、支配者（マスター）たちを運ぶ容器の運搬について指示をあたえていた。そのときぼくは、もう三隻の宇宙船がすでに着陸していることをおぼろげに意識したが、ぼくにはっきりわかったのは、そのうち一カ所の、ニューオーリンズの住所だけに限られていた。

　ぼくはそのことについても何も考えず、ただ自分の仕事をつづけた。ぼくは〈ポッター氏の新任の特別補佐官〉として、数昼夜を彼のオフィスで過した。事実上は、この関係は時として逆になった。しばしばぼくが、ポッターに口頭で指示をあたえることもあったのである。でなければ、ぼくには、その当時もそうだったように、今でも彼らの社会機構がよくのみこめていないのかもしれない。

　ぼくは——そしてもちろんぼくの支配者（マスター）は——人目につかないでいるほうがいいということを知っていた。ぼくを通じて、ぼくの支配者（マスター）はぼくと同じことを知った。ぼくが、おやじ（オールドマン）の知っている人間としてはただ一人の徴用者であり——そして、これは絶対確実だが——おやじ（オールドマン）がぼくをとりもどすか殺すかするまでは、けっしてぼくの捜索をやめないことを、支配者（マスター）はよく知っていたのである。

　考えてみれば、それが、ぼくを殺して他の人間の身体に乗り換えなかったことは不思議だった。支配者（マスター）の数よりも、徴用された人間のほうがずっと多かったからである。寄生虫たちには、人間の持つ潔癖さに相当するものはまったくなかった。移動容器で運ばれてくる支配者（マスター）たちは、しばしば、宿主（ホスト）をだめにした。そのたびにわれわれは宿主（ホスト）を破壊し、新しい宿主（ホスト）を見つけた。とはいえ、熟練したカウボーイは、新しい、無経験な馬に乗り換えるために、訓練のいきとどいた乗馬をむやみと乗り潰しはしない。そしてこれが、ぼくが人目から隠されて生き延びられた理由だったのかもしれない。

ある程度の時間がたって、全市が〈確保〉されると、支配者（マスター）はぼくを市中に連れだした。といっても、市民全部がこぶを背負っていたというわけではない。そうはいかないのだ。人間は非常な数だし、支配者（マスター）たちの数はまだまだ非常にすくない。だが、市の重要な役職は、町角に立つ警官から、市長、警察署長までことごとくわれわれの徴用人間によって占められてしまったのだ。もちろん各区長や、教区牧師、市会議員、そのほかありとあらゆる通信、報道関係機関も忘れなかった。だから市民の大多数は、この一大仮装行列（マスカレード）に邪魔されないばかりか、まったくそれに気もつかずに、ごくあたりまえの日常を送っていたのである。

ただし、そうした市民でも、たまたま、支配者（マスター）の何かの目的の障碍となったときは、情容赦なく殺されてしまった。

われわれの支配者（マスター）たちにとって、都合のわるかったことの一つは、長距離通信が困難だった点である。それはけっきょく、人間の宿主（ホスト）が、人間の言葉で、ふつうの通信手段を用いて話せることに限定されたし、さらには、その通信手段が完全に確保されていない場合には、ぼくが最初に支配者（マスター）たちの輸送を指令したときのような暗号を使わなければならなかったことである。こうした召使いを通じての情報交換は、支配者(マスター)たちの目的にはまずまちがいなく都合のわるいことらしかった。そこで彼らは、その行動を一致させるため、しばしば、身体と身体を触れあわせての会議を持つ必要があったようだ。

　ぼくがニューオーリンズへ派遣されたのも、そうした会議のためであった。

　ある日の朝、ぼくはいつもと同じように市内に出、山手行きのプラットホームに行ってエア・タクシーを命じた。すこし待つと、ぼくのタクシーが乗降路にあがってきた。ぼくがそれに乗りこもうとすると、一人の老人があわただしく駆けよってきて、ぼくより前に乗りこんでしまった。

　ぼくは、老人を始末しろという命令を受けた。が、その命令はすぐに撤回され、もっとゆっくり、慎重にやるようにという命令とかわった。そこでぼくは老人にいった。

「失礼ですが、このタクシーはわたしが頼んだのですよ」

「ちがう」と老人は答えた。「わしが頼んでおいたのだ」

「あなたは、ほかのをお探しなさい」ぼくは理づめでいくことにした。「あなたの整理番号を見せてください」

　ぼくの勝ちだった。このタクシーは、ぼくのチケットの整理番号をつけていたのだ。だが老人は動こうとしなかった。

「あんたはどこまで行くんだね」と彼は横柄に訊いた。

「ニューオーリンズ」とぼくは答えて、はじめて自分の行き先を知った。

「それじゃ、わしをメンフィスで降ろしてくれればよい」

ぼくはかぶりを振った。「道がちがいますよ」

「たった十五分のことじゃないか！」老人はしだいに癇癪をおさえきれなくなってきたらしかった。「公共輸送機関では、乗っておるものをむりに降ろすことはできんのだ」彼は向こうをむいた。「運転手、この男に規則を説明してやってくれ」

運転手は歯をせせるのをやめて答えた。「わたしの知ったことじゃないね。わたしは客を拾って、走って、降ろすのが商売だ。そっちで決めてくださいな。でなきゃ、配車係にいって、べつの客を拾いますよ」

ぼくはまだためらっていた。まだ指令を受けていなかったからだ。それから、気がつくと、ぼくは車に乗りこんでいた。「ニューオーリンズだ。その前にメンフィスをまわってくれ」

運転手は肩をすくめて、管制塔にシグナルを送った。相客は鼻を鳴らしただけで、ぼくには目もくれなかった。

空中に舞いあがると、老人は書類鞄をあけて、膝の上に書類を拡げはじめた。ぼくは無関心に彼を見つめた。ぼくは、いつのまにか、銃がすぐ抜けるように身体の位置をずらしていた。と、老人がすばやく手をのばしてぼくの手首をがっちりつかんだ。「はやまるなよ、おまえ」と彼はいった。と、その顔が、にやりと笑い――おやじ（オールドマン）その人の悪魔的な笑いに変ったのだ。

ぼくの反応は速いほうだ。だがぼくには、なにもかもを一度支配者（マスター）に伝え、許可を受けてから行動に移らなければならないという不便さがあった。そのためどのくらい遅れたかはわからない。とにかく、ぼくが銃を抜きかけたときはもう、向こうの銃口がぼくの肋骨につきつけられていた。「おとなしくな」

もう一方の手で、彼は何かをぼくの脇腹に突き刺した。一瞬ちくりとしたが、つぎの瞬間にはもう、催眠剤の温かいうずきが全身を流れはじめていた。ぼくはもう一度、銃を引き抜こうとして——それから、前にのめった。

ぼんやりと、いくつかの声が聞こえた。だれかがぼくを乱暴に扱い、またかがこういった。「この猿めに気をつけろ!」するとべつの声が、「だいじょうぶだ、腱を切ってある」といった。最初の声がいいかえした。「まだ歯があるじゃないか」

そのとおりだ、とぼくはじれながら思った、そばへ来たらこの歯で咬みついてやるぞ。腱が切ってあるというのは本当らしかった。手も足もまるで動こうとしないのだ。だがそれも、猿呼ばわりされるのとくらべればそれほど腹はたたなかった。畜生め、とぼくは思った、身を守る力もないときにひとの悪口をいうなんてひどいじゃないか。

ぼくはすこし泣き——それから、昏睡におちこんでいった。

「すこしはよくなったか?」

おやじ(オールドマン)が、ぼくのベッドの端から身を乗りだし、考えぶかそうな目でぼくを見ていた。胸は裸で、もじゃもじゃの毛におおわれていた。

「ええ……とてもいいらしいです」ぼくは起きあがろうとしたが、できなかった。

おやじ（オールドマン）は脇へまわってきた。「この拘束具はもうとってもいい」といいながら、留金をまさぐった。「おまえが自分で自分を傷つけないようにという用心だ。さあとったぞ」

ぼくは起きあがり、自分の身体をこすった。

「ところで、おまえは、どれくらいおぼえている？　報告しろ」

「おぼえているとは？」

「やつらはおまえを捕えていたのだ。あの寄生虫がおまえにとりついてからあとのことを、何かおぼえているか？」

ぼくはとつぜんすさまじい恐怖を感じてベッドにしがみついた。「ボス！　やつらはここを知ってます！　ぼくが喋ってしまったんです」

「いや、知らん」と彼は言葉静かに答えた。「ここは、おまえのおぼえている本部ではないからだ。古い本部は引き払わせた。やつらもまだこの隠れ家については知らん――はずだ。どうだ思いだしたか？」

「もちろんおぼえています。ぼくはここを脱けだした――つまり、前の本部を脱けだしてあがっていった――」思考が先走りした。ぼくはとつぜん、生きた支配者（マスター）を素手で持ち、ビルの代理人につけようとしている自分の姿をありありと思い浮かべたのだ。

ぼくは吐いた。おやじ（オールドマン）がぼくの口を拭いてくれて、やさしくいった。「先をつづけろ」

ぼくは唾を飲みこんだ。「ボス——やつらはそこらじゅうにいます。やつらはニューヨークを占領してるんです」

「わかっておる。デモインでも、ミネアポリスでも、セントポールでも、ニューオーリンズ、カンザス・シティでも同じだ。あるいは、もっとあるかもしれん。わからんのだ——わしも、いちどきにどこにでもいるというわけにはいかんからな」彼は顔をしかめて、言葉を継いだ。「まるで、足を袋に突っこんだままファイトしているようなものだ。われわれは負けている。時々刻々と負けている。明らかにそうだと思う都市さえ、制圧できないでいるのだ」

「なんてことだ。どうしてなんです？」

「おまえにはわかるはずだ。お偉がたが、依然として納得してくれないからだよ。彼らが都市を占領しても、見かけの様子は前とすこしも変らないからだ」

ぼくは眼をむいた。

「まあ、よろしい」と彼はやさしくいった。「おまえは、わしらの得た最初の勝利なのだ。おまえは生きてとりもどすことのできた最初の犠牲者だった——しかも、いま、おまえが、そのあいだのことをおぼえているということがわかった。それがきわめて重要だ。おまえにとりついていた寄生虫は、われわれが生きたまま捕獲した最初のものでもある。そのうちあいつを——」

ぼくの顔は、おそらく、恐れの仮面をかぶったようだったにちがいない。ぼくの支配者(マスター)がまだ生きている、そしてまたぼくにとりつくかもしれないという想像は、とても、ぼくには耐えられなかったのだ。

おやじ（オールドマン）はぼくの身体をゆすった。「落ち着くんだ」彼は穏やかな声音でいった。「おまえはまだ弱っている」

「どこにいるんです？」

「うむ？　寄生虫か？　そんなことは心配するな。あれは、おまえと相対ナンバーの赤毛のオランウータン——ナポレオンという名前だ——に寄生させてある。だいじょうぶだ」

「殺してください！」

「それはむりだ。あれは生かしておく必要がある。研究のために」

ぼくはまた支離滅裂になってしまったにちがいない。おやじ（オールドマン）がぼくに平手打ちを喰わせた。

「しっかりするんだ」と彼はいった。「わしだって病気のおまえにこんなことはしたくない、だがしなければならんのだ。おまえがおぼえていることを、いっさいがっさいテープにとらなければならんのだ。機を水平に保て、楽に飛ぶんだ」

ぼくはようやくのことで気を取りなおし、おぼえているかぎりのことを注意して、ことこまかに報告しはじめた。ぼくはビルのロフトを借りたこと、最初の犠牲者を〈徴用〉したことを喋った。それから、どうやってコンスティチューション・クラブに潜入したかも話した。

おやじ（オールドマン）は頷いた。「もっともだ。おまえは、有能な捜査官（エージェント）だからな——やつらにとってさえ」

「あなたにはわからないんだ」とぼくは抗議した。「ぼくはなにも考えはしなかった。何が起こっているかはわかるが、ただそれだけなんだ。それはまるで――まるで――」ぼくは、言葉につまって、口をとざした。

「よろしい。先へすすめ」

「クラブのマネージャーを徴用してから、あとは楽でした。ぼくらは、入ってくる連中を片端からつかまえて――」

「名前はわかるか？」

「もちろんです。M・C・グリーンバーグ、ソア・ハンセン、J・ハードウィック・ポッター、その運転手のジム・ウェークリー、クラブの洗面所の番人をしてたジェークという名前の小男――もっともこいつはあとで殺されました。彼の支配者（マスター）が、やつが何をするにも暇がかかりすぎるのを嫌ったからです。それから、マネージャーがいます。そういえば、あの男の名前はとうとう聞かなかった」ぼくはそこで言葉を休め、心の走りもどるのにまかせて、徴用した連中一人一人を正確に思いだそうとした。

「大変だ！」

「なにがだ？」

「財務次官がいる！」

「おまえがつかまえたのか？」

「そうです。最初の日です。あれからどれくらいたったんです？　くそ、機関長（チーフ）、財務省は大統領を護衛してるんだ！」

だが、そこにはもう、たったいままでおやじ（オールドマン）のいたあとの、空気の穴があいていただけだった。

ぼくは精も根も尽き果てて横になった。枕に顔をおしつけて、ぼくはすすり泣きはじめた。

しばらくして、また、眠りこんだようだ。

9

目が覚めたとき、口のなかはたまらなく気持がわるく、頭はがんがん痛み、恐ろしい災厄が今にもやってくるような強迫感があった。にもかかわらず、奇妙なことに、前よりはずっと気分はよかった。元気のいい声が、「いくらかよろしいですか？」と聞いた。

小柄なブルネットの女がぼくの上に身をかがめていた。なかなかいける可愛い子ちゃんで……ぼくはその事実を——ぼんやりとではあるが、評価できる程度には十分恢復していたのだった。それにしても彼女の衣裳は変わっていた。白いショーツに、乳房を隠すほんの申し訳ほどの布切れ、首と両肩と背骨をおおう金属製の甲羅(カラペース)のようなもの——それだけなのだ。

「よくなった」とぼくはいって、顔をしかめた。「口のなかが気持わるい？」

「バルカンのどこかの国の閣議みたいだ」

「これを」といって女は何かグラスに入ったものをよこした。ぴりっと辛かったが、それで口のなかのいやな味はなくなった。「だめよ、飲まないで。吐きだしてください。お水を持ってきてあげます」

ぼくは命令に従った。

「わたしはドリス・マースデン」と女はつづけた。「あなたの昼間の看護婦です」

「はじめまして、ドリス」と答えながら、ぼくは女を眺めまわした。「ところで、その衣裳はどういうことだい？ 嫌いというわけじゃないんだが、まるで、マンガから脱けだしてきたみたいに見えるよ」

女は笑った。「わたしはコーラス・ガールになったみたいな気分よ。でもそのうち馴れるわ——わたしはもう馴れた」

「すてきだよ。でもなぜなんだ？」

「おやじさん（オールドマン）の命令よ」

それを聞いたとたんに理由はのみこめた。そしてまたいやな気分になりはじめた。ドリスがつづけた。「さあ、お夕飯よ」彼女は盆を出した。

「なにも食べたくない」

「口をあけて」と、彼女は断乎としていった。「でないと髪にすりこむわよ」

自己防衛のために一口二口呑みこむあいだに、ぼくはものをいうチャンスを見つけた。

「もうだいぶ良くなったよ。刺戟剤（ジャイロ）を一本うってくれれば、もう起きられる」

「昂奮剤はだめ」と彼女はにべもなくいってぼくの口に食物をほうりこみつづけた。「特別の食事にたっぷりした休養、そこにあとで睡眠薬を一錠。こういう命令なんですからね」

「ぼくはどこが悪いんだ？」

「極度の疲労、栄養失調、壊血病の初期症状、それに疥癬（かいせん）にしらみ——もっとも、それはもうみんな追っぱらっちゃったけど。さあ、これでわかったでしょ——でも、もしいま説明してあげたということを先生にいいつけたりしたら、面とむかって嘘つきだっていってあげるわよ。向こうをむいて」

いわれたとおりにすると、彼女は繃帯をかえはじめた。あっちこっち傷だらけのようだった。ぼくはそのことを考えてみた。そして支配者（マスター）につかえていたころのぼくの生活を思いだそうとした。

「ふるえないで」と看護婦がいった。「ひどい目にあったの？」

「もう大丈夫だ」ぼくはいった。思いだすかぎりでは、そのころぼくは二日か三日に一度食べただけだった。入浴は？　まてよ……そうだ、ただの一度も身体を洗ったことはなかったのだ！　確かに毎日髭はそったし、シャツも取り替えた。だがそれは、仮装行列（マスカレード）に必要だったからで、支配者（マスター）がそれを知っていたからだった。

一方、ぼくは、靴を、ぬすんではいて以来ただの一度も——おやじ（オールドマン）がつかまえてくれるまで、脱がなかった。だいたい、最初からかなりきつかったのに……「ぼくの足はどんなになってる？」とぼくは訊いた。

「うるさくしないで」とドリスがいった。

ぼくは看護婦が好きだ。看護婦は冷静で現実的でじつに辛抱づよい。夜勤の看護婦のミス・ブリグズはドリスのような可愛い子ちゃんタイプではなかった。馬みたいな長い顔をしていた。彼女もドリスが着ているのとおなじミュージカル・コメディ風の衣裳をつけてはいたが、おどけたそぶりひとつせず、近衛兵みたいなきまじめな歩きかたをした。ドリスは――イカすぜ、ベイビイ――陽気に腰を振って歩くのだ。

ミス・ブリグズは夜中に悪い夢をみて目が覚めても、二回めの睡眠剤はぜったいくれようとしなかった。だが、ぼくとポーカーをやって、半月分の給料をふんだくってしまった。ぼくは彼女から大統領のことを訊きだそうとしたが、何も喋らない。彼女は、寄生虫のことも、空飛ぶ円盤のことも、なんのことでも、まるきり知らないといいはった――しかも、彼女自身がつけているその衣裳は、ただ一つの目的しかないのだ！

それでぼくは、ミス・ブリグズに、ふつうのニュースを訊いてみた。だが彼女は、いそがしすぎてニュースキャストをみている暇なんかないという。そこでぼくは、ステレオ・ボックスをぼくの部屋に運んでくれないかとたのんだ。彼女は医者にたのんでみなければという。ぼくは〈安静患者〉のリストにあったのだ。いつその医者なるものに会えるのかと訊いた――ちょうどそのとき、呼びだしのベルが鳴って、彼女は部屋を出ていった。

ぼくは彼女をいっぱいくわせてやった。いないあいだにカードにしるしをつけておいて、手がわかるようにしておいたのだ。それからは、彼女が突っかかってきたときは、ぜったい乗らないようにした。

そのあと、眠ったが、ミス・ブリグズにタオルで顔をぴしゃりとやられて目を覚ました。朝食の支度をしてくれたのだ。それからドリスがやってきて彼女と交代し、朝食を持ってきてくれた。食べながら、ぼくはドリスにニュースをせがんだが――ミス・ブリグズのときと同じ成績しかあげられなかった。看護婦というものは、病院を発育不全の幼児のための哺育所かなにかだと心得ているのだ。

朝食後デイヴィドスンが見舞いにきた。「きみがここに入院しているときいてね」と彼はいった。彼はショーツしかつけていなかった。ただ、左腕が、繃帯でぐるぐる巻きにしてあった。

「聞きしにまさるところだよ」とぼくはこぼした。「きみはどうしたんだ？」

「蜂にさされたんだ」

どうして火傷を負ったのか、話したくなければ話さないでいい。ぼくはつづけた。「おやじ(オールドマン)はきのうここへ来て、いきなり帰ってしまった。それから、彼に会ったかい？」

「ああ」

「それで？」

「ところで、きみはどうなんだ？　心理の連中はきみを分類してくれたのかい？　それともまだか？」

「そんな疑いがあったのか？」

「そりゃ、大変なもんだったさ。ジャーヴィスは気の毒に、とうとう正気に戻らなかったんだ」

「なんだって？」そういえばぼくは、ジャーヴィスのことを、一度も思いださなかったのだ。

「いま彼はどうなんだ？」

「どうもこうもない。昏睡状態になって、死んだよ――きみが出ていったつぎの日に、つまり、きみがやつらにつかまったつぎの日に」デイヴィドスンはぼくを見やった。「きみはタフだったんだ」

ぼくはタフなんぞでなかった。気が弱くなって、たちまち涙があふれだしたが、まばたきをしてごまかした。デイヴィドスンは見て見ないふりをして、つづけた。「きみが、おれたちを見事まいてからのあの騒ぎをみせたかったよ。おやじ（オールドマン）はきみのあとを、追っかけたが、そのとき着けていたものは、銃とすごい顔つきだけだった――そのままならきみをつかまえてたかもしれないが、その前に警察が彼をとっつかまえちまったんだ。おれたちがブタ箱から彼をもらいさげてきたのさ」デイヴィドスンは苦笑した。

ぼくも弱々しく笑った。おやじ（オールドマン）が世界を救うべく生まれたままのまる裸で猛然と突進するさまは、雄々しくもまた……どんなに滑稽だったろう。「まったく、そいつは見られなくて残念だったな。それからどうなったんだ――最近は？」

デイヴィドスンはまたぼくを見やって、「ちょっと待て」といった。彼は部屋を出て、しばらく戻ってこなかったが、やがて帰ってくるといった。「おやじ（オールドマン）がいいといった。何が知りたいんだ？」

「何もかもだよ？　きのう何があったんだ？」

「こいつがきのうの騒ぎの結果さ」と彼は負傷した腕を振ってみせた。「おれは運がよかったんだ。三人やられた。それはひどい騒ぎだった」

「大統領は？　彼は――」

いいかけたときドリスがいそいで入ってきた。彼女はデイヴィドスンに向いて、「こんなところにいたのね！　ベッドに寝てなさいといったでしょう。いまごろはマーシィ病院についてなきゃいけない頃なんだわ。病院車が、もう十分も待っているのよ」

彼は立ちあがり、にやりとすると、いいほうの手で彼女をつついた。「おれが行くまで、ご一行は出かけられないさ」

「いそいで！」

「いま行く」

ぼくは呼びかけた。「おい！　大統領はどうなったんだ？」

デイヴィドスンは振りかえって肩越しにこっちを見た。「大統領か？　彼は大丈夫だよ。かすり傷ひとつない」彼は出ていった。

ドリスが、二、三分後にぷんぷんしながら帰ってきた。「まったく患者というものは！」と、〝患者〟がののしり言葉であるかのようにいった。「あの人ったら、注射をうつのに二十分もかけさせて。病院車に乗せるとき、ようやく注射ができたわ」

「なんの注射だ？」

「彼、話さなかったの？」

「いいや」

「そう……話していけないというわけもないわね。左の下膊部を切断して接肢したのよ」

「そうなのか」ぼくは思った。デイヴィドスンから話を終りまで聞かなくてよかった。新しい腕を接木するというのはショックだった。接肢は患者をすくなくとも十日は落ち着かせないのだ。ぼくはもう一度ドリスにせがんだ。「おやじはどうしている？　彼は怪我したのか？　それともぼくに話すのはきみの神聖な規律に反するかね？」

「あなたは喋りすぎるわ」と彼女は答えた。「朝のお食事と仮眠の時間よ」彼女は牛乳のようなどろっとした液体をとりだした。

「話してくれ。でないとこいつをきみの顔に吹きかけるぞ」

「おやじさん？　機関長のこと？」

「ほかにおやじがいるか？」

「彼は患者のリストには載ってないわ」といってドリスは顔をしかめた。「それに、あんな人を患者にするのはごめんだわ」

10

　それからもまだ二、三日のあいだ、ぼくは病気の子供扱いを受けていた。ぼくは気にしなかった。もう何年ものあいだこんな休息らしい休息はとったことがなかったのだ。痛みはしだいになくなり、そのうち部屋のなかで軽い運動をするように奨められた——いや、強要されたというほうがいいかもしれない。

　おやじ（オールドマン）がぼくを見舞いにきた。「うむ——まだ仮病をつかっとるな」

　ぼくは血が顔にのぼるのを感じた。「あなたってまったく根性のまがったいやな人だな！」ぼくはいった。「ズボンをくれればだれが仮病か見せてやる」

「落ち着け」彼はいって、ぼくのカルテをとり眺めた。「看護婦、この男にショーツを持ってきてやれ。彼を任務につかせるのだ」

　ドリスは牝のチャボみたいに彼と相対した。「あなたはお偉いかたかもしれませんけど、ここでは命令はできませんわ。先生が——」

「やめろ」と彼はいった。「ズボンをとってくるんだ」

「でも——」

彼は看護婦をつまみあげてぐるりとうしろを向かせると尻をぴしゃりとたたいた。「行ってこい！」

　ドリスはきいきいべちゃくちゃいいながら出ていき、医師といっしょに戻ってきた。おやじ（オールドマン）は穏やかにいった。

「先生、わしはズボンをとりにやったので、あんたではない」

　医師はかたい表情で答えた。「わたしの患者に干渉しないでいただけるとありがたいですね」

「彼はあんたの患者ではない。わしは彼を任務につけるんだ」

「そうですか。わたしのやりかたが気にいらないのでしたら、わたしの辞職をお許しねがいます」

　おやじ（オールドマン）は答えた。「ゆるしてくれ。ときどきわしはあまり自分の考えに夢中になって正当な手続きを踏むのを忘れてしまうのだ。どうかこの患者を診察してくれないか。もし任務に戻れるようならば、―この男が使えるようならばわしは大変たすかるのだが」

　医師の顎の筋肉がびくんと動いた――が、彼はいった。「わかりました」彼はぼくのカルテを調べるようなふりをやってから、ぼくの反射作用をテストした。「もうすこし恢復のための時間はほしいのですが――連れていってけっこうです。看護婦――この男の着衣を持ってきてやるんだ」

　着衣というのはショーツと靴だけだった。だがみんなも同じような服装をしていたし、裸の肩をして支配者がついていないということが一目でわかるのは安心だった。ぼくはおやじにそういった。「最上の防御法だ」彼は咆えた。「まるで避暑地みたいな風景だが——もしもこれを冬前に片づけてしまえなければ、われわれは負けだ」

彼は一つのドアの前に立ちどまった。〈生物学実験室——立入禁止〉という札がさがっていた。

ぼくは後しざりした。「どこへ行くんです?」

「おまえの双生児を見ていこう——おまえの寄生虫がとりついている猿だよ」

「思ったとおりだ。ぼくはいやですよ——いやだ、たくさんだ!」ぼくは自分ががたがた震えるのを感じた。

「まあ聞け」彼は辛抱づよい調子でいった。「恐怖にうちかつんだ。正面を向いて、それに相対するのがいちばんだ。それはつらいことはわかっている——わしは、あいつを何時間もにらみつけていた。そしてあいつに馴れたんだ」

「あんたにはわからない——あんたらにはわかりっこないんだ!」激しい震えに、ぼくはドアの框につかまって身を支えなければならなかった。

「それはちがうだろう」と彼はゆっくりいった。「じっさいにとりつかれたときとはな。ジャーヴィスは——」彼はそこで言葉を切った。

「そのとおりだ、ちがいますとも! ここにぼくをいれないでくれ!」

「いれない、いれないよ。医者のいうとおりだった。病室へもどれ。もう一度入院するんだ」彼は実験室のなかへ入りはじめた。

三歩か四歩いったところで、ぼくが呼びかけた。「ボス！」

彼は立ちどまって振りかえった。まったくの無表情だった。

「待ってください――ぼくも行きます」

「むりにとはいわぬ」

「やります。勇気を――とりもどすのには、ちょっと時間がかかるんです」

ぼくが並ぶと、彼は愛情のこもったやさしい手でぼくの腕を握り、歩いていくあいだずっと放さなかった。ぼくたちはなかに入り、もう一度、鍵をしたドアを通って、温度と湿度の調節をしてある部屋に入った。猿はそこに――檻のなかにいた。

その胴体は金属製の紐の枠でしめつけられ、支えられていた。腕と脚は、まったくきかなくなったように、だらりとたれている。猿は顔をあげて、われわれを底意地のわるい、知的な目で見た。と思ううちに、その目の火は消え、ただの愚鈍な野獣の――苦しみにうちひしがれた野獣の目になった。

「横にまわれ」とおやじ（オールドマン）がものやわらかにいった。ぼくはしりごみしたい気分だったが、おやじ（オールドマン）がまだぼくの腕をつかんでいた。猿は目を動かしてぼくらを追ったが、身体は枠に固定されていて動けなかった。新しい位置に来て――それが見えた。

ぼくの支配者（マスター）。あの無限とも思える長いあいだ、ぼくの背に乗り、ぼくの口で話し、ぼくの頭脳で考えた――ぼくの支配者（マスター）だ。

「しっかりしろ」とおやじが低くいった。「やがて馴れる。ちょっとわきを見ろ。楽になる」

ぼくはいわれるようにした。楽になった。二度ほど深呼吸をすると、心臓の鼓動が鎮まってきた。ぼくは、むりやり、そいつを見つめた。

恐怖を起こすのは、寄生虫の外見ではないのだ。といってその恐怖は、彼らの能力を知っているから起こるのでもない。最初それを見たとたんに、まだ正体も知らなかったときから恐怖を感じたのだ。ぼくはおやじにそういう意味のことをいった。おやじは頷いて、なおも寄生虫をにらんでいた。「理由のない恐怖だ。ちょうど小鳥が蛇を恐れるようなものだ。おそらくそれがあいつの第一の武器なのだろう」彼はちらと目をそらした。それはまるであまり長いあいだ見つめていると、彼のような強靭な神経の持主にも耐えられないかのようだった。

ぼくはおやじのまねをして、なんとかそいつに馴れようと、咽喉もとにせりあがってくる朝食を必死の思いでのみこんでいた。ぼくはわが胸に、こいつはおれに何もできはしないのだといい聞かせた。もう一度目をそらしたとき、おやじの目とぶつかった。「どうだな？」と彼はいった。「だんだん抵抗力がついてくるだろう？」

ぼくはまたそれを見た。「いくらかは」とぼくはいって、荒々しくつづけた。「ぼくはなんとしてでもこいつを殺してやりたい。こいつらをみんなぶち殺してやりたい——一生かかってもこいつらを殺して殺して殺しまくるんだ……」ぼくは、また震えはじめた。

おやじ(オールドマン)はじっとぼくを見つめていた。「さあ」と、彼はいって、銃をぼくの手に載せた。ぼくはびっくりした。病室から来たばかりなのでぼくは武装していなかったのだ。銃を手にして、ぼくは、彼を見返した。「どうして？　なんのために？」

「おまえはあれを殺したいのだ。どうしても殺したいのなら、殺すがいい。さあ、いますぐ殺せ」

「しかし……しかしボス、さっきはこれは研究用に必要だといったじゃありませんか」

「必要だ。しかしもしおまえがどうしてもこれを殺さないでいられないと思うのなら、そうするがいい。こいつは、おまえのものだ。もしおまえがこれを殺すことが必要なら――おまえをもう一度もとのおまえに帰すのに必要なら――やるがいい」

「もとのぼくに帰すのに――」その言葉は、ぼくの頭の中を駆けめぐった。おやじ(オールドマン)は、ぼくの心の病を療すのにどんな薬が必要かを知っていたのだ。ぼくはもう震えなかった。銃はぼくの手にしっかり収まった。引金を引けば熱線銃は発射しそれを殺すのだ。ぼくの支配者(マスター)を……。

もしこいつを殺せば、ぼくは自由な人間になる。だが、この仲間が生きているかぎり、ぼくは絶対に自由にはなれない。ぼくはこいつらをみな殺しにしたかった。捜しだし、焼き殺したかった。なかでも、こいつを、この一匹を。

ぼくの支配者(マスター)。殺さないかぎりはまだぼくの支配者(マスター)なのだ。ぼくの頭のなかには、暗い確信があった――もしぼくがこいつと一対一で相対すれば、なんの手出しもできず、凍りついたようになってしまって、こいつがぼくに這いあがり、肩胛骨のあいだに坐りこんで、背骨を探り、ぼくの頭脳を、ぼくそのものを支配するがままになってしまうだろう……。

だが、いまこそこいつを殺せるのだ！

もう恐怖は消しとんでいた。かわりに狂暴な喜びがみちた。ぼくは銃をあげた。

おやじ（オールドマン）はじっとぼくを見まもっていた。

ぼくは銃をおろしあやふやな調子でいった。「ボス、これをやったら、かわりはあるんですか？」

「ない」

「しかしこれは必要なんでしょう？」

「そうだ」

「それじゃ――いったいぜんたい、なんだってぼくに銃を渡したんです？」

「わかっているはずだ。どうしてもやりたければやるがいい。もし見逃していいというのなら、機関（セクション）が使う」

やらなければならない。もしかりに、ほかの全部を殺したとしても、この一匹が生きながらえていれば、ぼくは暗闇でうずくまって震えていなければならないのだ。ほかのやつは――そうだ、コンスティチューション・クラブで一ダースでもつかまえられるのだ。こいつが死ねば、ぼく自身が襲撃隊をひきいていこう。荒い息をしながら、ぼくはふたたび銃をあげた。

それから、ひょいと振りかえると、銃をおやじに投げ返した。おやじはそれを宙でつかんだ。「どうしたんだ？」と彼はいった。

「わかりません。馴れてきたら、いつでもやれるとわかっただけで十分な気持になったんです」

「そうなるだろうと思った」

ぼくは楽な——ゆたかな気分になっていた。まるで、だれか一人を殺したような——でなければ女を一人ものにしたような——そいつを一匹じっさいに殺したばかりのような気分だった。もうぼくは、そいつに背を向けることもできた。おやじのひどい仕打ちに対しても腹はたたなかった。「あなたのことだ、そのくらいのことは考えかねない。人形つかいになった気分はどうです？」

彼はこのギャグを冗談とはとらず、ひどくきまじめに答えた。「わしではない。わしのやっていることは、だれかを、その望む道に載せてやることだ。人形つかいはあそこにいる」

ぼくは首をめぐらしてそれを見た。「そうですね」ぼくは低く頷いた。「人形つかいだ。あなたは、自分のいっている意味がわかっているつもりだろうが、ほんとうはわかっていないんだ——ボス、永遠にわからないままでいてくださいよ」

「わしもそう願う」彼は、大まじめに答えた。

もう、震えずにそいつを見られるようになっていた。それを見つめながら、ぼくは言葉をつづけた。「ボス、なにもかも終ったら、こいつはぼくに殺させてください」

「承知した」

そこへ一人の男が大いそぎで入ってくるのに邪魔された。男はショーツの上から実験着を着ていて、ひどく滑稽に見えた。グレーヴズではなかった。あれ以来グレーヴズを見たことはない。おやじ（オールドマン）が昼食に食ってしまったのかもしれなかった。

「機関長（チーフ）、ここにおられたとは知りませんでした。わたしは――」

「わしはここだ」とおやじ（オールドマン）が遮った。「なんでそんな実験着を着ておる？」おやじ（オールドマン）の銃はすでに抜かれてその男につきつけられていた。

男は銃を、まるで悪いいたずらでもしかけられたような目で見つめた。「そりゃ、仕事中だからですよ。しょっちゅう、なにかひっかかるんです。うちで扱ってる溶液のなかには――」

「脱げ！」

「はあ？」

おやじ（オールドマン）は銃を振った。ぼくにむかって、「こいつを捕えろ」といった。

男は実験着をとった。肩には何もなし、その痕跡の湿疹もなかった。「その実験着は持っていって焼いてしまえ」とおやじ（オールドマン）はいった。「それから仕事にもどれ」

男は顔を真っ赤にしてあわてて出ていこうとしたが、ふと立ちどまると、いった。「機関長（チーフ）、あのほうの……あの処置の準備はいいですか？」

「もうすぐだ。こちらから知らせる」

男は出ていった。おやじ（オールドマン）はものうげに銃をしまった。「命令を文書にして貼りだし」と彼はつぶやいた。「大声で読んでやり、署名させ、やつらのせまいちっぽけな胸に入墨するまでにしてやっているのに、小利口者が、てめえのことじゃないと思っとる。まったく、科学者ってやつは！」

ぼくは振りかえってもと支配者（マスター）を見た。それはまだ胸の悪くなるものだったが、同時に、非常な危機感をも感じさせた。それはそれほど不快ではなかった。「ボス、こいつをどうしようというんです？」

「訊問しようと思っているんだ」

「なんですって？　どうやってですか。つまりぼくのいう意味は、猿じゃ――」

「もちろん、猿は喋れない。人間の志願者が必要なのだ」

彼のいった言葉の意味を視覚化しはじめたとたん、恐怖が、ふたたびすさまじい勢いで打ってかかった。「まさか、本気でそんなことを――いくらあなただって、そんなことが――だれにしたって」

「わしにはできる。わしはやる気だ。やる必要のあることはどうしてもやる」

「志願者が出やしませんよ！」

「ひとりある」

「ある？　だれです？」

のだ」

「だが、わしは、その人間を使いたくない。まだ、もっと適当な人間がいないか、物色中な

ぼくは胸がむかついた。それを態度で示した。「あなたに、そんなものを探す権利はない、志願者であろうがなかろうが。もしすでにひとりいるんなら、べつの人間を探そうなんてむだなことだ。そんなに狂っている人間が二人といようとは思えない」

「そうかもしれん」と彼は同意した。「だが、いまいる志願者は、わしとしてはどうも使いたくないのだ。この訊問は不可欠なのだ、われわれは、いま、戦略的情報ゼロの状態で闘っている。われわれは敵を知らない。われわれは彼らと取り引きはできない。どこから来たのかも、どうして生きているのかも知らない。それを確かめなければならん。われわれの生存はそれにかかっているのだ。やつらのような動物に話しかける唯一の方法は、人間を介してだ。だからそうしなければならん。だがわしは、まだ志願者を探しているのだ」

「そんな顔をしてぼくを見ないでくれ！」

「わしはおまえを見ているのだ」

ぼくの返事は、半分は冗談のつもりだったが、彼の返事はぼくの度胆をぬいた。ぼくはどもり、とぎれとぎれにいった。「あんたは狂っている！　銃を渡されたとき、やつを殺せばよかった。あんたがそんなことを考えているんだったら、やっていたんだ、あいつを載せられるために志願しろだって？　いやだ！　もうたくさんだ！」

彼はぼくのいったことが聞こえなかったように、言葉をつづけた。「だれでもいいという

わけにはいかないのだ。あいつに耐えぬける男でなければならん。ジャーヴィスには耐えぬけなかった。十分にタフではなかったのだ。おまえなら、大丈夫だ、それはわかっている」

「ぼくが？　あんたにわかっていることは、ぼくが一度はなんとか生き延びたということだけだ。ぼくは――ぼくは二度と持ちこたえられはしない」

「それにしても」と彼は静かにいった。「おまえはほかの誰よりも死ぬ可能性がすくない。おまえは証明ずみだ。おまえ以外のだれでも、部下を失うことは大きいのだ」

「いつから、部下を失う危険を心配しはじめたんです？」ぼくは苦々しい思いでいった。

「いつもだ。信じてくれ。おまえに、もう一度だけチャンスをやる。おまえはこれをやるかどうだ？　これはやらなければならないことをおまえは知っている。誰よりもこれに耐えられる立場にいることもおまえは知っている――おまえはこれに馴れているから、われわれにいちばん役にたちうるということも知っている。それともおまえは、おまえのかわりに、だれかほかの捜査官（エージェント）の理性と生命とを危険に曝させるつもりか？」

　ぼくはどう思うかを説明しようと喋りはじめた。寄生虫にとりつかれたまま死んでいくと思っただけでもたまらないといった。そんなふうにして死ぬのは、すでに終りのない、耐えがたい地獄で死ぬのとおなじことなのだ。もっと耐えられないのは、ナメクジがぼくに触れた瞬間に死ぬことさえできなくなるということだった。だが、ぼくには、それをうまくいいあらわす言葉がなかった。

　ぼくは肩をすくめた。「ぼくを餌にしてくれていいですよ。人間にはやれることの限界がある。ぼくはやりたくない」

彼は壁のインターカムに向きなおった。「実験室」と彼はいった。「はじめるぞ。いそげ！」

さっき実験着を着ていた男の声が、答えた。「どっちの被験者ですか？」

「最初の志願者だ」

「ちいさいほうですね？」という声が、疑わしげな響きをおびた。

「そうだ。ここへ連れてこい」

ぼくはドアのほうにむかった。おやじ（オールドマン）が咬みついた。「どこへ行く？」

「外ですよ」とぼくも怒鳴りかえした。「ぼくはこいつに関係を持ちたくない」

彼はぼくの腕を鷲づかみにすると、ぼくをまわれ右させた。「おまえは関係しなくてよい。だがおまえはあいつらのことを知っておる。おまえの忠告が役にたつ」

「行かせてください」

「ここにおるのだ！」彼はすさまじく咆えたてた。「縛られてここにいるか、行動の自由を持ったままいるか、どっちかだ。病気だから大目にみてはやるが、でたらめはゆるさんぞ」

これに対抗するには、あまりに疲れていた。

「あなたがボスですからね」

実験室の連中が一種の椅子——というよりはシンシン刑務所の特製電気椅子そっくりのも

のを押してきた。踵と膝と手首、それに肘の部分を押さえる留金がついていた。腰と胸とをしめつけるコルセットもついていた。だが背の部分が切りとられているので、被験者の両肩は見えるようになっていた。

研究員はそれを猿の檻のそばに置いた。そして椅子にいちばん近い檻の側をあけた。猿は緊張した、意識した目でこれを眺めていたが、四肢は依然として、だらりとたれさがっていた。にもかかわらず、檻があけられるのを見て、ぼくはいっそう動揺してきた。おやじ（オールドマン）に縛りつけるといって脅かされたので、我慢していたのだ。技術者たちはうしろに退った。用意ができたらしかった。外側のドアがあいて何人かの人が入ってきた。そのなかにメアリがいた。

ぼくはたちまち混乱した。いままで、ずっと会いたいと思って、何度も看護婦を通じて伝言しようとしたのだが、メアリを見つけられなかったか、それとも命令されていたのかとうとう連絡ができなかったのだ。その彼女にこんなところで会おうとは！　ぼくは心中でおやじ（オールドマン）を呪った。女に見せるようなものではないのだ——たとえ、捜査官であってもだ。どこかに限度というものがあっていいはずだ。

メアリは驚いたようなそぶりを見せて頷いた。ぼくはその場はそれですませた。私語をしている場合ではなかったからだ。彼女は元気そうに見えたが、ひどくまじめくさっていた。看護婦とおなじ衣裳をつけていたが、あのおどけたヘルメットと背板とはつけていなかった。ほかはみんな男で、レコーダーやステレオ装置、そのほかの器具をたずさえていた。

「用意は？」と実験室主任がきいた。

「かかれ」とおやじが答えた。

　メアリが、まっすぐ電気椅子に歩いて坐った。二人の技術者がひざまずいて、留金をかけはじめた。ぼくはあまりの驚きに呆然としてそれを見つめていた。それから、いきなりおやじ（オールドマン）につかみかかり、文字どおり彼をほうりだしておいて、椅子のそばに走りより、技術者どもを蹴ちらかした。「メアリ！」とぼくは金切声で叫んだ。「そこから立つんだ！」

おやじ（オールドマン）がぼくに銃をつきつけていた。「彼女から離れろ」と彼は命じた。「そこの三人――この男を引っぱっていって縛りあげろ」

　ぼくはつきつけられた銃を見、メアリを見おろした。彼女は身動きもしなかった。その脚はすでに緊縛されていた。彼女は愛情のこもった目差しで、ぼくを見あげていた。「立つんだ、メアリ」とぼくは重苦しい声でいった。「ぼくがやる」

　技術者たちは椅子を持っていって、大型の椅子を運びこんだ。彼女のはぼくには使えなかった。両方とも、ぼくらの身体にぴたりとあわせてつくってあったからだ。留金がぜんぶとめられると、ちょうどコンクリートのなかに埋めこまれたようだった。背中が、まだなにもされていないのに、早くも耐えられないほどむず痒くなってきた。

　メアリはもう部屋にはいなかった。彼女の出ていくところは見なかったが、それはどうでもいいことだった。ぼくの用意ができたとき、おやじ（オールドマン）がぼくの腕に手を置き、平静な声で、

「ありがとう」といった。ぼくは何も答えなかった。

ぼくは、技術者たちが寄生虫をぼくの背中に載せるところは見なかった。たとえ首がまわせたにしても、見ようという気はなかったろうが、首がうごかせなかったのだ。猿が怯え泣き叫び、だれかが、「気をつけろ！」とするどく叫んだ。

静寂がひろがった。みんなが、息をひそめたかのようだった――それから、首のところに、何か湿ったものが触れて――ぼくは気をうしなった。


ぼくは、前に経験したとおなじうずくような精力感にみたされて、意識をとりもどした。窮地に陥っていることはわかったが、なんとかして脱出してやろうと決心していた。恐れは何も感じなかった。まわりのやつらを軽蔑し、かならずだしぬいてやる自信があった。

おやじ（オールドマン）が鋭くいった。「わしのいうことが聞こえるか？」

ぼくは答えた。「怒鳴るのはやめろ」

「おまえは、なんのためにここにいるか、おぼえているか？」

「質問がしたいのだろう。何を待っているのだ？」

「おまえは何者だ？」

「馬鹿げた質問だ。ぼくは六フィート一インチ、頭脳よりは筋肉が多く体重は――」

「おまえのことではない。わしが誰にむかって話しているか知っているはずだ――おまえだ」

「推理ゲームか？」

おやじ（オールドマン）はしばらく待ってから答えた。「おまえが何者か、わしが知らないようなふりをしてもむだだ――」

「だが、あんたは実際知らないんだ」

「わしは、おまえがあの猿の身体に寄生していたあいだずっとおまえを研究してきた――それは知っているはずだ。わしらに有利な点のいろいろあるのも知っている。第一に――」と彼は、それを数えあげはじめた。

「おまえを殺すことができる。

第二に、傷つけることもできる。おまえは電気ショックが嫌いだ。それに熱に弱く人間なら耐えられる熱にも耐えられない。

第三に宿主（ホスト）なしでは何もできない。おまえを宿主（ホスト）から離せば、死んでしまうのだ。

第四に、宿主（ホスト）の力を借りなければおまえにはなんの力もない。そしていま、おまえの宿主（ホスト）は無力だ。拘束をといてみろ。おまえは協力しなければならぬ――でなければ死があるのみだ」

ぼくはすでに拘束をためして、思ったとおり脱出の不可能なことを確かめていた。これは、しかし、あまり気にはならなかった。ふたたび主人とともにあって、心配や緊張から解放されていることに、奇妙な喜びを感じていた。ぼくの仕事は奉仕することだった。さきのことはさきのことだ。片方の脚の留金がもう一方よりゆるかった。なんとか、足がぬけそうだ―

――ぼくは腕の留金をためしてみた……もっと気を楽にすればたぶん――。と、とつぜん指令がやってきた。あるいはぼくが決心したといおうか――結局おなじことなのだ。ぼくの支配者（マスター）とぼくとのあいだには食いちがいはない。われわれは一体なのだ。指令だったにしろ、決心だったにしろ、いまはまだ危険をおかして脱出をこころみる時ではない。ぼくは部屋じゅうに目を走らせ、だれが武装しているかを確かめようとした。どうやら、おやじ（オールドマン）だけらしい。これは、好都合だった。

どこか、深い心の奥底で、罪と絶望の痛みが――支配者（マスター）の召使いになったものでなければけっしてわからないあの痛みがうずいた――が、そんなことを気にしているには、ぼくはあまりにいそがしすぎた。

「どうだ？」とおやじ（オールドマン）がつづけた。「質問に答えるか、それとも罰を受けるか」

「どんな質問だ？」とぼくは訊いた。「いままで、あんたは、無意味なことばかり喋っている」

おやじ（オールドマン）が技術者の一人に向きなおった。「くすぐり棒（ティクラー）をくれ」

ぼくは、まだ拘束をぬけることばかりに気をつかっていたので、何も警戒心は起こさなかった。うまく誘って、銃を手のとどくところに持ってこさせられれば……そのときまでになんとか片腕を自由にできれば……そうなれば、ことによったら。

彼がぼくの肩のうしろに棒で触れた。はげしい衝撃と痛みが襲いかかった。部屋のなかがまるでスイッチを切ったように暗くなった。ぼくはばらばらに引き裂かれた。一瞬ぼくは支配者（スター）から解放された。

　苦痛が去り、焼けつくような記憶だけが残った。まとまったことが考えられるようになるまえに、ばらばらな気分はなくなり、ぼくはふたたび支配者（マスター）の両腕のなかにあり、安心感をとりもどしていた。だが、これは支配者（マスター）に奉仕してはじめて、そしてこのときだけは、ぼくは不安から逃れることができなかった。支配者（マスター）自身のすさまじい恐怖と苦痛とが、ぼくにまで伝わってきたのだろう。

「さあ」とおやじ（オールドマン）が訊いた。「いまの味はどうだった？」

　極度な恐怖心は拭うように去っていた。ぼくはふたたび不安のない安らぎの状態にもどり、するどい警戒心と注意ぶかさがもどってきた。痛くなりはじめていた両手首と踵の痛みもとまった。

「なぜあんなことをした？」とぼくは訊いた。「もちろん、あんたはぼくを痛めつけられる――だが、なぜやった？」

「わしの質問に答えろ」

「きくがいい」

「おまえは何者だ？」

　答えはすぐには出なかった。おやじ（オールドマン）が衝撃棒に手をのばした。ぼくは自分が、「われわれは知的生物だ」というのを聞いた。

「どんな知的生物だ？」

「唯一の知的生物だ。われわれはおまえたち人間を研究し、おまえたちの生きかたを知った。われわれは――」そこで、ぼくは、とつぜん言葉をとめた。

「話をつづけろ」とおやじ(オールドマン)は重苦しい調子でいうと、棒でつく仕種をした。

「われわれは――」とぼくはつづけた。「おまえたちに――」

「わしたちに、何だ？」

ぼくは喋りたかった。衝撃棒がぞっとするほど近く寄せられていた。だが、なにか、言葉の障碍があった。「おまえたちに平和をもたらすために来た」とぼくはようやくのことでいった。

おやじ(オールドマン)は鼻を鳴らした。

「平和と満足とだ。それに、降服することの喜びだ」ぼくはそこまでいって、またためらった。〝降服〟というのは正しい言葉ではない。ぼくは、外国語を喋るとき言葉を模索するように正しいいいかたを探し求めた。「喜びは――」とぼくは繰り返した。「喜び……涅槃の喜びだ」この言葉はぴったりしていた。ぼくは棒をくわえてきて褒美に頭を撫でられた犬のように感じた。ぼくは喜びに身体をくねらせた。

「こういうことなのか」とおやじ(オールドマン)がいった。「おまえは人類に、もし降服すれば、われわれの面倒をみて幸福にしてやる、という。そうか？」

「そのとおりだ！」

おやじ(オールドマン)はぼくの肩越しに向こうをじっと見ながら、しばらく考えこむふうだったが、やがて床に唾をはいた。「いいか」と彼はゆっくりいった。「わしも、仲間のものも、何回となくそうした取り引きを申し出られた。だが、一顧だに価しなかった」

「あんた自身がためしてみろ」とぼくは誘った。「簡単にすむ。それではじめてよくわかるのだ」

彼は、こんどはぼくの顔を見据えた。「やってみるべきかもしれん。わしは、誰かに、身替りになってもらっているのかもしれんからな。あるいはいつか、やってみよう。だがいまはだめだ」彼は急にてきぱきした調子にもどった。「質問には答えろ。すばやく、正確に答えれば痛い目にはあわさない。のろのろしていると電流を流すぞ」と彼は衝撃棒をふりかざしてみせた。

ぼくはちぢみあがった。困惑と敗北感がひろがった。ほんの一瞬だが、ぼくはおやじ（オールドマン）が申し出を受けると思って、逃げだす可能性を計算していたのだった。「さあいえ」と彼はつづけた。

「おまえたちはどこからやってきたのだ？」

答えなし。ぼくは答える欲求をまったく感じなかった。

衝撃棒が近づいてきた。「遠くからだ！」とぼくはようやく叫んだ。

「それでは答えにならない。おまえの基地はどこだ。おまえの生まれた惑星は？」

おやじ（オールドマン）はちょっと待ってからいった。「どうしても記憶にゆさぶりをかけてやらねばならんようだな」ぼくはぼんやり、何も考えないままおやじ（オールドマン）を見つめていた。すると、助手の一人がおやじを遮った。「なんだ？」とおやじが訊いた。

「語義学的障碍があるのかもしれません」と助手が繰り返した。「天文学的概念がちがうのでは？」

「なぜだ？」とおやじが反問した。「ナメクジどもは、宿主の知識はすべてものにするのだ。それはすでに証明ずみだ」だが、彼は、振りかえると作戦を変えた。「よいか、おまえは太陽系を知っている。おまえの惑星は、太陽系の内側か、外側か？」

ぼくはためらってから、答えた。「あらゆる惑星はわれわれのものだ」

おやじは口をひきむすんだ。「それはどうかな」といって先をつづけた。「が、そんなことはどうでもいい。全宇宙をわがものと主張するのもいいだろう。おまえらの巣はどこだ？おまえらの宇宙船はどこからやってきたのだ？」

ぼくは答えるわけにはいかなかった。だまったまま坐っていた。

とつぜん彼はぼくの背中に手をのばした。すさまじい打撃が襲った。「いえ、この野郎！どの惑星だ？　火星か？　金星か？　木星か？　土星か？　天王星か？　海王星か？　冥王星か？」彼はつぎつぎにその名を列挙した、その都度ぼくにはその姿が見えた——しかもぼくは、地球を離れて宇宙ステーションまでしか行ったことがなかったのだ。彼がいい当てたとき、ぼくにはそれがわかった。だが、その考えは一瞬のうちに奪い去られてしまった。

「喋るんだ」と彼はつづけた。「でなければ鞭を喰うぞ」

自分のいう声が聞こえた。「そのどれでもない、われわれの故郷はもっとはるかに遠い」

彼はぼくの肩越しを見てから、ぼくの目の中を覗きこんだ。「おまえは嘘をついている。正直になるには、もうすこし薬を効かさなければならんようだな」

「よせ、やめろ！」

「やってみても悪くはない」彼はゆっくりと衝撃棒をぼくの背後にのばした。ぼくは、ふたたび正しい答えを知り、それを喋ろうとした――が、その瞬間にまた何者かがそれを咽喉もとから奪い去ってしまった。苦痛がはじまった。

苦痛はとどまるところを知らなかった。ぼくはばらばらに引きちぎられた。ぼくは話そうとした――苦痛をとめるためにはなんでもしようとした、だが、ぼくの咽喉もとは、まだ何かの手でがっちりと抑えられていた。

苦痛のもやを通して、おやじ（オールドマン）の顔が、ちらちら光り、漂うように見えた。「これでわかったか？」と彼が訊いた。ぼくは答えようとしたが、咽喉がつまり、吐きかけた。おやじ（オールドマン）がまた棒に手をのばした。

ぼくは粉々に砕けて死んだ。

何人もがぼくの上にかがみこんでいた。誰かが「意識をとりもどしたぞ」と叫んだ。おやじ（オールドマン）の顔が、すぐ目の前にあった。「だいじょうぶか？」彼は心配そうに聞いた。ぼくは顔をそむけた。

「どいてください」と、べつの声がした。「注射をうたせてください」そういった声の主はぼくのそばにひざまずき、注射をうった。男は立ちあがり、両手を見てから、それをショーツで拭いた。

刺戟剤（ジャイロ）だなとぼくはぼんやり考えた。でなくとも、何かそんなものだ。何にしろそれはぼくをもう一度しっかりさせてくれた。やがてぼくは誰の手もかりずに身体を起こした。ぼくはまだあの檻のある部屋に——あの呪うべき椅子のまん前にいたのだった。ぼくは立ちあがろうとした。おやじ（オールドマン）が手をかそうとしたがぼくはそれを振りはらった。「おれに触るな！」

「すまん」と彼はいって、すぐ誰かに命令した。「ジョーンズ！　おまえと伊藤は担架を持ってこい。病院へ連れていくんだ。先生も行ってくれ」

「承知しました」注射をしてくれた男がぼくの腕をとろうとしたが、ぼくは腕を引っこめた。

「手をだすな！」

医師はおやじ（オールドマン）を見やった。おやじ（オールドマン）は肩をすくめて、彼らに退れと合図した。ぼくはただひとり、ドアのところへ歩き、外側のドアを通りすぎて通路へ出た。ぼくはそこで一度たちどまり、両手首と踵を見て、やはり医務室に行ったほうがいいと思った。ドリスが世話してくれる。それから眠れるだろう。ぼくは十五ラウンド戦いつづけて全ラウンドを失ったような気がした。

「サム、サム！」

ぼくの知っている声だった。メアリが走り寄ってきてぼくの前に立ち、大きな、悲しみのこもった目でぼくを見ていた。「サム！　あなた、何をされたの？」その声は咽喉につまって、ほとんど聞きとれないほどだった。

「知っているはずだ」ぼくはそれだけ答えると、残っていた力をこめて、メアリに平手打ちを喰わせた。

「牝犬めが」ぼくはいった。

ぼくの部屋はまだからっぽだったが、ドリスの姿はなかった。ぼくはドアを閉め、ベッドにうつぶせに横たわると、何を考えるのも感じるのもやめようとした。しばらくたってはっと息をのむ気配がした。片目をあけてみるとドリスだった。「いったいどうしたの?」と彼女は叫んだ。ドリスの優しい手が、ぼくに触れるのを感じた。「かわいそうに……ほんとにかわいそうに!」それから、「ここにいるのよ。動いちゃだめよ。わたし先生を呼んでくるから」とつけくわえた。

「いらん!」

「だって、先生に診ていただかなきゃ」

「会いたくないんだ。きみが診てくれ」

ドリスは答えなかった。すこしして彼女の出ていく物音がした。彼女はまもなく——たぶんまもなくだと思うが——戻ってきて、ぼくの傷を洗ってくれた。背中に触ったときは、悲鳴をあげたかった。だがドリスは手早く繃帯をして、「さあ、あおむけになって」といった。

「うつむけでいたいんだ」

「だめ。これを飲んでほしいの、さあいい子ね」

ほとんどドリスに手伝ってもらって、ぼくは寝返りをうった。そして、彼女の出したものを飲んだ。ちょっとして、ぼくは眠りにおちた。

ゆり起こされて、おやじ（オールドマン）に会い、ののしったような記憶がある。医師もそこにいたようだ——だが、それは、夢だったのかもしれない。


ミス・ブリグズがぼくを起こし、ドリスが朝食を持ってきてくれた。患者のリストからはずされたことが一度もなかったようなスムーズな調子だった。具合も、それほど悪くはなかった。ナイアガラ瀑布を樽に入って落下してきたような気分だった。両手、両脚は繃帯でまかれていた。留金で切った傷だ。しかし骨は折れていなかった。病気は、ぼくの魂のなかにあったのだ。

誤解しないでほしい。おやじ（オールドマン）はぼくをどんな危険なところにだって送る権利がある。それは、ぼくも承知のうえで署名したのだ。だがぼくは彼の今度のような仕打ちを承知したおぼえはなかった。彼はぼくの弱味を握り、それにつけこんで、そうでなければぼくが自分からはけっしてやらなかっただろうことを強制したのだ。そのうえ、ぼくを自分の望むところにはめこむと、情容赦なくぼくをそのために使った。もちろん、ぼくだって、口を割らせるために人をなぐったことはある。そうしなければならないことは、しばしばある。しかしそれとこれとは違うのだ。わかってほしい。

ほんとうに傷つけたのはおやじ（オールドマン）なのだ。メアリはどうだ？　結局のところ、彼女がなんだというのだ。要するに、もう一人の女にすぎないじゃないか。それは確かに、あの女が、自ら餌になることを承知したのは許せない。しかし彼女は女だ。女が自分の女としての特権を利用するのはあたりまえなのだ。機関（セクション）も、そういう意味で女の捜査官（エージェント）を雇っているのだ。女スパイはむかしからいた。そして、若くて綺麗な女の子は、つねにそのおなじ道具を使っているのだ。

　しかし彼女は、同僚の捜査官にそれを使うことを承知すべきではなかった。すくなくとも、ぼくにそいつを使うべきではなかったのだ。

　あまり論理的ではない？　いや、ぼくにとってはこれで十分に論理的なのだ。とにかく、ぼくはもうたくさんだ。彼らはぼくなしで〈寄生虫作戦（オペレーション・パラサイト）〉を進めればいいのだ。アディロンダックスにぼくの山小屋（キャビン）がある。あそこには一年ぐらい楽に暮せるだけの食料その他が冷凍してある。それに翔時剤（テンプス）もふんだんにある。あそこへ行って、それを使おう――世界なんて、救われようが、地獄へ行こうが、ぼくの知ったことじゃない。

　もしだれかが百ヤード以内にやってきたら、裸の背中を見せなければ、即座に焼き殺してやるまでだ。

11

これを、だれかに喋らずにはいられなかった。ドリスが鴨になった。彼女は猛烈に腹をたてた。いや、腹をたてたなんてものじゃなく、ボイルした梟よろしく怒りくるった。ちょうど彼らにひどい目にあったための傷に繃帯をまいていてくれた。看護婦としては、かなり下手くそなまきかたになったが、それもこれも、味方のせいなのだ。ぼくは、メアリの役割についても口を滑らした。

「その女と結婚したいと思ってたわけですね？」

「そのとおりさ。馬鹿みたいだろう？」

「それじゃ、そのひとはあなたに対する自分の力を知っていたのね。汚いやりかただわ」彼女はマッサージの手をやすめた。目をむいていた。「あなたの赤毛さんには会ったことないけど、もし会ったら、顔をひっかいてやるわ！」

ぼくはドリスに微笑みかけた。「きみはいい子だよ、ドリス。きみなら、男にはフェアに振舞うだろうね」

「それは、わたしだって、適当な手は使ったことはあるわよ。でも、そんなことの半分でもしたんなら、わたしの持ってる鏡をみんなこわしてしまうわ。向こうをむいて。そっちの足をちょうだい」

そのメアリが現われた。

最初にぼくが聞いたのは、腹だたしげなドリスの声だった。「あなたは入っちゃいけないわ」

メアリの声が答えた。「わたしは入ります」

ドリスが金切り声をあげた。「おさがりなさいったら。でないとその赤染めの髪を引っこぬくわよ！」

揉みあう気配がして――誰かが誰かになぐられるバシンという音が聞こえた。ぼくが怒鳴った。「おい！　そこで何をしてるんだ？」

二人がいっしょに入口に現われた。ドリスは荒い息遣いで、髪がくしゃくしゃに乱れていた。メアリは威厳をとりつくろってはいたが、その頬は、ドリスの手の型に真っ赤になっていた。

ドリスは息をつめていった。「出ていきなさい。彼はあんたに会いたくないのよ」

「彼の口から直接聞くわ」メアリがいった。

ぼくは二人を見ていった。「しかたがない――とにかく彼女は来ちまったんだし、こっちでも二つ三ついってやりたいことがある。いろいろありがとう、ドリス」

「あなたって馬鹿よ！」ドリスはいって、部屋を飛びだしていった。

メアリがベッドのそばにやってきた。「ああ、サム、サム！」と彼女はいった。

「ぼくの名前はサムじゃない」

「あなたの本名は知らないもの」

両親がぼくにエリフという変てこな名前をつけてくれたなんてことを説明するときではなかった。「そんなことはどうでもいい。サムでいいよ」

「サム、ああサム、わたしのサム！」彼女は繰り返した。

「ぼくはきみのサムじゃない」

彼女は首をかたむけた。「ええ、わかってるわ。その理由がわからないけど。サム、わたしはなぜあなたがわたしを憎んでるのか、その理由を聞きにきたのよ。聞いてどうなるということじゃないでしょうけど、でもどうしても聞きたいの」

ぼくは嫌悪の気持をそのまま声にした。「あれだけのことをしておいて、理由がわからないだと？　メアリ、きみはまったく魚みたいに冷酷な女だよ。しかし馬鹿ではないようだ」

メアリはかぶりを振った。「正反対だわ。わたしは冷たくなんかない——しょっちゅう馬鹿なことをするけど。わたしを見て、お願いだから。わたし、あなたがどんな目にあわされたか聞いたわ。あなたが、わたしを助けるために、自分にやらせたということも知ったわ。それを聞いて、ほんとうに、心の底から感謝したわ。でも、なぜあなたがわたしを憎むのか、それがわからない。わたしはあなたにやってくれと頼みもしなかったし、あなたにやってほしくもなかったわ」

ぼくは返事をしなかった。しばらくたってメアリが、「わたしの話を信じないのね？」といった。

ぼくは片肘をついて身を起こした。「それは、きみ自身が、そう思いこみたかったからだろう。ぼくが、実際はどうだったかを教えてやろう」

「お願い」

「きみは、あのトリック椅子に、どうせぼくがきみにやりとおさせはしないだろうと知りながら平気で坐っていたんだ。きみにはわかっていたんだ――きみの複雑な女性心理がそれを認めようが認めまいが。おやじ（オールドマン）はぼくを強制するわけにはいかなかった。銃でも、薬でさえも、強制はできなかった。きみならできる。だからやったんだ。きみはぼくを強制して、手を触れるぐらいなら死んだほうがいいようなことに手を触れて、こっちが汚れて、だめになってしまうようなことをやらした。きみがそれをやってのけたんだ」

メアリはしだいに青くなっていき、顔色は髪と対比して緑色にさえ見えるようになった。彼女は息をつめて、いった。「ほんとうにそう思っているの、サム？」

「それ以外どう考える？」

「サム、それはちがうわ。わたしはあなたがあそこに行くなんて知らなかった。わたしは心の底から驚いたわ。でも、やりとおさなければならなかったのよ。約束したんですもの」

「約束をね」とぼくはオウム返しにいった。「それで何もかもごまかす気か。女学生みたいな約束で」

「あれは女学生の約束じゃなかったわ」

「そんなことは問題じゃない。それに、ぼくがあそこに行くことを知っていたかいなかったか、そんなことも問題じゃない。問題なのは、きみがあそこにいて、ぼくがあそこにいたということだ。そして、きみがやったようなことをすればどうなるかを、きみなら当然想像できたということだよ」

「そうなの……」彼女はちょっと待ったうえでいった。「あなたにはそんなふうに見えたのね――わたしには、そうじゃないという証拠をあげることはできないわ」

「とてもね」

彼女は長いあいだ、身動きひとつせず立っていた。ぼくはかってにさせておいた。最後にメアリがいった。「サム――まえに、あなたわたしと結婚したいという意味のことをいったわね」

「むかしの話だね」

「あなたにいまさら申しこんでくれといってるわけじゃないの。でも一種の自然の結果なのよ。サム、あなたがわたしのことをどう思っているかは別にして、わたしこれだけはいいたいの。わたし、あなたがわたしのためにやってくれたことに、心から感謝したい。それで、あの……ミス・バーキスは望んで（よろこんで）いるのよ、サム。わかってくれる？」

ぼくは歯をむいて笑った。「まったくの話が女の心理の動きというものは嬉しいほど驚くべきもんだね。きみらは、その切札さえだせば、それまでのことはみんな水に流してやりなおしがきくもんだと思っているんだ」メアリが真っ赤になったが、ぼくはまだ笑っていた。

「その手は効かないよ。きみの厚いご好意はありがたいが、それに甘えては申し訳ないから」

彼女は、しっかりした語調をとりもどしていった。「わたしはしかたなくいったのよ。でも本気だったわ。あなたのためには、なんだってやるわ」

ぼくはうしろに引っくりかえった。「ああそうだ、一つだけやってくれるかい？」

メアリの顔がぱっと明るくなった。「何をすればいいの？」

「ぼくにかまわないでくれないか。ぼくは疲れているんだ」

ぼくはそっぽを向いた。

おやじ（オールドマン）はその日の午後おそく顔をだした。ぼくは本能的には純粋な喜びを感じた。おやじ（オールドマン）の人間性は払いのけがたいものなのだ。つぎの瞬間ぼくは思いだして冷たくかまえた。

「おまえに話したいことがある」と彼は切りだした。

「ぼくはあんたになんか話はない。出ていってくれ」

彼はそれを無視して入ってきた。「坐ってもいいか？」

「もう坐ってるじゃないですか」

彼はそれも無視した。「いいかな、おまえはわしの最も優秀な部下の一人だ。だが、ときどきすこしせっかちすぎる」

「よけいな心配はしないでくれ」ぼくはいった。「医師が起きてもいいといったらすぐ辞めます」

おやじ(オールドマン)は聞きたいと思ったことしか聞かない癖を持っている。「おまえは飛躍しすぎるんだ。たとえばメアリという女の子はだな――」

「メアリだれです？」

「おまえにはわかっているはずだ。おまえはメアリ・キャヴァノウとして彼女を知っている」

「それがどうしました？」

「おまえは何も事情を知らないで彼女に腹をたてたのだ。おまえはあの女をめちゃめちゃにしてしまった。おまえは、わしの優秀な捜査官(エージェント)を破滅させたかもしれないんだ」

「ふん！　涙にかきくれましょうかね」

「いいか、青二才、よくきけ。おまえには彼女につらくあたる筋合はなにもない。おまえは事実を知らんのだ」

ぼくは答えなかった。弁解は最低の防御なのだ。

「ああ、おまえさんの考えていることはわかっている」と彼は言葉をつづけた。「おまえは彼女が自分から餌になったのだと思ったのだ。そこがちょっとばかりちがうのだ。彼女は利用されたんだ。しかもわしが彼女を利用したのだ。わしがそんなふうに計画したのだ」

「あんたがしたことはわかってます」

「それではなぜ彼女を責める？」

「それは、彼女の協力がなければ、あなたにだってあれはやりとおせなかったはずだからです。全責任をとろうというのはあなたらしくてさすがりっぱですがね……どうしようもない人非人のあなたらしくて、だが、そうはいきませんよ」

彼はこの悪口にもまったく耳をかさずにつづけた。「おまえはなにもかもわかっているが、いちばん肝心のところがわかっておらん――つまり、彼女は知らなかったのだ」

「馬鹿いいなさい。彼女はあそこにいたじゃないか」

「もちろんいたさ。わしはいままでおまえに嘘をついたことがあるか？」

「ありませんね」とぼくは認めた。「しかし嘘をつこうと思えばためらう人じゃない」

彼は答えた。「そういわれてもしかたがないな。国家の安全がそれにかかっているとなれば、味方にでも嘘をつくだろう。いままでまだその必要はなかったが……わしは、わしのために働いてくれる人間はよく選ぶことにしておるからな。だが、こんどの場合は国家の安全はかかっておらんし、わしも嘘をついてはいない。だからおまえは、おまえ自身しらべてみてわしが嘘をついておるかおらんかを判断すればよいのだ。あの女は知らなかった。彼女はおまえがあの部屋にいるということは知らなかったのだ。おまえがなぜあそこにいたのかその理由もだ。あの椅子に坐る人間について問題があるなどということはまったく知らなかった。彼女は、わしが、彼女には最後までやらせる気がないなどとは、ほんのすこしも思っていなかった。また、おまえがわしの目的にかなった唯一の人間だと、すでにわしが結論をだしていたことも知らなかった。わしは、たとえおまえを縛りあげて無理矢理やらなければならなくても——おそらく、わしはそうしていたろう——もしおまえをペテンにかけて志願させる奥の手がなかったならば。おまえこそ馬鹿をいっているのだぞ——彼女は、おまえが患者のリストからはずされたことさえ知らなかったのだ」

ぼくは信じたかった——が、必死になって信じまいとした。彼がこんな骨折ってまで嘘をつくかどうかについては——たしかに、国家的な危機のせまっているいまのようなときに、二人の第一級の捜査官をもとのさやに収めることは、嘘をつくだけの値打ちのあることにちがいない。おやじ（オールドマン）はきわめて複雑な心理の持主なのだ。

「わしを見ろ！」と彼はふたたび言葉をついだ。「おまえのその鼻先につきつけてやりたいものがある。第一に、全機関員が——わしをふくめて、おまえのやった行為を、動機にはかかわりなく評価しておることだ。わしは報告書を出した。まちがいなくおまえは勲章がもらえる。それは、おまえが機関（セクション）に留るか否かにかかわりなく有効なのだ」

彼はつづけた。「しかしたとえそうなっても安っぽい英雄気どりはするなよ」

「だれがそんなことを！」

「というのは、勲章はべつの人物が当然受けるべきだからだ。メアリこそはその人物なのだ」

ぼくが何かいおうとするのを彼は押しとどめた。

「まあ黙れ、まだいうことはすんでいない。おまえは強制的にやらされたのだ。これは、非難ではない。おまえは十分に任務を果してくれた。おまえは、ほんとうの、掛値なしの志願者だった。彼女は、あの椅子に坐ったときは、最後の瞬間になって救いの手がのばされるなどということはまったく期待していなかったのだ。しかも彼女は、かりに生きながらえられても、気が狂ってしまうかもしれないと――そんな死ぬよりひどい結果になるかもしれないと信ずべき根拠を十分持っていたのだ。しかも彼女はあえて志願した――彼女こそは英雄なのだ。そこがおまえさんと彼女とのちょっとしたちがいなのだ」

彼はぼくに答える暇もあたえずにつづけた。「いいか、女というものはたいていどうしようもない馬鹿か子供だ。だが女は、男よりも限界がひろい。勇敢な女は男よりもっと勇敢だし、よい女は男よりもっとよい。わるいやつははるかに悪質だ。わしがおまえにいってやりたいのは、あの女は、おまえなんぞよりも、はるかに人間らしいということだ。その女に、おまえはとんでもない間違いをしたのだ」

ぼくはあまり心が混乱してしまって、彼が真相を話しているのか、それともまたぼくを適当にあしらおうとしているのか、判断できなくなってしまった。「ことによったら、罪もない人を蹴とばしていたのかもしれない。しかしもしあなたのいうのが本当なら――」

「本当だ」

「あなたのやったことはちっとも良くはなりませんよ。いや、もっとずっと悪くなる」

彼はそれを、すこしもひるまずに受けとめた。「もしわしが、おまえの尊敬を失ったのであれば、まことに残念だ。しかしわしは、戦闘における指揮官のように、選り好みのできない立場にある。いや、それ以下だ。われわれの持つ武器は、あまりにも違いすぎる。いままでは、いつでもわし自身の犬を射つことができた――たしかに、困ったことだ。だがそれがわしの仕事だ、わしに要求されていることなのだ。もしおまえがわしの立場にいたなら、かならずわかってくれるはずだ」

「そんな立場にはなりそうもありませんね」

「すこし落ち着いて、考えてみたらどうだ？」

「休暇をとりますよ――ながのいとまを」

「なるほど」

彼は立ち去りかけた。ぼくが、「待ってください」といった。

「なんだ？」

「あなたはぼくに一つ約束をした――あの約束を守ってほしいんです。あの寄生虫のことです――あなたはあれを、ぼくがこの手で殺してもいいといった。いま、ぼくはそうしたい」

「うむ、だが――」

ぼくは起きあがりかけた。「〝だが〟はなしだ。銃をください。いまやります」

「それができんといっているのだ。あれはすでに死んだ」

「なんですって！　約束したじゃありませんか」

「わかっている。だがあれは、わしらがおまえに口を割らせようとしているあいだに、死んでしまったのだ」

ぼくはこみあげる笑いに震えはじめた。笑いだすと、とまらなくなった。

おやじ（オールドマン）はぼくの身体をつかんでゆすぶった。

「いいかげんにしろ！　おまえは、自分で自分をみじめにしているのだ。それはすまんと思っている、だが笑うことなど何もないのだ」

「いや、大ありですよ」とぼくは、なおもむせび泣き忍び笑いながら答えた。「こんなおかしいことは世の中にない。あれだけのことをして、まったくの無駄骨折りだったんだ。あなたは手を汚し、ぼくとメアリにあれだけ汚いことをして、それがなんの役にもたたなかったんだ」

「なんだと。なんでそう考える？」

「なんで？　わかってますよ。あなたは、あれから、ぼくらから、小銭程度のものも引きだせなかったんだ。前に知らなかったことは何ひとつ知ることができなかったんだ」

「そんなことはない！」

「そんなことはある！」

「あれは、おまえが想像する以上の大成功だったのだ。確かに、あれから直接には、あいつが死ぬまでは、何ひとつ絞りだせなかった。だが、おまえから、ちょっとしたことを引きだしたのだ」

「ぼくから？」

「昨夜だ。わしらは、昨夜おまえにそれをためした——おまえは麻酔をかけられ、心理テストから脳波テストから、ありとあらゆる手段で分析され、からからになるまで絞られ吐きださせられた。寄生虫はおまえにいろいろなことを教えていた。それがまだおまえの記憶のなかに残っていて、おまえがあれから解放されたあとで、催眠分析にひっかかって出てきたのだ」

「どんなことがです？」

「やつらの住みかだ。やつらがどこからやってきたか、どこをたたけばよいか、いまわしらは知った——タイタンだ。土星の第六衛星のタイタンなのだ」

彼がそういったとき、ぼくの咽喉に、いまにも吐きそうな不快感がした——そして、やはり彼の正しかったことを知った。

「それをいわせるとき、おまえはすさまじく暴れ抵抗した」と彼は回想的につづけた。「おまえが、自分を傷つけようと荒れくるうのを——それ以上のこともしようとするのを、わしらはようやくのことで防いだ」

彼は悪いほうの脚をベッドの端に投げかけると煙草に火をつけた。なんとかして友好関係をとりもどしたいと願っているようだった。ぼくも彼と争う気はなくしていた。頭がくるくると回転していて、頭の中を整理しなければならなかった。タイタンか——タイタンは遠い。人類が到達した最も遠いところが火星までなのだ——ついに帰ってこなかったシーグレイヴズ探険隊が木星の衛星についていないとすれば。

だが、行きつく理由さえあれば、いつかはかならず行きつくことはできる。やつらの巣を焼き亡ぼさなければならないのだ！

やがて、彼は立ちあがって出ていこうとした。ドアのところまで足を引きずっていったときぼくが呼びとめた。「お父さん――」

ぼくは、もう何年も、その名で彼を呼んでいなかった。彼は振りかえったが、その顔は驚き、無防備になっていた。「なんだね、エリフ？」

「あなたとお母さんは、なぜぼくにエリフという名前をつけたんです？」

「なんだと？　そうさな……それは、おまえの母かたのお祖父さんの名前だ」

「それだけの理由じゃないでしょう」

「たぶんそうではあるまいな」彼は向こうをむいたが、ぼくはまた呼びとめた。

「お父さん――ぼくのお母さんは、どんなひとでした？」

「おまえの母さん？　さあ、なんといって説明してよいかわからんが――うむ。母さんは、メアリによく似ていたよ。そうだ、まったく彼女そっくりだった」彼は、それ以上喋る機会をぼくに与えずに、足を引きずりながら部屋を出ていってしまった。

ぼくは壁のほうを向いた。しばらくたつと気がしずまった。

12

医師に解放されると、ぼくはメアリを探しにいった。まだおやじ(オールドマン)の言葉以外に何も聞いていなかったが、ぼくが大変な大失敗をやってのけたのだという疑いが——いや疑い以上のものがあったからである。ぼくは、彼女が、ぼくに会って喜ぶと期待しなかったが、こっちのいいぶんだけは聞いてもらいたかったのだ。

背の高い赤毛の美人を探すのはカンザスで平地を探すほどやさしいと思うかもしれない。しかし特別捜査官(エージェント)はひっきりなしに出たり入ったりしているし、本部の職員たちはつねに自分の仕事だけを考えるようにいわれている。人事課は口当りやわらかくぼくを撃退した。彼らは戦術課へ行けといった——つまりおやじ(オールドマン)のところへだ。これは、ぼくには具合がわるかった。

ぼくは出勤者名簿にあたってみて、いっそうの疑惑をかけられた。自分の属する機関(セクション)をスパイしているみたいないやな気分だった。

生物学研究室に行ったが主任がいなかったので助手に会った。彼は〈訊問計画〉に関係のあった女性については心当りがないと答えて、頭をかき、書類をめくりにいってしまった。

ぼくはそこを出ておやじ(オールドマン)の部屋に行った。ほかに方法はないようだったからだ。

ミス・ヘインズのデスクには新顔がいた。あれ以来、ミス・ヘインズに会ったことはないし、どうなったか訊きもしなかった。知りたくなかったのである。新しい秘書がぼくの身分証明を通すと、驚いたことに、おやじ(オールドマン)はいて、会うといった。

「なんの用だ」と彼は不機嫌そうにいった。

「ぼくに何か仕事はないかと思ったんです」ぼくは、ちっともいうつもりのなかったことをいってしまった。

「じつをいうとちょうどおまえを迎えにやろうかと思っていたのだ。もうたっぷりと休んだからな」彼はデスクの通話器に何か伝え、立ちあがって、「来い！」といった。

ぼくは突然気が楽になった。「変装部(コスメチクス)ですか」と訊いた。

「そのまずい顔のままでよい。ワシントンへ行くのだ」とはいうものの変装部(コスメチクス)には立ち寄ったのだが、それはタウン・ウェアと着替えるためだった。ぼくは銃をぬき、通話器の具合を調べてもらった。

ドアの警備員はわれわれの背中を裸にして調べてから近づくのを許可し、外に出してくれた。ぼくらは上にあがり、ニュー・フィラデルフィアの地下階に出た。「この町はきれいだと思っていいんですね？」とぼくはおやじ(オールドマン)に訊いた。

「そう思うなら、おまえの頭は錆びついている証拠だ」と彼は答えた。「目をむいて注意をしろ」

それ以上訊いている暇はなかった。ちゃんと服を着こんだ人間があまりたくさんいるので、気になってしかたがなかった。ぼくはいつか身を引き、猫背の人に目をひからせていた。離陸プラットホームに行くのに混んだエレベーターに乗るのはおそろしく無謀なことのような気がした。車に乗りこんで、コントロールにセットしてからぼくはいった。「いったい当局は何をしているつもりなんです？　いますれちがった警官は、誓ってもいいがこぶを背負っていましたよ」

「ありうることだ。たぶんそうだろう」

「まったく、こんなことがあっていいもんですか！　ぼくは、てっきり、あなたがこの件は処理して、全線にわたって反撃に移っているものとばかり思っていたのに」

「何がいいたいのだ？」

「何がって、わかりきっているじゃありませんか。こごえるほど寒くても、やつらが全滅したことがわかるまでは、どこでも、背中を隠させちゃいけないんです」

「そのとおりだ」

「それなら――大統領だってわかっているんでしょう？」

「彼にはわかっている」

「じゃ何を待っているんです？　戒厳令を布(し)いて、行動を起こすべきじゃないですか」

おやじ(オールドマン)は田園の風景を見おろした。「おまえは大統領がこの国を動かしていると思っているらしいな」

「もちろんそうは思いません。しかし、行動の起こせるのは彼だけじゃありませんか」

「ふむ……世間ではよくツヴェトコフ首相のことをクレムリンの囚人という。それが本当かどうかはとにかく、大統領は議会の囚人なのだ」

「議会は動いていないというわけですか？」

「わしはこの数日間を——大統領を動かそうという計画をあきらめて以来は、大統領が彼らを納得させるのを手伝おうと努めてきた。おまえは議会の委員会にしごかれたことがあるか？」

ぼくはそのことを考えようとしてみた。われわれはここに、ドードー鳥（十七世紀に死滅した鳥）のように手をこまねいて坐っている——そうだ、ホモ・サピエンスは、もしいまわれわれが行動を起こさなければ、ドードー鳥のように死滅してしまうだろう。やがておやじ（オールドマン）がいった。

「おまえも政治というものの現実を知るときが来たんだ。議会はこれよりもっと明らかな危険を前にしたときでも行動するのを拒んだことがあるのだ。こんどの場合は明白ではない。証拠は薄弱で信じにくいのだ」

「しかし、財務次官の場合はどうです。彼らもあれを否定はできないでしょう」

「できないかな。次官はイースト・ウィングでナメクジを引き剝がされた。われわれは彼のシークレット・サーヴィスの護衛を二人殺した。そしていまかの名誉ある政治家は神経衰弱でウオルター・リード病院に入院していて、起こったことは何ひとつ思いだせないでいる。財務省は大統領暗殺事件があったが阻止したと発表した。それは確かだが、彼らのいうとおりではなかったわけだ」

「それで大統領はまだ何もしないのですか」

「補佐官たちが待てといっているのだ。彼の票は不安定なのだ——しかも、上院にも下院にも彼の首を狙っているものは大勢いる。政党政治というものはひどいものだ」

「まったく、こんなときに政争なんて問題じゃないはずなんだ！」

おやじ（オールドマン）は眉をつりあげた。「そう思うのか？」

ぼくはようやく彼に、やってきた本当の理由を訊いた。——メアリはどこかを。

「おまえにしては奇妙な質問だな」と彼は唸った。ぼくはほっておいた。彼はつづけた。

「彼女はいるべきところにいる。大統領の護衛だ」

われわれはまず両院合同特別委員会の秘密会議に行った。われわれがそこに行ったとき、委員たちがわが類人猿の友ナポレオンの立体映画を写していた。背中にタイタンの生物を載せた写真、それからタイタン生物のクローズアップ。寄生虫はどれもこれもよく似ている。だがこいつだけはぼくにも見わけがつく。こいつが死んでいると思うとじつに嬉しかった。

猿はぼくにかわった。ぼくは自分が椅子に留金でとめられるのを見た。自分のそんな姿を見るのはたまらなかった。真の恐怖は見て気持のいいものではない。ぼくは猿からタイタンが取りあげられ、ぼく自身の背中に移されるのを見た。映像のなかのぼくは気をうしなった——ぼく自身ももう一度気絶するところだった。その状況はとても描写できない。それを話そうとするだけで気が顛倒しそうになるのだ。

だがぼくはそいつの死ぬのを見た。頑張りとおしてみただけのことはあった。

映画が終り、議長が発言した。「諸君、いかがです？」

「議長！」

「インディアナ選出議員の発言を許します」

「この件に偏見なしに申しあげますが、これよりはずっとましなトリック写真なら、ハリウッド製のを見たことがあります」議員たちはくすくすと笑い、誰かが、「いいぞ、いいぞ」と叫んだ。

機関の生物学研究室の主任が証言し、つづいてぼくが証言台に立たされた。ぼくは名前、住所、職業を述べ、それから、タイタン生物にとりつかれていたときの経験について、散発的な質問を受けた。質問は紙に書いたものを読みあげたのだ。頭にきたのは、議員たちに、質問の答えを聞く気のないことだった。委員のうち二人などは新聞を読んでいた。

議場からは、たった二つの質問があっただけだった。一人の上院議員がぼくにむかっていった。

「ニヴェンズさん——あなたの名はニヴェンズですな？」

ぼくはそうだといった。「ニヴェンズさん」と彼はつづけた。「あなたの職業は捜査官だといわれましたな？」

「そうです」

「FBIのでしょうな？」

「ちがいます。わたしの上司は直接大統領に属しております」

上院議員は微笑した。「思ったとおりだ。ニヴェンズさん、あなたは、本当は俳優でしょう。ちがいますか？」彼はノートを照合していたようだ。

ぼくはすこし喋りすぎた。ぼくはたしかに一シーズンだけ夏興行の芝居に出演したことはあるが、にもかかわらず、ほんものの、まちがいなし正真正銘の捜査官だということをいおうとしたのだ。だが、だめだった。「けっこうです、ニヴェンズさん、ありがとう」

もう一つの質問をしたのは年輩の上院議員だったが、彼は国民の税金を他国の軍事援助に使うことをぼくがどう思うかと質問した——が、彼の本心は、この質問を、彼自身の意見を述べるために利用したのだ。この問題についてのぼくの意見はややごたついていたが、けっきょくうまくいえなかった。つぎにぼくがおぼえているのは、書記に「証言台をおりてください、ニヴェンズさん」といわれたことだった。

ぼくはかっとした。「いいですか」とぼくはつづけた。「あなたがたが、これをつくり事だと思っていることは明らかだ。お願いだから、嘘発見機を持ってきてください。睡眠テストをやってくださ い。でなきゃこの委員会はお笑い草だ！」

議長が槌を鳴らした。「証言台をおりなさい、ニヴェンズさん」

ぼくは立った。

おやじ（オールドマン）は前もってぼくに、この委員会の目的を、非常事態宣言を発令する上下両院の共同決議を行ない、同時に大統領の権限を強化するためだと説明していた。われわれの目的は投票前にしりぞけられた。ぼくはおやじ（オールドマン）にむかって、「まずいようですね」といった。

「まあよい」おやじ（オールドマン）がいった。「大統領はこの委員会の名を聞いたときから、賭に負けたことを知っていたのだ」

「いったいこれからどうなるんです？　ナメクジどもが議会を占領するまで待つんですか？」

「大統領は議会に対して全権を要求するつもりなんだ」

「とれますか？」

おやじ（オールドマン）はただ顔をしかめただけだった。

合同委員会は秘密会議だったが、大統領からの直接の命令でわれわれが出席したのだった。おやじ（オールドマン）とぼくは議員席のうしろのちいさなバルコニーのようなところにいた。くだらないお喋りが長々とつづき、それから、大統領を招聘（しょうへい）するための儀式が終った。大統領はすぐに、随員にともなわれて姿を現わした。護衛もいっしょにいたが、これはみな機関の人間だった。

メアリも大統領といっしょだった。だれかが、大統領のすぐそばに、折り畳み椅子を持ってきて、彼女のための椅子をこしらえた。メアリはノートブックをめくったり書類を大統領に渡したりして、秘書のふりを装っていた。だが、偽装はそれまでだった。彼女は、あたたかい晩のクレオパトラのように見えた——そして、教会のなかのベッドのように場違いに感じられた。彼女は大統領とおなじくらい人目についた。

ぼくは彼女の視線をとらえた——彼女も、長い、甘い微笑を返してよこした。ぼくはコリーの仔犬みたいに歯をむきだして笑っていたので、おやじ（オールドマン）に脇腹をつつかれた。ぼくは坐りなおして、それからは行儀よく振舞おうと努めた。

大統領は現状について、筋の通った説明をした。それは何かの技術報告のように直截で合理的で――しかも感動的な話だった。彼はただ事実を述べた。最後に、彼はメモをわきに置いていった。「これは、じつに異常な、恐るべき非常事態であって、あらゆる過去の経験をはるかに超えるものであります。したがってわたくしは、これに対処するため、広範な権限を要請するものであります。ある地域に関しては、戒厳令を布く必要もあります。市民の権利に対する重大な侵害も、一時期においては、あえてしなければならないかもしれません。移動の自由も制限されるでしょう。強制的身体検査や身柄拘束からの自由も、全市民の安全を確保する権利に譲らねばなりますまい。なぜなら、いかなる市民も、それがいかに世の尊敬を集める人物であれ、また忠誠を認められる人物であれ、この隠れた敵の、欲せざる奴隷となりうるからであります。全国民は、その権利と、人間的尊厳の多少の喪失に、この恐るべき災厄の終結までは、耐えなければならないのであります。はなはだ不本意ではあるが、わたくしは、こうした必要な手段をとることに、議会の承認を要請するものであります」

こういって、大統領は腰をおろした。

議員たちは騒然となった。落ち着きを失ってきた。だが彼は、議員たちを掌握できなかった。上院議長は上院の多数派の指導者のほうを見やった。その男が決議の動議を出すことにきまっていたからだ。

院内総務が首を振るか何かの合図をしたのかどうか、それはわからなかったが、すくなくとも彼は発言しようとしなかった。議事が遅延するにしたがって、雰囲気は悪化し、そこから「大統領！」とか「静粛に！」とかいう叫びがあがりはじめた。

上院議長はしばらくそれを大目にみていたが、やがて証言台を、彼の党の議員の一人——ゴットリープ上院議員に渡した。党議となれば、自分をリンチにかける法案にでも賛成投票をするという評判の尻馬乗りだった。ゴットリープはまず、自分が、憲法および権利章典（ビル・オブ・ライツ）、さらにはグランド・キャニオンに対する尊敬の念を持つ点においては、何人にもゆずるものではない、と大見えを切ることからはじめた。ついで彼は自分の長きにわたる議員としての経歴に控えめに触れ、歴史におけるアメリカの役割を賞讃した。ぼくは、ほかの連中が何か画策しているあいだの時間稼ぎだろうと思った——がとつぜん、彼の演説が、一つの明確な意味を持ちつつあることに気がついた。彼は会議を中断して、アメリカ合衆国大統領を弾劾し裁判に付すことを提議しようとしていたのだ！

ぼくが気がついたときはもうみんなも気がついていた。上院議員が、あまり美辞麗句で飾りたてて喋っていたので、彼が何をいおうとしているのか、なかなか見抜けなかったのだ。

ぼくはおやじ（オールドマン）を見やった。

おやじ（オールドマン）はメアリを見ていた。

メアリは彼を見返したが、その顔にはおそろしい緊迫感があらわれていた。

おやじ（オールドマン）はポケットからメモ帳をひっぱりだすとそれになにか走り書きし、まるめてメアリにほうった。彼女はそれを受けとめて読み——大統領に手渡した。

大統領は落ち着きはらって、ゆったり腰をおろしていた——まるで、彼の古い友人の一人がいま壇上で彼の名をむざんに引き裂き、同時に合衆国の運命を危殆に瀕させていることを知らないようなそぶりだった。彼はメモを読むと、すこしもあわてずおやじを見た。おやじは頷いた。

大統領は上院議長を肘でつついた。上院議長は大統領のゼスチュアに気づいて彼のほうに身をかがめた。二人は小声で囁きあった。

ゴットリープはまだとうとうと喋りたてていた。上院議長が槌を鳴らした。「上院議員！」と彼は呼んだ。

上院議員は驚いたような顔をして、「発言はやめませんよ」といった。

「やめろといっているのではない。あなたの発言の重要性にかんがみて、演壇に出て話をしていただきたいというのです」

ゴットリープはみょうな顔をしたが、ゆっくり出てきて議場の前へ進んだ。メアリの椅子は演壇への通路を邪魔していた。が、彼女は道を譲るどころか、かえって身体をまわしたり、身をよじったり、椅子を持ちあげたりして、ますます彼の通るのを邪魔するような位置をとった。ゴットリープは立ちどまった。するとメアリが身体をこすりつけるようにした。彼はメアリの腕を押さえて、自分と彼女の身体を安定させようとした。メアリは彼に話しかけ、彼もそれに答えたが、だれにも二人の会談は聞こえなかった。それでもとうとう、彼は演壇に立った。

おやじ（オールドマン）は獲物をみつけた猟犬のように震えていた。メアリが彼を見あげて頷いた。おやじ（オールドマン）がいった。「やつを捕えろ！」

ぼくは手すりを一跳びで飛びこし、ゴットリープの肩に飛びついた。おやじ（オールドマン）が、「手袋だ、手袋をはめろ！」と叫ぶのが聞こえたが、ぼくはかまわなかった。上院議員の上衣を素手で引き裂くと、ナメクジがシャツの下で息づいているのが見えた。シャツを破ると、もうだれにでも見えた。

六台の立体カメラがあっても、つづく数秒間に起こったことは記録できなかったかもしれない。ぼくはゴットリープを殴りつけて彼の突進を阻んだ。メアリは彼の両脚の上に載っかっていた。大統領はぼくの上に突っ立って、「さあ！　これで、これできみたちにもわかったろう！」と叫んでいた。上院議長は馬鹿みたいに棒立ちになって、むやみに槌を振りまわしていた。議会は暴徒の集団と化し、男の怒声と女の金切り声とが渦まいた。ぼくの上ではおやじ（オールドマン）が大統領の護衛たちに命令を怒鳴っていた。

護衛たちの銃声と、槌の響きとのあいだに、ようやく秩序が回復した。大統領が話しはじめた。彼は幸運が敵の正体を見せてくれたのだ、といい、自分の目で、土星最大の衛星タイタンの生物を確かめるようにと議員たちにいった。同意の声も待たず、彼は前列の議員たちを指さして、前に進めといった。

議員たちはやってきた。

メアリは演壇に残っていた。二十人ばかりが列をつくって過ぎたあたりで、一人の婦人議員がヒステリーを起こしたとき、ぼくはメアリがおやじ(オールドマン)に合図を送るのを見た。このときは、ぼくは、彼の命令より髪一筋ほど早く反応した。こっちの仲間が二人そばにいなかったら、かなり手を焼いただろう——こんどのやつは、若くてタフなもと海兵隊員だったからだ。ぼくらは彼を、ゴットリープの横にねかした。

それから、好むと好まざるとにかかわらぬ〈検索〉がはじまった。ぼくは婦人議員が来るのを待って背中をたたいてまわって一人つかまえた。もう一人捕えたと思ったが、これは具合のわるい間違いだった。あんまりぶよぶよと肥っていたので勘ちがいしてしまったのだ。メアリはもう二人見つけた。それからは長かった——なにしろ三百人以上だったからだ。しかも、大当り(ジャックポット)はなかった。何人かが出てこなかったのは明白だった。

熱線銃を持ったものは八人、おやじ(オールドマン)とメアリとぼくを入れて十一人では足りなかった。もし院内総務が組織的に応援してくれなかったら、ナメクジどもはほとんど逃げてしまったろう。彼らの応援のおかげで、われわれは十三匹を——そのうち十四は生きたまま捕えた。宿主(ホスト)のうち一人だけが重傷を負った。

13

こうして、大統領は権力を掌握し、おやじ（オールドマン）は彼の事実上の参謀長となった。ついにわれわれは行動の自由を獲得したのだ。おやじ（オールドマン）は単純明快な作戦を考えているようだった。それはしかし、被害がデモイン地区にかぎられていたとき提案されたたんなる隔離政策ではなかった。だが政府の捜査官だけで二億人の人間の身体検査をするわけにはいかない。国民自身にやってもらわなければならないのだ。

〈上半身裸体計画（スケジュール・ベアバック）〉は〈寄生虫作戦（オペレーション・パラサイト）〉の第一段階となるものだった。この計画の骨子は、全国民が——文字どおりあらゆる国民一人のこらずがだ——腰のところまで裸になり、タイタン生物が一匹あまさず発見され殺されるまで裸のまま暮すというものだった。ああ、もちろん女は背中にブラジャーの紐がついていてもかまわないことになっていた。寄生虫も、ブラジャーの紐の下に隠れるわけにはいかないからだ。

われわれは大統領が全国民にむかってする立体テレビ放送といっしょに出すべき番組を大いそぎででっちあげた。議会の聖なる殿堂でつかまえた寄生虫のうち七匹が、すばやい処置のおかげでまだ生きていて、動物の宿主（ホスト）にくっついていた。われわれはこの寄生虫の生態と、ぼくのフィルムのうちあまりひどくない部分とを放送することにした。大統領自身がショーツ姿でテレビに出、モデルがこのシーズンの〝裸ぶりのよい市民(ウェル・アンドレスド・シティズン)〟はこうだというところを見せる。眠っているときも頭と背骨を保護する金属製の特製ヘルメットも見せることになっていた。

一晩じゅうブラック・コーヒーを飲みながら、こういった準備をすませた。とっておきの切札的なだしものは会議中の議会の様子で、そこでは、非常事態宣言の討論が行なわれ、あらゆる男も、女も、議員の雑用係までが、みな裸の背中をしているところを映すことになっていた。

放送の二十八分前になって、大統領に市内から電話がかかってきた。ぼくはちょうどそこにいた。その夜はおやじ(オールドマン)が大統領につききりで、ぼくにいろいろな雑用をさせていたのだった。われわれはみんなショーツ姿だった。〈上半身裸体計画(スケジュール・ベアバック)〉はホワイト・ハウスではすでにはじまっていたのだ。大統領はぼくらが電話の話を聞いてもかまわない、という仕種をした。「わたしだ」と大統領はいった。しばらくして、彼はまたいった。「確かかね？　よろしい、ジョン、きみの意見は？　わかった。いや、それはうまくはいかんだろう……わたしがそちらに行くほうがよかろう。みんなにそう伝えて準備しておくようにいってくれ」彼は電話をもどして補佐官の一人にいった。「立体テレビを待たせるようにいってくれ」彼はおやじ(オールドマン)のほうに振りかえった。「さあ行こう、アンドリュー、議事堂へ行かねばならん」

彼は従者(ヴァレー)を呼んで執務室につづく衣裳部屋に入っていった。出てきたとき、彼は儀式用の正式の礼装を着けていた。彼はなんの説明もしなかった。大統領以外のわれわれは、れいの鳥肌式礼装のままで、議事堂へついていった。

上下両院の合同議会だった。ぼくは教会へ素っ裸のまま入っていく夢でもみているような異様な気分になった。下院議員も上院議員もみなふつうの服装をしていたからだ。議員の雑用係たちだけが、シャツなしのショーツ姿なのをみて、いくらか気分が楽になった。

明らかに、ある種の人々にとっては、威厳を失うぐらいなら死んだほうがましなのだ。上院議員がその最たるものだが、下院議員もその例に洩れない。〈上半身裸体計画(スケジュール・ベアバック)〉はすでに論じつくされ承認を受けている——にもかかわらずそれが自分たちにも適用されるとは考えないのだ。もっとも、彼らも身体検査を受け大丈夫とみなされたのだ。

なかには、こんな理窟はこじつけだと思っているものもいたかもしれないが、だれひとり、自ら大衆ストリップティーズに参加しようとしなかったのだ。議員たちはめかしこんで固くなって坐っていたのである。

大統領が演壇にのぼり、静寂が議事堂にみなぎるのを待った。それから、ゆっくりと、落ち着きはらって、衣服を脱ぎはじめた。彼は腰まで裸になったところで手をとめた。彼はくるりと向きなおると、両腕をあげた。そして最後に口を開いた。

「わたしはこうした」と彼はいった。「これで諸君は、諸君の国最高の政治責任者が敵の捕虜でないことを知ったのだ」

彼は口を閉じ、また開いた。

「だが、諸君はどうなのだ？」

これは、議員たちにむかって投げかけられた言葉なのだ。大統領はまず若い院内幹事に指をつきつけた。「マーク・カミングズ――きみは忠誠な国民か？　それとも怪物のスパイか？　シャツを脱げ！」

「大統領閣下――」メイン州選出のチャリティ・エヴァンズがいった。可愛らしい学校の先生のように見える婦人議員だった。彼女は立ちあがった。すっかり着こんではいたが、上のほうは切りこめはイヴニング・ガウンだった。ガウンの裾は床を掃くほど長かったが、上のほうは切りこめるだけ切りつめてあった。彼女はマネキンのようにまわってみせた。うしろは、背骨のいちばん下のところで終っていた。「これでよろしいでしょうか、大統領閣下？」

「まことにけっこうです、マダム」

カミングズは上衣を脱ごうと苦労していた。顔が真っ赤だった。誰かが議場のまんなかで立ちあがった――ゴットリープ上院議員だった。彼は寝床から起きだしてきたように見えた。青ざめた頬はこけ、唇は紫色だった。だが彼は必死に身を支えて、信じられないほどの威厳を持って大統領の例にならった。それから、ぐるりと一回転した。その背中には寄生虫のとりついていた赤い痕跡がはっきりとついていた。

彼は喋りだした。「昨夜わたしはここに立って生きたまま皮をむかれたほうがいいようなことをいいました。昨夜わたしはわたし自身の主人ではなかった。今日はそうです。ローマが燃えているのがわからないのですか？」

とつぜん彼は銃を握った。「立て、このやくざな政治屋どもが！　二分以内に背中を出せ——でなきゃわたしが射ち殺す！」

ゴットリープのそばにいた男たちが、彼の腕をとって押さえようとしたが、彼は銃を蠅たたきのように振りまわし、一人の男の顔をなぐりつけた。ぼくは自分の銃をとりだし、彼の演技にくわわろうとしたが、それはもう不必要だった。彼らはゴットリープがあばれ牛のように危険なのを見て、うしろに退ってしまったからだ。

どっちつかずの状態がちょっとつづいたのち、人々はドゥホボル派信徒たちの連中のようにいっせいに衣類を脱ぎはじめた。一人がドアにむかって駆けだしたが足を払われて倒れた。しかしこの男は寄生虫は持っていなかった。だがわれわれは三匹の寄生虫をつかまえた。その後このショウは十分おくれでテレビのチャンネルに乗せられた。こうして国会は最初の〈上半身裸体議会（ベアバック・セッション）〉をはじめたのである。

14

〈ドアに鍵をかけよう！〉

〈煖炉の風戸（ダンパー）に蓋をしよう！〉

〈暗いところに気をつけよう！〉

〈群衆には注意しよう！〉

〈上衣を着ているものは敵だ——殺せ！〉

こうした間断ないキャンペーンに加えて、全国は空中から区画され分割されて、地上に着陸した空飛ぶ円盤の捜索が行なわれた。レーダーは不確認の輝点（ブリップ）に対して完全な警戒体制をとった。軍の各部隊、空挺部隊からミサイル部隊までが、着陸した敵を攻撃する体制をととのえた。


非汚染地域では、人々はシャツを脱いでいたから、まわりを見まわして寄生虫のいないことを確かめることができた。彼らはニュースキャストを見て、なぜ政府がもう危険は去ったと声明を出さないのかと訝った。だがそんな気配はいっこうになく——しだいに人々は、一般人と官公吏の区別なく、市内を日光浴スタイルで歩きまわる必要性を疑いはじめていた。

汚染地域はどうだったか？　汚染地域からの報告は、じつは、他の地域からのそれと、実質的にはなんの変りもなかったのだ。

ラジオの時代には起こりえないことだった。その時代にはワシントンからの放送で、全国をカバーすることができた。だが立体ビデオ放送では、非常に波長の短い電波を使うので、地平線から地平線への中継ステーションが必要となり、地方のチャンネルは地方の局から電波を出さなければならなくなった。これは、鮮明な画像や数多くのチャンネル数を持つことの代償なのだった。

汚染地域では、ナメクジたちが、そのローカル放送局を抑えてしまったのである。したがってその地方の人々は、警告をまったく知らされなかったのだ。

だがワシントンにいたわれわれのほうからみると、彼らも警告を聞いたと信じていいあらゆる理由があった。そういう報告が、たとえばアイオワ州からも、カリフォルニア州などと同様に入ってきたからである。アイオワ州知事は第一番に、大統領に全面的協力を約束してきたものの一人だった。知事が上半身裸体になって選挙民たちに向かい演説している立体テレビ中継さえ送られてきていた。彼はカメラに正面からむかっていた。ぼくはうしろを向けといってやりたかった。するとやがて局がべつのカメラに画像を切り替え、裸の背中のクローズアップが映った。そのあいだにも知事の声はつづいていた。われわれは大統領官邸の会議室のなかでそれを聴いていた。大統領はおやじ（オールドマン）をそばから離さなかったのだ。ぼくもまだいっしょだったし、メアリも監視役をつづけていた。国防長官のマーチネスと、幕僚長のレクストン空軍元帥もそこにいた。

大統領はニュースキャストを見ておやじ（オールドマン）を振りむいた。「どうだね、アンドリュー？　わたしは、アイオワは隔離しなければならない地区だと思ったが」

おやじ（オールドマン）は唸った。

レクストン元帥がいった。「思ったとおりだ――いいかね、わたしには時間があまりなかった――彼らは地下にもぐってしまったんだ。あやしいと思われる地区は、一インチごとに櫛の歯で梳くぐらいにしないとならないな」

おやじ（オールドマン）がまた唸った。「アイオワをトウモロコシの一株ごとに梳きあげるというのは、あまり得策ではありませんな」

「それでは、他にどんな方法があるというのですかな？」

「敵の生態を考えてみなさい。敵は地下にはもぐれない。宿主（ホスト）なしでは生きられないのですよ」

「なるほど――かりにそれが正しいとして、いったいどのくらいの数の寄生虫がアイオワにいるとお考えなのかね？」

「そんなことがわかりますか？　彼らはわしをそこまで信用してくれとりはせん」

「最高に見積もってみてですよ。たとえば――」

おやじ（オールドマン）が急に遮った。「見積もるといってもその基礎となるデータがない。あなたがたは、タイタン生物が、このラウンドも取ってしまったのがわからんのですか？」

「あなたはいま知事の演説を聞いた。彼らは知事の背中を——あるいはだれかの背中を見せた。しかしあなたは、彼がカメラの前で振りむかなかったのに気づかなかったのですか？」

「なんですって？」

「でも振りむいたな」とだれかがいった。「たしかに見た」

「わたしも、彼がまわってみせたような印象を受けたな」と大統領がゆっくりいった。「きみは、パッカー知事自身が寄生虫にとりつかれているといっているのか？」

「そのとおり。あんたは、彼らがあんたに見せようと思ったものを見ただけなんだ。知事が完全に身体をまわしきる前にカメラは一度切れている。ほとんどの人はこれに気がつかん。大統領——あれをみても、アイオワからの連絡は、ぜんぶにせものですよ」

大統領は考えこんだ顔になった。マーチネス長官がいった。「そんなことはありえない！かりにいまの知事の演説がにせものだったとしても——うまい性格俳優ならまねをすることもできるだろう。だがこちらではアイオワからの一ダースものチャンネルを自由に選べるのだ。デモインの街頭シーンはどうだね？　いくらなんでも、何百何千という群衆が上半身裸になって駆けまわっているところまででっちあげるわけにはいかんだろう。それとも寄生虫どもが集団催眠でもかけたといいたいのかね？」

「そんなことのできないのは、わしも知っている」とおやじ（オールドマン）が譲歩した。「もしできるのなら、もうタオルを投げたほうがいい。だが、あんたに聞くが、なぜあれをアイオワからの放送だと考えたのかね？」

「なぜ？　だってきみ、あれはアイオワのチャンネルからの放送じゃないかね」

「それがなんの証拠になりますか？　あんたは通りの看板を読んだかね？　あれは典型的な下町の商店街の風景で、どこでも似たようなものだ。アナウンサーがどこの市だといったって問題ではない。どこの市だったと思うかね？」

　国防長官は口をあんぐりとあけた。ぼくは刑事が持つことを要求される〈カメラの眼〉に近いものを持っている——ぼくはいまの風景を心のなかで思いだしてみた——しかもそれがどこの市だったかがわからなかっただけではない、アメリカのどの地方のものだったかも判断できなかった。それはメンフィスでも、シアトルでも、またボストンでもありえたし、そうでなくもありえた。アメリカの都市の下町の光景は、理髪店とおなじように似たり寄ったりなのだ。

「わかりはしない」とおやじ（オールドマン）がつづけた。「わしにもわからなかった。わしは手がかりを探したのだがだめだった。しかし説明はかんたんにつく。デモインの放送局は、どこかの非汚染地域の都市の〈上半身裸体計画（スケジュール・ベアバック）〉の街頭シーンを撮ってきて、それに彼らのコメントをつけて流したのだ。いくらかでもその地方の特徴の出ている部分はカットする——そうすれば知らないものはそれを鵜呑みにする。みなさん、敵はわれわれをよく知っているのだ。この作戦は、綿密に計画されて、敵はわれわれの打つどんな手にも先んじて上手に出る準備がしてあったのだ」

「きみはすこし苦労性にすぎるのではないのか、アンドリュー」と大統領がいった。「ほかの可能性も考えられる。たとえば、タイタン生物がほかの地区へ移動したとも」

「彼らはまだアイオワにいます」とおやじ（オールドマン）はぴしりといった。「だが、あれではそれを証明はできん」彼は立体テレビ送受像機のほうを指さしていった。

マーチネス長官がもじもじと身体を動かした。「しかしそれは馬鹿馬鹿しすぎる！　きみはアイオワからは正しい情報が何ひとつ得られないといっているんだよ。まるでアイオワが占領地域だといっているのとおなじことだ――」

「まさにそのとおりなんですよ」

「しかし、わたしはたった二日前にデモインに立ち寄ってきたばかりだ。なにもかも正常だった。いや、わたしはきみの寄生虫の存在することは、一匹も見たことはないが認めるんだ――しかし、いるのであれば、発見して根絶やしにしようじゃないかね……いたずらに荒唐無稽なことばかりいっていないで」

おやじ（オールドマン）はもうやりきれないという表情をしたが、やがて答えた。「その国のコミュニケーション・システムを抑えたものは、国全体が抑えられるのだ。国防長官、早く行動を起こさないと、コミュニケーションはみな敵の手におちてしまいますぞ」

「しかしわたしはただ――」

「あなたが彼らを根絶やしにするんだ！」とおやじ（オールドマン）が声を荒げた。「わしは、彼らがアイオワにいるといった。ニューオーリンズにも、その他一ダースものところにいるといった。わしの仕事は終ったのだ」彼は立ちあがった。「大統領閣下、わしはこの年の者にしては長く勤めすぎました。睡眠がたりないと、すぐ癇癪が起きる。失礼してよろしいかな」

「もちろんいいとも、アンドリュー」おやじ（オールドマン）は癇癪を起こす人間ではない。大統領もそれを知っている。彼は癇癪を起こすのでなく、他人に癇癪を起こさせる人間なのだ。

マーチネス長官が遮った。「ちょっと待ってくれ！　きみはずいぶん大きなことをいったな。調べてみようじゃないか」彼は幕僚長のほうを振りかえった。「レクストン！」

「なんですか」

「デモインの近くの新しい基地――フォートなんとかという、誰かの名前をつけた基地があったな」

「フォート・パットンです」

「それだ、それだ。ぐずぐずしていないで、あの基地を呼びだして――」

「映像回路にだ」とおやじ（オールドマン）が口をはさんだ。

「もちろん映像回路にだ。そうすれば実状が――つまりアイオワ州の本当の状況がわかるだろう」

空軍元帥は大統領にかるく会釈をすると立体テレビ送受像機のところに歩みよって国防総省統合参謀本部につないだ。彼はアイオワ州フォート・パットン基地の当直将校を出すよう命じた。

しばらくすると、スクリーンに、通信センターの内部の様子が映った。前面に若い将校の姿が出た。階級と部隊名は帽子に明示してあったが胸は裸だった。マーチネス長官は勝ち誇っておやじ（オールドマン）に振りむいた。「どうだね？」

「なるほど」

「確かめてみよう。中尉！」

「イエス・サー」青年将校は度胆を抜かれた表情で、有名な顔から顔へと視線を移した。受像と二重角度がシンクロナイズしているので、その画像の目は、見ているところを見るように見えた。

「起立してうしろを向け」とマーチネスがつづけた。

「は？　承知しました！」将校はわけがわからないという顔つきをしながらもいわれたとおりにした――すると彼の姿はスクリーンからほとんどはみだしてしまった。肋骨のいちばん下以下が見えるだけだった。

「なにしとるんだ！」マーチネスが怒鳴りつけた。「坐って向こうをむくんだ」

「はい！」青年将校はあわてた。彼はいった。「ちょっとお待ちください、ただいまアングルを拡大します」

画像が崩れ、スクリーンの上を波打つ虹の色がいくつも走った。青年将校の声だけが音声回路を通じて聞こえた。

「これでよくなったでしょうか？」

「馬鹿、何も見えんじゃないか！」

「見えませんか？　ちょっとお待ちください」

とつぜんスクリーンが生き返って、一瞬フォート・パットン基地が映ったかと思った。だが画像の人物は今度は少佐で、もっと広い部屋だった。

「最高司令部」と画像の少佐がいった。「通信当直将校ドノヴァン少佐です」

「少佐」とマーチネスは昂奮を抑えた声でいった。「フォート・パットン基地と話していたのだ。いったいどうしたのか」

「イエス・サー。こちらでモニターしておりました。ただいま、ちょっとした技術的障碍が起きまして――いますぐおつなぎいたします」

「早くしてくれ！」

「イエス・サー」

スクリーンがまた波立ち、ついで切れた。

おやじ（オールドマン）は立ちあがった。「そのちょっとした技術的障碍が克服されたら呼んでくれませんか。わしは寝にいく」

15

もしマーチネス国防長官が愚鈍であるような印象を与えたとしたら、申し訳ない。ナメクジたちがどれほどの能力を持っているかを信ずることが、最初はそれほどむずかしいのだ。まず彼らを一度見ることだ——そうすれば、腹の底から信じられるようになるのだ。レクストン元帥もけっして無能ではない。二人はその後あちこちの危険地域を呼びだして〝技術的障碍〟がそう都合よく起こるものではないことをようやく納得してからは、終夜仕事をしつづけた。彼らは午前四時におやじ（オールドマン）を起こし、おやじ（オールドマン）がぼくを呼んだ。

彼らは同じ部屋にいた。マーチネス、レクストン、それに部下の高級将校二、三人とおやじ（オールドマン）だった。ぼくがついたとき、大統領（オールドマン）がバスローブを着、メアリにつきそわれて入ってきた。マーチネスが喋りだしたが、おやじ（オールドマン）が口をはさんだ。「あんたの背中を見せてくれ、トム！」

メアリが大丈夫という合図をしたが、おやじ（オールドマン）は彼女を見ないふりをした。「本気だよ」と彼は繰り返した。

大統領は静かに、「そのとおりだ、アンドリュー」と答えて、ローブを肩からずらした。

背中には何もつけていなかった。「わたしが模範を示さなかったら、ほかの者の協力も期待はできないわけだからな」

マーチネスとレクストンは地図にピンを刺していた。危険地域が赤、安全地域が緑、それに黄色が何本かあった。アイオワ州はハシカにかかったように赤かった。ニューオーリンズとテキサスも同じぐらい赤かった。カンザス・シティも大差ない。ミズーリ＝ミシシッピー流域のミネアポリスとセントポールからセントルイスまでは明らかに敵の占領地域だった。そのあたりからニューオーリンズまでのあいだはピンが少なかったが、緑のピンもなかった。エルパソのあたりに一カ所と東海岸にも二カ所の赤地域があった。

大統領はひとわたり眺めていった。「カナダとメキシコの協力が必要なようだな。何か報告は入ったかね？」

「重要なものはありません」

「カナダとメキシコは」とおやじ（オールドマン）が深刻な表情でいった。「ほんの手はじめです。全世界の協力が必要になりますよ」

レクストンが、「そうだろうか。ソビエトの場合はどうだろう？」

これには、誰も答えを持っていなかった。占領するにも、無視するにも広すぎるところだ。第三次世界大戦もついにソビエト問題に決着をつけるには至らなかった。おそらくどんな戦争でもそうだろう。寄生虫どももソビエトではくつろいだ気分になるかもしれない。

大統領がいった。「そのことは、そのときが来たら考えよう」彼は地図の上に指で線を引いた。「太平洋岸への通信はなにも支障がないのかね？」

「明瞭になしです」とレクストンが答えた。「彼らも直接中継は妨害していないようです。しかし、軍の通信は宇宙ステーションによる中継に切り替えました」彼は指時計をちらと見た。「いまの時間では、ガンマ衛星が中継しています」

「ふむ……」大統領がいった。「アンドリュー、彼らが宇宙ステーションを襲うことはありうるかね？」

「わしにわかるもんですか」と彼はいらいらした口調で答えた。「彼らの宇宙船がそういうことが可能なように設計されているかどうかもわからないんだ。しかしむしろ、補給ロケットに侵入して入りこむということのほうがありうるでしょうな」

そこで、宇宙ステーションがすでに占領されているかどうかについて、ちょっとした議論が交された。〈上半身裸体計画（スケジュール・ベアバック）〉はいまのところ宇宙ステーションには適用されていなかった。アメリカが建造し、費用をだした宇宙ステーションだが、外交上は国連領になっていたのだ。

「その点は心配ありませんよ」とレクストンがとつぜんいった。

「どうして？」大統領が訊いた。

「わたしは、このなかで、宇宙ステーションに勤務した経験を持つ唯一の人間でしょう。われわれがいま着ている衣裳は、宇宙ステーションではごくふつうの服装なのです。あそこでちゃんと服を着ているものは、海水浴場でオーバーを着ている人間のように人目をひきます。

しかし念のため調べましょう」

大統領はふたたび地図の点検にかかった。「これまでにわかっているかぎりでは」と彼はアイオワ州グリンネルを指さしながら、「すべてはここに着陸したただ一隻の宇宙船から来ているようだね」

おやじ（オールドマン）が答えた。「いままでわかっているかぎりではね」

ぼくが口をだした。「いや、ちがいます！」

みんながぼくを見つめた。

「話したまえ」と大統領がいった。

「すくなくとも、あと三隻は着陸しているはずです。わたしは知ったんです——助けだされる前に」

おやじ（オールドマン）は呆れかえったような顔でぼくを見た。「それは確かか？　わしらはおまえから最後の一滴までしぼりとったつもりだったが」

「もちろん確かです」

「なぜそれをいわなかった？」

「いまのいままで、考えもしなかったんです」ぼくは寄生虫にとりつかれているときにはどんなふうになるものかをみなに説明しようとした。なにもかもが夢のなかのようで、すべてが重要なようにも、些細なようにも見えるのだ……。ぼくはしだいに逆上してきた。もともと、それほどいらいらするタイプではないはずなのだが、支配者（マスター）にとりつかれたため性格が変ったのかもしれなかった。

おやじ(オールドマン)がいった。「落ち着け、さあ」

大統領も、ぼくに、安心しろというような微笑をみせた。

レクストンがいった。「肝心なのは、彼らがどこに着陸したかだ。今からでも、捕捉できるかもしれない」

「それはどうかな」とおやじ(オールドマン)が答えた。「彼らは最初のやつを、わずか数時間のあいだに隠してしまった――もしあれが最初のやつならばだな」と、思案顔でいいそえた。

ぼくは地図のところへ行って考えようとした。汗をかきながら、ぼくはニューオーリンズを指さした。「たしかに、一隻はこのあたりです」ぼくは地図をにらみつけた。「ほかのやつがどこに着陸したのかはわかりません」

「このあたりはどうだ？」とレクストンが、東部海岸を指さして訊いた。

「わかりません――わからない」

「ほかに、何か思いだせないか？　考えろ！」とマーチネスがいらだたしげな声でいった。

「ぜんぜん思いだせません。わたしたちは、彼らが何をもくろんでいたのかもほんとうにはわからなかったのです」ぼくは頭が痛くなるほど考えた。そしてカンザス・シティを指さした。「ぼくはここへ、何度か連絡を送りました――しかし、その連絡が発送の指令だったのかどうか、わかりません」

レクストンが地図を見た。「それでは、カンザス・シティの近くに一回着陸があったと仮定してみよう。技術部隊が何か探りだせるかもしれない。あるいは兵站術的分析（ロジステック・アナリシス）の問題かもしれない——もう一つの着陸も、そこから割りだせないものでもない」

「もっとたくさんの着陸をだな」とおやじ（オールドマン）が是正した。

「え？　そうだな。もっとたくさんかもしれない」彼は地図を振りかえって、じっと見つめた。

16

後知恵というものは、まったく馬鹿馬鹿しいほどに役にたたないものだ。最初の円盤が着陸してすぐだったら、寄生虫の脅威は、一発の爆弾で拭い去ることができたろう。メアリとおやじ（オールドマン）とぼくとがグリンネル付近を偵察したときだったら、われわれ三人だけでも、もし彼らの所在さえ知っていればみな殺しにできたのかもしれないのだ。

もし〈上半身裸体計画（スケジュール・ベアバック）〉が最初の週に布告されていたならば、それだけでも功を奏したかもしれない。だが〈上半身裸体計画（スケジュール・ベアバック）〉は、攻撃法としては失敗だったことが、やがてはっきりわかってきた。防御法としては、有効だった。非汚染地域は、汚染からまぬがれた。攻撃にも、多少の成功はおさめることができた。〝汚染〟はされているが〝確保〟されていなかった地域――たとえばワシントンそのものとかニュー・フィラデルフィアなどでは、彼らを一掃することができた。ニュー・ブルックリンでもそうだった。こういうところではぼくがこまかい忠告を与えることもできた。全東部海岸は、赤から緑に移行した。

しかし、地図の上でアメリカの中央部を占める地域は赤一色だった。蔓延地域にはいまではルビー色のライトが輝いていた。というのは、ピンを打った壁かけ地図はその後巨大な軍用電子地図にとりかえられていたからだ。この地図は十マイルが一インチで表わされ、会議室の一方の壁全面に拡がっていた。連動式地図で、主地図はニュー・ペンタゴンの地下で製作されるのだった。

アメリカはまっぷたつに引き裂かれていた。それはまるで、巨人が中央渓谷に赤い染料を流しこんだようだった。二つの黄色い線がナメクジの占領地帯とのあいだの境を走っていたが、そこが、実際の軍事行動の行なわれている部分で、敵に占拠された基地からも、まだ自由人の手にある基地からも、たがいに照準をつけあうことができるのだった。一本はミネアポリス付近からはじまり、シカゴの西でカーヴして、セントルイスの東におよび、テネシーとアラバマ両州のなかをうねり進んでメキシコ湾にいたる。もう一本は西部の大平原を横ぎり、コーパス・クリスティ近くに出る。エルパソは主要部分と離れたルビー地帯の中心をなしていた。

こうした接触地域でなにが起こっているのか、ぼくにはさっぱりわからなかった。ぼくはひとりぼっちになっていた。閣議が開かれていて大統領はおやじ(オールドマン)をいっしょに連れていってしまった。レクストンと部下の高級将校たちも去った。ぼくは、ホワイト・ハウスのなかをあまりほっつき歩くのが気がひけて、残っていたのだ。ぼくは、やきもきしながら、黄色のライトが赤に変ったり、それよりはずっと回数が少ないが、赤いランプが黄色あるいは緑に変るのを見まもっていた。

ぼくは、何も資格を持たない訪問者がここで食事をとるにはどうしたらいいのだろうと考えた。ぼくは四時頃から起きていたのに、いままでに大統領の従者（ヴァレー）が持ってきてくれたコーヒー一杯にありつけただけだった。それよりも、もっと緊急を要するのは便所だった。とうとう我慢しきれなくなって、ぼくは、あちこちのドアをためしてみた。はじめの二つは鍵がかかっていた。三つめがぼくの求めたものだった。〈大統領専用〉とはかいてなかったのでそこを拝借した。

戻ってくると、メアリがいた。

ぼくは彼女を馬鹿みたいな顔で見やった。「きみは大統領といっしょだと思っていた」

メアリは微笑した。「追いだされちゃったのよ。おやじ（オールドマン）が交替したの」

「ねえメアリ……ぼくは、ずっときみに話がしたかったんだ。これがはじめてのチャンスだ。ぼくはその……つまり……けっきょく、あんなことをしてはいけなかったんだ……ぼくのいいたいのはつまり……おやじ（オールドマン）に聞いたところによると……」ぼくは投げだした。慎重なリハーサルの甲斐もなく、スピーチは無残な結果に終ったのだ。「とにかく、あんなことをいうべきじゃなかったんだ」とぼくはみじめな思いで締めくくった。

メアリはぼくの腕に手を置いた。「サム、サム、そんなに気にしないでよ。あなたのしたことも、あなたのいったことも、あなたが知ってたことから考えれば、当然だったのよ。わたしにとって大切なのは、あなたがわたしのためにしてくれたことよ。それ以外のことは問題じゃない――もちろん、あなたがやっぱりわたしを蔑んでないとわかって、わたしはほんとうに嬉しいけど」

「しかし、それは……くそ、そう上品ぶるなよ！　それに弱いんだ！」

メアリは楽しげに笑った——さっき挨拶がわりにした上品な微笑とはぜんぜんちがうやつだった。「サム、あなたは恋人がすこし柄のわるいほうが好きらしいわね。いっておくけど、わたしだってそうなれるのよ」彼女はつづけた。「あなたは、まだいつかわたしをたたいたことを気にしているわね。いいわ、いまお返ししてあげる」彼女は近づいてきて、かるく優しく頬を打った。「さあ、これでもうあいこだから、忘れていいのよ」

メアリの表情がとつぜん変った。彼女はもう一発スイングを入れた——首がふっとんだかと思うようなやつだった。「これは」とやや緊張した囁きでいった。「あなたのガールフレンドからもらった分のお返しよ！」

耳が鳴り、目は焦点を合わそうとしなかった。彼女は、かなり本気でなぐったにちがいなかった。ぼくを、用心ぶかく、しかも挑戦的に見つめて——その鼻孔が、意味ありげに、ひろがっていた。ぼくが手をあげると、彼女はきっとなったが、ぼくはただ、きりきり痛む頬をさすろうとしただけだった。「あの子はぼくのガールフレンドじゃないぜ」とぼくはおずおずといった。

ぼくらはたがいに目を見交して、まったく同時に吹きだしていた。メアリは両手をぼくの肩にかけ、頭をぼくの右肩に載せて、まだ笑った。「サム」と、ややあってようやくいった。「ごめんなさい。あんなことしちゃいけなかったわね——あなたに責任なかったんだもの。すくなくとも、あんなに強くたたくべきじゃなかったわ」

「何がごめんなさいだ、まったく」とぼくは唸った。「だいたい、ひねりを入れるやつがあるかい。あぶなく、頬の皮をむくところだったぜ」

「かわいそうに！」メアリは頬に触った。ひりひりした。「彼女、ほんとにあなたのガールフレンドじゃなかったの？」

「ちがうね、残念ながら。でも、こっちの努力が足りないからちがうんでもないんだ」

「そりゃそうでしょうね。それじゃあなたのガールフレンドは？」

「きみさ、この牝狐め」

「そうよ」とメアリは気持よげに答えた。「わたしね——もしわたしを受けいれてくれたらね。わたし、あなたにもそういったわ。ちゃんと買って支払いをすませてって」

メアリは、キスを待っていた。ぼくは彼女を押しのけた。「なにをいうんだ、きみは。ぼくはきみを買ったり支払ったりはしたくない」

メアリはすこしも騒がなかった。「わたしのいいかたがわるかったわ。支払いずみにしてほしいという意味よ。買ってほしいといったんじゃない。わたしは、わたしがいたいからここにいるのよ。さあ、わたしにキスしてくれないの？」

彼女は、前に一度キスしてくれたことがあった。今度もキスしてくれたのだが……それはちがった。ぼくは自分が、温かい黄金の霞の中に沈んでいくのを感じ……そこから浮かびあがりたいとは思わなかった。それでもとうとう霞から脱け出て、喘ぎながらいった。「ちょっと腰をおろしたいんだ」

メアリが、「ありがとう、サム」といってぼくを坐らせてくれた。

「メアリ」しばらくたって、ぼくがいった。「メアリ、ぼくのために、してもらいたいことがあるんだ」

「なあに？」彼女は身を乗りだした。

「ここで朝食をたべるにはどうしたらいいのか教えてくれないか。ぼくは飢え死にしそうなんだ」

彼女はびっくりしたようだったが、すぐ答えた。「わかったわ！」

どこでどうしてそんなものが手に入ったのか知らないが、ことによると、彼女はホワイト・ハウスの調理室にもぐりこんで、勝手に持ちだしてきてくれたのではないだろうか。とにかく、彼女は、二、三分のあいだに、サンドイッチとビールを二本持って戻ってきたのだ。

ぼくは三つめのコンビーフ・サンドを平らげたとき、いった。「メアリ、閣議はどのくらいつづくと思う？」

「最低二時間でしょうね。なぜ？」

「それならば」とぼくは最後の一片を飲みくだしながら、「ここを抜けだして、登録オフィスを探して、結婚して、おやじ（オールドマン）がぼくらのいないのに気がつく前にここへ戻ってこれるだろう」

彼女は答えずに、自分のビールの泡を見つめた。

「どうなんだ？」とぼくは返事を促した。

メアリは目をあげた。「あなたが望むならばそうするわ。すっぽかすつもりはない。でもそうしないほうがいいと思うの」

「ぼくと結婚したくないというのか？」

「サム、わたし――あなたはまだ結婚する準備ができていないと思うわ」

「勝手なことをいうなよ！」

「怒らないで、あなた。あなたは契約があろうとなかろうとわたしを抱いていいのよ――どこでも、いつでも。でもあなたはまだわたしを知らない。わたしというものを知って、気が変るかもしれないわ」

「ぼくにはそうそう気の変る癖はない」

メアリは視線をあげ、また悲しげに目をそらせた。ぼくは顔がかっと熱くなってくるのを感じた。「あのときは、ほんとうに特別の場合だったんだ」とぼくは抗議した。「百年たっても、もう二度とぼくたちのあいだにあんなことは起きやしないんだ。あれはぼくが喋っていたんじゃない、あれは――」

メアリはぼくをとめた。「わかっているわ、サム。でも、あなたは、何も証明しなくてもいいのよ。わたし、あなたから逃げもしないし、信用していないんでもない。週末にどこかへ連れていって。それより、わたしのアパートに引っ越してきたっていいわ。ちゃんと着るものを着れば、これだって、曾祖母さんがいっていた〝しとやかな女〟みたいに見えることもあるのよ」

ぼくは不機嫌な顔をしていたのだろう。メアリはぼくの手に自分の手を載せて、まじめな調子でいった。「地図を見て、サム」

頭をあげると、依然として赤い——いや、もっと赤地が増えている。エルパソ付近の危険地帯が明らかに拡がっていた。メアリがつづけた。「まず、こっちを片づけてしまいましょうよ、あなた。それから、もしまだそうしたいなら、もう一度結婚を申しこんで、そのあいだ、あなたは、責任なしの特権を持っていていいのよ」

これ以上にフェアなことがあろうか？　そのとおりだが、問題はそれが、ぼくの望みとはちがうということだった。結婚を疫病のように忌み嫌っていた男が、なぜこんなにも突然に結婚以上に自分に適した生活はない、と思いこんでしまったのだろうか……？

閣議が終って帰ってくると、おやじ（オールドマン）はぼくの衿首をつかまえて散歩に連れだした。散歩とはいってもたかだかバルーク・メモリアル・ベンチまで行っただけだった。彼はそこに坐ると、パイプをひねくりながら、れいのしかめ面をした。ワシントン独得の、いやなむし暑い陽気だった。公園には、ほとんど人影もなかった。

「逆噴射計画（スケジュール・カウンタブラスト）が真夜中からはじまる」と彼はいった。

それから、すこし間を置いて、「赤地域内のあらゆる中継ステーション、放送局、新聞社、ウェスタン・ユニオン電信のオフィスを当ってみた」とつけくわえた。

「けっこうですね」とぼくは答えた。「どのくらいいいましたか」

彼はそれには答えず、「どうも、なんとなく気に入らん」

「何が？」

「いいか──大統領がテレビに出て、全国民にシャツを脱ぎ棄てようと訴えた。そのメッセージが、蔓延地域にはとどいていないのがわかっている。つぎに何が起こる？」

「逆噴射計画（スケジュール・カウンタブラスト）でしょう？」ぼくは肩をすくめてみせた。

「それはいまだはじまっていない。考えてみろ──あれから二十四時間以上が経過している。何が起こってしかるべきか。起こらないでしかるべきかだ」

「わかりませんね」

「わからなくちゃならん。もし自分の力である程度のものになりたいと思うならだ。さあ」彼はコンボ・キーを手渡した。「カンザス・シティへ行って偵察してくるんだ。放送局や警官などに近づくな。とにかく、やつらは避けろ。それに──いや、おまえはやつらのやりかたは知っているはずだ。それ以外のものはみんな見てこい。それから、ぜったいつかまるな」彼は指時計を見て言葉をついだ。「真夜中の三十分前には帰ってこい。出発しろ」

「大都市ひとつを調べるにはずいぶんたっぷり時間がありますね」とぼくは不平を鳴らした。

「カンザス・シティに行くだけでも三時間はかかりますよ」

「三時間以上かかる」とおやじ（オールドマン）は答えた。「交通違反などしてよけいな注意をひかないようにしなければならんからな」

「だいじょうぶ。ぼくが安全運転なのはよくご存じでしょう」

「行け！」

こうして、ぼくは出発した。コンボはぼくらが乗ってきた車のものだった。ぼくは車をロック・クリーク公園のプラットホームで拾った。交通状態は比較的よく、ぼくはそのことを配車係に説明した。「貨物と商業車は地上待機になっています」と彼は答えた。「非常事態ですから——軍の許可証はお持ちですか？」

おやじ(オールドマン)に電話すれば許可はすぐとれるが、そんなこまかいことで彼をわずらわせると嫌われてしまう。「コンボを見てくれ」

彼は肩をすくめて、コンボ・キーを彼のマシンにさしこんだ。勘は当って、彼の眉がぴくりとあがった。「こりゃすごい！」彼はいった。「あなたは、大統領のお気に入りなんですね」

飛びあがると、ぼくは、コントロールをカンザス・シティにあわせ法定の最高速度にセットして、これから先のことを考えようとした。一つのコントロール・ブロックからつぎのブロックへ移るたびに、レーダー・ビームが当って、車のトランスポンダーが「ビー」と鳴った。だが、スクリーンには人の顔は現われなかった。明らかに、おやじ(オールドマン)のコンボは、このルートに、非常事態であるなしにかかわらず非常に効力があるのだろう。ぼくは、赤地域にもぐりこんだあとどんなことになるのだろうと考えた——そして、急に、さっき彼が「つぎに何が起こるか」といった意味がわかってきた。

人はコミュニケーションというと、画像回路のチャンネルのことだけを考えがちである。だが、〈コミュニケーション〉というのは、あらゆる情報伝達を意味する――メイミー伯母さんがゴシップをいっぱい詰めこんでカリフォルニアへ向かうのでさえ、含まれるのだ。ナメクジどもはチャンネルを抑えた――が、ニュースはそんなことで簡単にはとめられない。ただ、ニュースの着くのを多少おくらせるだけなのだ。ゆえに（エルゴ）、もしナメクジどもが現在持っているコントロールを維持しようと思うなら、チャンネルを抑えたことは、たんに彼らの計画の第一段階にすぎないのである。とすれば？

つぎに彼らのとる手段は？　彼らは何かを画策している。そして、いまの定義によれば〈コミュニケーション〉の一部であるぼくは、もしぼく自身のきれいなピンクの肌が大事なのなら、それを回避する行動の準備をしなければならないのだ。ミシシッピー河と赤地域が、一分ごとに、すべるように近づいてくる。ぼくは、ぼくの車の認識シグナルが、支配者（マスター）の手でコントロールされている航空管制所に見つかったらどういうことになるだろう、と考えた。たぶん、空中にいるかぎり安全だろう。着陸するときに発見されないようにしなければならない。これは絶対だ。

航空管制網は俗に〈雀さえ落ちない〉といわれるプランによって運営されている。だからこそ、絶対なのだ。アメリカ国内ならば、蝶でも捜索・救助システムに通報することなしには不時着できないと誇る完璧のネットワークなのだ。それほどのことはないかもしれない――が、ぼくは不幸にして蝶ではない。

地上を行くのならば、どんな保安スクリーンにでも、自動装置、手動装置、人力装置、電子装置、そのミックスのいかんを問わず、みごとひっかからずに潜入する自信はある。だが、七分ごとに一度ずつ西進している飛行車のなかで、どうやって奇術のミスディレクションをやってみせられるというのだ？　この空陸両用車の鼻面に馬鹿みたいな無邪気な面をぶらさげるか？　だが、もし歩いていこうものなら老いぼれ（オールドマン）がぼくの報告を聞くのは来年のミカエル祭の頃になってしまうだろう――ところが彼は、今日の真夜中前に報告しろといっているのだ。

いつか、めずらしくご機嫌のいいときに、老いぼれ（オールドマン）はこんなことをいった――彼は捜査官にくわしい指示はしない――ただ任務を与えるだけで、潜るなり、泳ぐなりその捜査官の考えにまかせるのだ。そこでぼくは、その方法で、いままでずいぶん捜査官を消耗したでしょうと答えてやった。

「いくらかはな」と彼は認めたものだった。「しかし、ほかの方法ではもっと失っただろう。わしは、個性というものを信ずる。そして、生き残るタイプの個人を選ぶようにしておるのだ」

「それでいったいどうやって生き残るタイプかどうかを決めるんですか」

老いぼれ（オールドマン）は悪魔的な笑いを浮かべていった。「生き延びるタイプのやつはかならず帰ってくる」

エリフよ、とぼくはわが胸にいいきかせた。おまえはいままさに、どっちのタイプかを知ろうとしているのだ。おやじめ（オールドマン）の氷の心臓に呪いあれ！

　ぼくのとったコースはセントルイスに向かっていて、市の環状線の上空で旋回したのち、カンザス・シティに向かうはずだった。しかしセントルイスは赤地域だ。地図はシカゴが緑地域であることを示していた。黄地域は、そこから西へジグザグ・コースを辿ってミズーリ州ハンニバルの北あたりに向かっている——ぼくは、どうしても、ミシシッピー河を、まだ緑地域にいるあいだに渡ってしまいたかった。幅が一マイルもあろうという広い河を渡っている飛行車は、砂漠の上の星みたいに鮮明にレーダーに捕捉されるにちがいないからだ。

　ぼくは秘密の航空管制所にローカル交通高度まで降下する許可をもとめ、返事も待たずに降下すると、手動コントロールに切り替えて、スピードを落とし、北へ向かった。

　スプリングフィールド環状線のすこし手前で、依然低空のまま西に方向を変えた。ミシシッピー河に達すると、低速で、水面すれすれに渡りはじめた。トランスポンダーは切ったままにしておいた。もちろん、レーダー認識シグナルを空中で切るわけにはいかない——だが、機関（セクション）の車は、標準の型とはちがう。ぼくは、もしローカル交通管制所が、渡河中のぼくの車を見つけても、ボートだと間違ってくれることを願ったのだ。

　河を渡ったところのつぎのブロック・コントロールが赤地域のものか緑地域のものか、ぼくにはわからなかった。ぼくが、そろそろ航空管制システムに戻ったほうが安全だろうと判断していままさにトランスポンダーのスイッチを入れようとしたときだ。岸の水際が一カ所、切れているのを発見した。地図にはそんな支流は出ていなかった。入江か、まだ地図に書きこまれていない新しい水路だろうと判断した。ぼくは、ほとんど水面すれすれまで飛行車をおろし、その中へ突っこんでいった。流れはせまく、右に左にうねって、両側から木の茂みにおおわれているので、その中を飛行車を飛ばしていくのは、まるで蜂がトロンボーンの中に飛びこんだような具合だった。しかし、ここに入れば、レーダーからは完全に影になる。こっちの姿を、くらますことができたのだ。

それはいいが、二、三分もすると、こんどは自分が道に迷ってしまった。地図を見てもどこにいるのかさっぱりわからない。水路はわかれ、まがり、後もどりし、ぼくは車を手動装置で操作するのに忙しくて航法上のコースがまるきりわからなくなってしまった。ぼくはこの車が空陸水兼用車であれば水上に着水できたものをとくやんだり呪ったりした。だしぬけに樹木がなくなってせまい平地が現われたので、急降下して着陸させた。その急激な減速のはずみをくって身体が安全ベルトで二つにちぎれそうになった。だが、おかげで着陸できて、泥水のなかでのたくる鯰(なまず)のまねをしないですんだ。

さて、これからどうしよう？　すぐそばに国道があることはまちがいなかった。それを見つけてしばらくは地上を行ったほうがいいだろう。

だが、それもまずい――地上を走っている暇はとうていない。なんとか空中に戻らなければならない。とはいえ、このあたりの交通管制が、自由人側か、ナメクジ側か、どちらに掌握されているかを知るまでは、うっかり飛びあがるわけにはいかなかった。

ワシントンを出発して以来立体テレビをつけなかった。そこで、スイッチを入れて、ニュースキャストを探したがどこでもやっていない。そのかわり(a)マートル・ドーライトリー博士の講演「夫はなぜ倦怠に陥るか」ユタゲン・ホルモン製薬提供、(b)女性トリオの歌う「あなたのいう意味あたしのとる意味おなじなら、何をあたしたち待ってるの」、(c)連続ドラマ「ルクレチアの人生」といった番組が映った。

マートル博士は上から下まで着こんでいた。女のトリオは、ご想像どおりの衣裳だったが、カメラのほうに背を向けなかった。ルクレチアは、着ているものを引き裂かれたり自分から脱いだりというシーンの連続だったが、いつもその背中が裸かどうか――いやナメクジがついているかどうかという意味だ――を確かめる前に、シーンが切れたり、ライトが消えたりした。

しかもこうしたことは、べつになんの意味もないかもしれないのだ。この番組は、大統領が〈上半身裸体計画(スケジュール・ベアバック)〉を宣言する以前にビデオ撮りされたものかもしれないからだ。ぼくはなおもダイヤルをまわしてチャンネルを変え、ニュースキャストを探してみた。そうするうちに、とつぜん、お世辞笑いを浮かべたアナウンサーの顔にぶつかった。彼はちゃんと服を着ていた。

すこし見ていると、これはれいの安手なクイズ番組の一つであることがわかってきた。アナウンサーはいっていた。「さて、いまのこの瞬間に、テレビの前にいらっしゃるどこかの幸運な奥様がたのどなたかが、まったくの無償で、ジェネラル・アトミックス社の誇る六人力自動ホーム・ロボットを獲得なさるのです。さあ、それはいったい誰か、あなたか、あなたか、それとも運のいいあなたでしょうか？」彼はスクリーンから身体をそむけ、背中が見えた。上衣におおわれたその肩ははっきりと丸く、こぶのように盛りあがっていた。ぼくは赤地域に入っていたのだ。

テレビのスイッチを切ったとき、ぼくはだれかにじっと見られていることに気づいた――九つぐらいの男の子だった。男の子は半ズボンしかはいていなかったが、そのくらいの年の男の子なら、どうということはなかった。ぼくは窓ガラスをあけて訊いた。「おいぼうや、国道はどっちだい？」

男の子は答えた。「メーコンに行く道はあっちだよ。ねえ、おじさん、それキャディラック・ジッパーだろう？」

「そうだ。あっちってどっちだね？」

「乗せてくれる？」

「時間がないんだ」

「乗せてくれたら、教えてあげるよ」

ぼくは降参して彼を乗せた。乗りこんでいるあいだに、ぼくはケースをあけてシャツとズボンと上衣を取りだした。

「たぶん、これを着ちゃまずいんだろうが……このへんの人たちはシャツを着ているかい？」

男の子は顔をしかめた。「あたりまえだよ。ここをどこだと思ってるんだい、おじさん、アーカンソーじゃないんだよ」

ぼくはもう一度道をきいた。男の子がいった。「飛びあがるとき、ぼくにボタンを押させてね」

ぼくは、地上を走るのだといい聞かせた。男の子はつまらなさそうな顔をしたが、しぶしぶ道を教えてくれた。ぼくは用心して車を進めた。舗装していない田舎道には、車が重すぎるからだ。しばらくすると、男の子はまがれといった。かなり行ってから、ぼくは車をとめた。「おい、本気で道を教えてくれるつもりなのか、それともひっぱたいてやるか?」

男の子はドアをあけて逃げだした。

「おい、こら!」とぼくが怒鳴った。

男の子は振りかえって、「あっちだよ」といった。ぼくはあまり期待せずに車をターンさせたが、意外にもやがて国道に出た。五十ヤードほどしかなかった。いたずらぼうずは、四辺形の三辺をまわらせていたのだった。

国道とはいっても、舗装のなかに一オンスのゴムも混っていないお粗末なものだったが、道はやはり道だった。ぼくは西に向かった。なんだかんだで、一時間ばかり浪費していた。

ミズーリ州メーコンは、安堵の胸を撫でおろすにはあたりまえすぎた。〈上半身裸体計画(ベアバック・スケジュール)〉は明らかにここには伝わっていなかったのだ。ぼくはこの都市を調べようかどうしようかと思い悩んだ挙句、けっきょく、戻れるうちにいま来た道を戻ることにした。支配者(マスター)たちがコントロールしているにちがいない土地にいっそう深く入りこんでいきつつある、という意識がぼくをいらいらさせた。できることならこのまま逃げだしたかった。

しかしおやじ（オールドマン）には、「カンザス・シティへ行け」と命じられているのだ。ぼくはメーコン市をまわる道路を走って西側にある着陸場に進入して、そこでローカル交通管制の発車場の列にならび、やがてこのあたりの農夫たちのヘリコプターやローカル車の群にまじってカンザス・シティを目指した。そのあいだは、この地方のスピード制限を守らなければならなかったが、そのほうがブロック・コントロールごとにトランスポンダーで車を確認されるという危険をおかすよりはずっと安全だった。着陸場は自動サービスになっていたのだ。ぼくはどうやら、なんの疑惑もひきおこすことなしに、ミズーリ州の交通管制パターンのなかにまぎれこむことに成功したらしかった。

17

カンザス・シティは、むかしインディペンデンスのあった東側をのぞいては、爆撃の被害を受けていなかった。その結果、市街は古いままだった。南東の方角から入っていくと、駐車するか、それとも入市税を払って市の中央に通ずる通りを入ろうかなどと思案する必要なくスウォープ公園まで行ってしまうのだ。でなければ、空から入って、べつのルートをとることもできる。ミズーリ河の北の着陸場におりてトンネルをくぐって市中に入るか、メモリアル・ホールの南にある下町のプラットホームのどれかに降りるかだ。

ぼくは空から入るのを断念した。チェック・システムにひっかかりたくなかったからだ。トンネルのほうも、いざというとき危険だ――また発車場のプラットホームのエレベーターも敬遠した。そういうところでは罠におちやすいからだ。正直をいえば、市内に入ること自体、ぼくには願い下げだったのだ。

ぼくはルート四〇に乗ってメイヤー・ブールヴァードの入市税ゲートに並んだ。待っている車の列はかなり長かった。つぎの車が来てぼくのうしろについたとたんに、ぼくはもう四方を囲まれたような気がしはじめていた。しかし、ゲートの係員はこっちの顔も見ずに税金を受けとった。ぼくは彼をよく見たが、そいつがとりつかれているかどうかはわからなかった。

ぼくは安堵の溜息とともにゲートを通って走りだした――が、通りすぎたばかりのところでとめられた。遮断機がまた前におろされ、ぼくはようやくのことで車をとめることができた。警官が首を突っこんで、「安全チェックです。降りてください」といった。

ぼくは抗議した。

「この市では交通安全週間をやっているんです」と警官は説明した。「これがあなたのチェック・カードです。遮断機の向こうで受けとってください。さあ、降りて、あのドアから入って」彼は縁石の近くの建物を指さした。

「何をするんです?」

「視力と反射作用のテストですよ。ほら、ぐずぐずしていると列がとどこおる」

心の目で、ぼくは地図を見なおした。カンザス・シティは燃えるように赤かった。この都市が彼らに〝確保〟されていることはまちがいないのだ。したがって、このおだやかな態度の警官もまず確実にナメクジにとりつかれているにちがいない。しかし、この警官を射殺して緊急離陸する方法がない以上、同意するしか方法はなかった。ぼくは車を降りるとぶつぶつ文句をいいながら、のろのろとその建物のほうへ歩いていった。それは、自動式でない旧式のドアのついたかかりの建物だった。靴先でドアを押しあけ、入る前に、両側と前を見た。そこはだれもいない待合室で、その向こう端にドアがあった。内からだれかが呼んだ。「お入りなさい」警戒を怠らずに、ぼくはなかに入った。そこには二人の白衣を着た男がいて、一人は頭に医者の使う診察鏡をつけていた。医師がてきぱきといった。「一分とかかりませんよ。こっちへ入って」彼はぼくが入ってきたドアを閉めた。錠のおちるかちりという音がした。

コンスティチューション・クラブでぼくらがやったのより、ずっとおだやかで調子のいいやりかただ。テーブルの上には支配者(マスター)たちの移動容器が拡げられ、もう開いて温められていた。二人めの男がその一つをぼく用に用意し、医師にむかって差しだしていたので、ナメクジそのものは見えなかった。移動容器を見ても、犠牲者たちはべつに恐れもしないだろう。医者というものは、いつも奇妙な道具を持っているからだ。

ぼくはよく見かける視力検査機の接眼鏡に眼をあてるようにといわれた。〝医者〟なるものがぼくをその場にとめおいて、何も知らずに目隠しをされてテスト用の文字を読ませているあいだに〝助手〟なるものが支配者(マスター)をくっつけるという寸法だ。こうすれば、暴力沙汰もなし手ちがいもなし、騒ぎもなしというわけなのだ。

犠牲者の背をむきだしにすることが、かならずしも必要でないことは、ぼく自身の〈奉仕〉期間中に知っていた。裸の首筋に支配者(マスター)を触れさせるだけで、あとは徴用者自身が服の具合をなおして支配者(マスター)を隠してしまうのだ。

「さあこちらへ」と〝医者〟が繰り返した。「両眼をこのアイピースに押しつけて」

視力検査機の載っているベンチへ、ぼくは機敏な動作で進んだ。そして、いきなり振りむいた。

助手が、容器を両手で持って近寄ってきていた。ぼくが振りむいたので、それをぼくから遠ざけた。

「先生、ぼくはコンタクト・レンズをはめているんです。取らなきゃいけませんね？」

「いや、いいんだ。時間のむだはよしましょう」

「でも先生」とぼくはなお抗議した。「コンタクト・レンズが目にあっているかを見てもらいたいんです。何だか、左のほうがすこし具合が悪いので——」ぼくは両手をあげ左の目蓋をひっくりかえしてみせた。「ほら」

医者が腹をたてた声で、「ここは診療所じゃないんですよ、さあ早く——」二人とも、手のとどく距離に来ていた。ぼくは両腕を下げざま、力まかせに二人をはがいじめにして——肩胛骨のあいだの一点を鷲づかみにした。両手がそれぞれ白衣の下にある柔らかいものをつかみ、そのはげしい動きがぼくにも伝わってきた。

ぼくは一度、猫が地上車に轢かれるところを見たことがある。猫は背中を逆側にそらせ、四肢をひろげて宙に跳びあがったものだった。この二人の不運な男たちも、まったく同じことをやった。二人のあらゆる筋肉がすさまじい痙攣にねじくれた。とても抑えてはいられなかった。二人はぼくの腕から跳びだしていって床にころがった。だがそのときはもうつかんでいる必要はなくなっていたのだ。最初の激しい震えがきたとき、彼らは弱りおそらく死んでしまったのだ。

だれかがドアをノックしていた。ぼくは、「ちょっと待って。先生はいそがしいから」といった。ぼくはドアの鍵がかかっているのを確かめてから、医師の身体の上にひざまずいて白衣を引っぱりあげ、彼の支配者（マスター）がどうなったかを調べた。

　そいつはめちゃめちゃに潰れていた。もう一人のやつも同じだった――この事実が、ぼくをひどく喜ばせた。もし死んでいなければナメクジどもを熱線銃で焼き殺そうと決心していたのだが、宿主（ホスト）を殺さずにナメクジだけやれるかどうか自信がなかったからである。ぼくは二人を生きるか死ぬか――あるいはもう一度タイタン生物どもにとりつかれるかするに委せた。ぼくには、彼らを救う方法はなかったのだ。

　容器のなかで待っている支配者（マスター）どもはべつだった。ぼくはビームを扇形にし最大出力にあげて、やつらを全部焼き殺した。壁ぎわに大きな木箱が二つ積んであった。ぼくは、こいつにも、板がまっ黒になるまで熱線をあびせた。

　ノックがまたはじまった。ぼくはいそいでまわりを見まわし、二人を隠せるところはないかと探したが、どこにもそんなところはなかった。かまわず逃げるしかない。外の出口から出ようとしたとき、何かがたりないという感じがした。ぼくはもう一度部屋のなかを見まわした。

　ぼくの目的にかなうものは何もないようだった。医師か助手の男の着ているものを利用しようと思えばできるが、いやだった。それから、視力検査機のダスト・カバーに気がついた。ぼくは上衣をゆるめ、カバーをひっつかんでまるめ、肩の中間のシャツの下に押しこんだ。

上衣のジッパーをすると、ちょうど適当なサイズにふくらんだ。
こうしてぼくは〝異邦人の愁いもち、いまだ知らざる国〟（A・E・ハウスマンの詩より）へと出ていったのだ。

じつをいうとぼくは、かなり調子に乗っていた。

さっきとは別の警官がチェック・カードを受けとった。彼はぼくに鋭い一瞥をくれると、車に乗るようにと促した。乗りこむと彼がいった。「市役所の下の警察署に行ってください」

「警察署ですね、市役所の」ぼくは繰り返して、車を走らせた。はじめはその方向に進んだが、やがてまがってニコルズ・フリーウェイに入った。交通量のすくない一本道に来るとボタンを押して許可ナンバーを取り替えた。市の入口で示したナンバーに対して、すでに警報が出ていることは大いにありうることだった。できることなら、車の色も型も変えてしまいたいぐらいだった。

フリーウェイがマッギー・トラフィック・ウェイに近づく前に斜道（ランプ）を降り、それからあとは、横道ばかり走った。第六地域時間の十八時だった。あと四時間半のあいだにワシントンに帰らなければならないのだ。

18

この市はどうも気にくわなかった。演出の下手な芝居のように、ぴりっとした味がないのだ。ぼくはどこがおかしいのか突きとめようとした。だが、そのたびにそいつは指のあいだからすり抜けてしまうのだ。

カンザス・シティには一世紀かそれ以上も古い歴史を持つ家族単位で構成されている住宅地区がいくつもある。子供たちが芝生の上をころげまわり、家の持主たちは玄関のポーチに腰をおろしている。曾祖父や曾祖母の時代からずっとそうしているのだ。防空壕などあってもぜったい見せない。はるか昔に死んでしまったギルド時代の大工たちの造った古い、奇妙な、かさばった感じの邸の群が、その近所に安全な独立地帯の印象を与えていた。ぼくはそんな通りを、犬をよけたり、ゴムまりやよちよち歩きの赤んぼうをかわしたりしながら走りまわって、町の雰囲気をつかもうとした。ちょうどいちばんのんびりした時間だ――一杯やったり、芝生に水を撒いたり、近所の人と喋ったりする頃である。ぼくは一人の女が花壇にかがみこんでいるのを見た。女はサンスーツを着ていて、背中は裸だった。どこから見ても支配者（マスター）をつけてはいない。そのそばにいる二人の子供もそうだった。いったいどこがおかしいのだろう？

ひどく暑い日だった。ぼくはサンスーツやショーツをつけた男女を探しはじめた。カンザス・シティは信仰の厚い地帯に属しているので、ここの人はその季節になってもラグナ・ビーチやコラル・ゲーブルズとはちがって裸になろうとはしない。上から下まで着こんでいる大人がいても目立たないのだ。そこでぼくは、両方の服装の人々を見つけたが……その比率がおかしかった。もちろん夏らしい恰好をした子供はたくさんいた、だが、何マイルも走った間に裸の背中を出しているのは女が五人に男が二人しかいなかった。

五百人以上見かけてもいいはずなのだ。

解答。服を着ている者のうちいくらかは、たしかに支配者（マスター）たちを隠してはいない、しかし、比率からいって、ここの人口の九〇パーセント以上が、とりつかれているにちがいない。

この市はまだ〝確保〟されていないが〝飽和〟状態にあるのだ。支配者（マスター）たちは市の重要拠点や役所を抑えているだけではない——支配者（マスター）たちが市そのものなのだ。

ぼくは、赤地域から全力全速力で逃げだしたいという盲目的な衝動を感じた。支配者（マスター）たちはぼくがゲートを逃げだしたことをもう知っている。そろそろぼくを探しはじめた頃だ。あるいは全市で、車を運転しているただ一人の自由人かもしれない——支配者（マスター）たちはいまぼくの周囲にぐるりといるのだ！

ぼくはその恐怖を必死で鎮めた。臆病風に吹かれた捜査官はなんの役にもたたないし、危機を乗りきることもできない場合が多いのだ。だがぼくは寄生虫にとりつかれていたときの障碍からまだ完全に回復していなかった――落ち着いているのは、おそらくむずかしかった。

　十かぞえて、冷静な状況判断をしようとした。ぼくの推理がはずれているような気がしてきた。人口百万もの都市を飽和状態にするほどの数の支配者（マスター）たちがいるはずはなかった。ぼくは自分の経験を思い起こしてみた。どうやって新しい徴用者を獲得し、新しい宿主（ホスト）にしたかを思いだした。もちろん、あれは、輸送に頼った二次的侵入ではあった。ということは、カンザス・シティは、ほぼまちがいなく近くに円盤を着陸させていたということになる。だが、それでもまだ辻褄があわない。カンザス・シティを飽和状態にするに十分な支配者（マスター）たちを運ぶのには、一ダース、いやもっとたくさんの円盤が必要なはずだ。もしそんなにたくさんの円盤が来ていたなら、宇宙ステーションがレーダーで彼らの着陸軌道を追跡していたはずだ。

　彼らの宇宙船が追跡されるような軌道を持たない、ということは可能だろうか？　われわれは支配者（マスター）たちがどんな進んだ工学技術を持っているか知らないし、われわれの場合の限界から彼らの限界を想定するのはけっして安全ではない。

　しかし、ぼくが手に入れたデータは、一般論理とはまったく矛盾する結論を導きだす。つまり、どうしても、報告する前に確かめる必要があった。一つだけ、確かなことがあった。もし支配者（マスター）たちが、事実上この都市をほとんど飽和状態にしてしまったとしても、彼らはまだ仮装行列（マスカレード）をつづけ、この都会が自由人たちの都市と同じように見せかけつづけている。おそらく、そのせいでぼくも、恐れていたほど目立たないのだろう。

ぼくは、さらに一マイルほど徐行運転をつづけたがなんの結論も得られなかった。やがてプラザのそばの商店街に入っていった。大まわりしてまがった。そこには大勢の群衆がいたし、警官もいたからだ。そのときぼくは水泳プールのわきを通りすぎた。ぼくはそれを観察し見たところを頭に入れた。そこから何ブロックか来たとき、そのプールの告知板が出ているのに目がとまった。たいして意味のあることは出ていない——〈今シーズンは閉場〉と書いてある。

この夏の暑い盛りに、水泳プールがやっていないとは？　それ自体はたいして意味はない。プールというものはよくやっていないことがあるものだし、これからだってそうだろう。だが、いちばん利益のあがるはずのシーズン中に閉鎖しているというのは、何か特別の理由のないかぎり、経済上の論理に反する。もちろん、特別の理由はいろいろと考えられる——だが、水泳プールは仮装行列（マスカレード）がいちばんできにくいところではある。夏の暑いときに閉鎖してあるプールは、客のすくないプールよりも目立たない。支配者（マスター）たちはつねに人間の観点に注意しその行動に反映させているのだ。そうだ、ぼく自身そうやってきたではないか！

a　入市税関の罠。
b　サンスーツのすくなさ。
c　閉鎖された水泳プール。

結論：ナメクジどもは、個人の想像よりもはるかに——信じられないほど多数いる。
推理：逆噴射計画（スケジュール・カウンタブラスト）は誤算のうえに計画されている。これはサイをパチンコで狙うようなものだ。

反論：ぼくが見たと思ったことはありえない。マーチネス国防長官が、ぼくの報告書をずたずたに引き裂きながら、嘲笑を嚙み殺すのを目の当りに見るような気持がした。この推論の正しさを証明するためには補佐官たちのもっともらしい反論を抑えて、大統領を納得させるに足る十分強力な証拠を必要とする。しかもそれはいま必要なのだ。あらゆる交通規則を破って急いでも、ワシントンへ帰るまでのあと二時間半では、いくらも集められはしないだろう。

どうしたらいいのだ？　下町へ行って、群衆にまぎれこみ、マーチネスに、すれちがった連中がほとんどナメクジにとりつかれていたことは確かだったといおうか？　だがそれをどうして証明する？　その点についていえば、ぼく自身それをどうやって確かめるのだ？　タイタン生物たちが〝いつものとおり〟式の笑劇を演出しているかぎり、見かけだけでは見わけるのはむずかしい。猫背は圧倒的に多く、裸の肩は情けないほど少ないのだ。

ナメクジどもが十分多量に供給されるものと仮定すると、どうやってこのカンザス・シティが飽和状態にされたかというプロセスが想像されてきた。市外に出ようとすればまた入市税徴収所に罠が張ってあることはほぼ確かだし、飛行車の発着プラットホームにも、また、市中央高速へのあらゆる出入口にも罠が張ってあるとみてまちがいない。ということは、市から出ていく人間はことごとくナメクジ側のスパイであり、入ってくる人間は新しい奴隷候補だということになる。

最後に通りすぎた町角に、カンザス・シティ・スター新聞の自動印刷販売機があるのを見かけていた。ぼくはそのブロックを後もどりして、車を寄せ、外に出た。スロットに二十五セント入れて、新聞が印刷されるのをいらいらしながら待った。

スター新聞の体裁は、昔どおり退屈でかたくるしい上品さを保っていた——刺激的な記事も、非常事態についての記事もなく、〈上半身裸体計画(スケジュール・ベアバック)〉にも何も触れていない。一面の記事は、「太陽黒点の異常で電話不通」という大見出しに「太陽磁気嵐のため市は半ば孤立状態」というサブタイトルがついていた。太陽の三段抜き、半立体のカラー写真が出ていたが、その表面は宇宙ニキビのため変形して見えた。これで、たとえばメイミー・シュルツ伯母さんのような人物——まだ寄生虫にとりつかれていない人間——が、ピッツバーグにいるお祖母さんに電話をかけて通じなくても、興奮もせず納得できる説明になるわけなのだ。

あとで検討することにして、ぼくは新聞を脇の下にはさむと車に戻った——ちょうどそのとき、一台の警察車が音もなく滑ってきてぼくの車の鼻先にぴたりととまった。しかも警察車は、突如として、空気中から大勢の群衆をつくりだした。一瞬前、その町角には人っ子ひとりいなかった——ところがいま、いたるところ人でうずまっているのだ。そして警官がぼくのほうに進んできた。ぼくの手はひそかに熱線銃のほうへのびた。もしそのとき周囲の連中が警官同様に危険なやつらだと確信しなかったら、ぼくは警官を射殺していたにちがいない。

警官はぼくのまん前でとまった。「免許証を見せてくれませんか」と彼はにこやかに話しかけた。

「いいですとも」とぼくは調子を合わせた。「車の道具入れにクリップでとめてあるんですよ」ぼくは警官の横をすりぬけた。ついてきてくれという思い入れだ。警官はちょっとためらったようだが、すぐ餌に食いついてきた。ぼくは彼をぼくの車と警察車のあいだに導いた。彼の車に同僚のいないことがこれでわかった。人間のやりかたとはちがっていることがありがたかった。もっと重要なのは、こうすることによって、あまりに罪のないようにみえる群衆とぼくとのあいだに、車を置くことができたことだ。

「あそこです」と、ぼくは内部を指さしていった。「あそこにとめてあるんです」

警官はもう一度ためらったが、なかをちらりと見た。ごく短い時間だったが、ぼくが必要を通じて身につけたあのテクニックを使うには十分だった。ぼくの左手が警官の両肩を打ち据え、それを全身の力をこめてつかんだ。

警官の身体は爆発したかと見えた。それほどにすさまじい痙攣だったのだ。彼の身体が舗道にぶっ倒れるより早く、ぼくは車にとび乗り突進させていた。

けっして早すぎはしなかった。仮装行列（マスカレード）はちょうどバーンズのオフィスでのときのようにその一瞬に中断された。群衆がどっと押しかけてきた。一人の女が車の外側に爪を立ててしがみつき、五十フィートあまりも走ってから振り落された。そのころには、車にはスピードがついて、もっと加速しつつあった。ぼくは、車の流れの中を右に左にハンドルを操作しながら、空中に飛びあがるチャンスを狙ったが、まだそのときはそれだけの空間がなかった。

一本の通りが左に開けた。ぼくは頭から突っこんでいった。だがこれは失敗だった。並木がアーチをつくっていて離陸できないのだ。つぎの角でまがったがなお悪かった。やむをえずスピードを落した。ぼくは、ごく控えめな市中スピードで走りながら、なおも不法離陸するに足る広さを持つ大通りがないものかと探しつづけた。考える力がしだいに戻ってきて、誰も追跡してこないことを覚った。

支配者(マスター)どもについてのぼくの知識が役にたった。〝直接協議〟の場合をのぞいて、タイタン生物は宿主(ホスト)の中に、宿主(ホスト)を通じてのみ生きられる。支配者(マスター)は、宿主(ホスト)の見るものを見、宿主(ホスト)に可能な器官なり方法なりを用いて情報を受けとり、伝達する。さっきあの角にいたナメクジどもは、あの警官の身体を所有していたやつをのぞいて――しかもそいつはぼくが片づけてしまった――ぼくのこの車を探そうとはしないだろう。もちろん、あそこにいたほかの寄生虫どもはぼくを探しはじめているだろう――が、彼らも、宿主(ホスト)の肉体的機能と能力しか持っていないのだ。そこでぼくは、その連中に対しては、どこのヤジ馬に対する以上の関心を払う必要はないと考えた。つまり、彼らを無視して、場所を変え、忘れてしまうことにしたのだ。

というのも、時間があともうぎりぎり三十分しかなくなっていたし、証拠として持っていくものについても、すでに心の中で決めていたからだった。それは捕虜を――ナメクジにとりつかれていて、このカンザス・シティに何が起こったかを語りうる人間を一人連れていくことである。つまりぼくは、宿主(ホスト)を一人救いださなければならなかったのだ。

宿主(ホスト)に怪我をさせないようにつかまえて、乗り手を殺すかとりのぞかし、ワシントンまで拉致していかなければならない。プランを練る時間はもうなかった。いますぐに行動しなければならない。そう決心したとき、たまたま一人の男がそのブロックを歩いているのが目にとまった。家に帰って夕食にありつくのを頭に描いていそうな足どりで歩いている。ぼくはその男のそばに車を寄せた。「おい！」

男は立ちどまって、「え？」といった。

「市役所からいまやってきたんだ。説明している暇はない——乗ってくれ、直接協議しよう」

男は答えた。「市役所だって？　なんのことだかわからんな」

「計画変更だ。ぐずぐずするな。乗れよ！」

男は後しざりした。ぼくは車から跳びだすと男の猫背の肩をひっつかんだ。

何もなかった！　ぼくの手は、骨っぽい人間の肩の肉をつかんだだけだった。男は悲鳴をあげた。

ぼくは車に跳び乗って大急ぎでその場を逃げだした。何ブロックか行ったところでスピードをゆるめてそのことを考えなおした。神経が疲れすぎているために、いもしないタイタン生物のしるしを見てしまったのだろうか？

ちがう！　その瞬間、ぼくはおやじ(オールドマン)の、事実を直視する不屈の意志をとりもどしていた。

あの入市税徴収所、サンスーツ、水泳プール、自動印刷販売機のところに現われた警官——

これらが事実であることをぼくは知っているのだ。いまの出来事は、たんにぼくが、たまたま十人に一人の――割合はどうでもいいが――まだナメクジどもに徴用されない男を選んでしまったということにすぎないのだ。ぼくはスピードをあげ、つぎなる獲物を探した。

その中年の男は、自分の家の芝生に水を撒いていた。その姿があまりにあたりまえに見えたので、ぼくは危うく素通りしかけた。だがもう時間がなかったし――見ると、着ているセーターの肩が、怪しく盛りあがっていた。もしこのとき、ヴェランダにいたその男の妻を見ていたら、ぼくは通りすぎてしまったかもしれない――彼女は背中のあいたスポーツシャツを着てスカートをはいていて、ナメクジにとりつかれているはずのないことが一目でわかったからである。

ぼくが車をとめると男は目をあげた。

「いま市役所から来たところだ」とぼくはさっきと同じことをいった。「あんたといますぐ直接協議をしなきゃならん。乗ってくれ」

男は穏やかに答えた。「家へ入れよ。車のなかでは目立ちすぎる」

ぼくは拒絶したかったが、男はもう家のほうへ歩きはじめていた。ぼくが後ろから追いつくと、男が囁いた。「気をつけてくれ。あの女は仲間じゃない」

「奥さんか？」

「そうだ」

われわれがポーチで立ちどまると男がいった。「ああ、おまえ、これはオキーフさんだ。

ちょっと仕事のことで相談があるんだ。書斎にいるからね」

女は笑顔で答えた。「わかったわ、あなた。こんにちは、オキーフさん。むし暑い日ですわね」

ぼくは調子を合わせ、女はまた編みものをはじめた。ぼくらは家の内に入り、彼が書斎に案内した。仮装行列（マスカレード）をやっているわけだから、ぼくは客らしく彼に従われて先に入った。男に背中を見せるのはいやだった。そのせいで、彼が後ろから襲うことは半ば予期していた。男がぼくの顎のつけ根近くをなぐったのだ。ぼくはなぐられると同時に一回転してほとんど損害なしに床に倒れた。ぼくはそのままころがりつづけて、あおむけになって停止した。

訓練所では、倒れてから起きあがる練習にサンドバッグを生徒にたたきつける。だからぼくは、倒れて、床にころがると同時に、両方の踵で敵をおびやかしていた。男は躍りあがってぼくの脚のとどかないところへ逃げた。明らかに男は銃を持っていなかったが、ぼくも自分の銃をとりだす暇はなかった。だがその部屋には本式の煖炉があって、火掻き棒からスコップ、火箸など一式が揃っていた。男はそのほうへまわりこんだ。ぼくの手のとどくところにちいさなテーブルがあった。ぼくは跳びついて脚の一本をつかむとそれを投げつけた。テーブルは火掻き棒を握った男の顔に命中した。ぼくは男に躍りかかった。

彼の支配者（マスター）がぼくの手の中で死にかけ、男自身がその最後の恐るべき指令を受けてのたうちまわっていたとき、ぼくは彼の妻が戸口ですさまじい悲鳴をあげているのに気づいた。ぼくは飛びかかって彼女に一撃を喰らわせた。彼女は悲鳴の途中で気をうしない、ぼくはまた夫のほうに戻っていった。

　ぐったりとなった男は、驚くほどかつぎにくいものだが、そのうえこの男は重かった。幸い、ぼくも負けずに頑丈な大男だった。ぼくは、よたよたしながら、どうにか車のほうへ歩いていった。いまの格闘が彼の妻以外のものに気づかれたかどうか知らないが、彼女の悲鳴はその町内の半分ぐらいには聞こえたにちがいなかった。通りの両側の家々のドアから、すでに人々が顔をのぞかせていた。まだ近くまで来ているものはなかったが、ぼくは車のドアをあけておいたことに感謝した。

　ところが、たちまち、嬉しくないことに気がついた。その日の午後にぼくにいたずらしたのと同じような餓鬼が車に入りこんで操縦装置をいじくっていたのだ。畜生めとののしりながら、捕虜を客席の中へ投げこんでおいて、その子をひっつかんだ。子供は暴れたが、有無をいわさず引きずりだして、ちょうど駆けつけてきた最初の追跡者の腕の中へそいつを投げつけた。座席に飛びこんで、ドアも安全ベルトもそのままに猛然と走りだしたとき、その子はまだ抱かれた腕の中から身をふりほどこうと暴れていた。最初の角をまがったときドアがはずみで閉まり、ぼくは危うく座席からほうりだされそうになった。それからしばらく、直線コースをとって、そのあいだにベルトを締めた。つぎのコーナーを急角度でまがったとき向こうから走ってきた地上車を危うく轢きつぶしかけたが、そのまま走りつづけた。

　広い大通りがあった——たぶんパセオだろう——ぼくは離陸キーを押した。おそらくあちこちで事故をひきおこしたろうが、気にしている余裕はなかった。必要な高度に達するのも待たず、ぼくは遮二無二東にコースをとり、東行しながらなお上昇をつづけた。ミズーリ河を渡るまで手動で飛び、ありったけの噴射装置を全開にしてスピードをあげた。この向こうみずな無謀操縦が、おそらくぼくの命を救ったのだ。コロンビア上空のどこかで、最後の噴射を行なったとたん、飛行車がはげしく震動するのを感じた。どこからか迎撃ミサイルを射ちあげて、それが、ついいま通過したばかりの位置で爆発したのだった。

ミサイルはそれきり飛んでこなかった。これは幸運だった。それから先は、水面に浮かぶアヒル同然だったからだ。右のジェットの翼車(インペラ)が過熱しはじめた。さっきの至近弾のためか、それとも酷使したためだろう。ぼくは熱するままにして、あと十分間だけ吹っ飛んでくれるなと祈った。やがて、ミシシッピー河を背後にみて、表示器の針が〈危険〉をはるか超過したとき、ぼくは右エンジンを切り、左エンジンだけでよたよた飛ぶのにまかせた。これではせいぜい三百マイルしか出ないだろう――しかし、もう赤地域からは脱出していたのだ。

それまで、お客には、ちらと視線を走らせる以上の暇がなかった。男は床の詰物の上に手足を拡げてのびていた。意識を失っているのか、それとも死んだかだ。だが、もう人間世界に戻ってきたのだし、無謀操縦をしようにもパワーがないのだから、自動操縦に切り替えていけないという理由はなかった。ぼくはトランスポンダーのスイッチを入れ、ブロック指定の要請信号を出すと、許可も待たずに自動操縦に切り替えた。それから客席のほうに乗りこむと、わが捕虜を見やった。

彼はまだ息をしていた。顔にはみみずばれができていたが、骨はどこも折れていないようだった。頬をたたき、耳たぶを拇指でつねってみたが、意識は回復しなかった。死んだナメクジはもう悪臭を放ちはじめていたが、処置する方法はなかった。ぼくは男をそのままにして操縦席へ戻った。

　精密時計はワシントン時間の二十一時三十七分を指していた。しかもまだ先は六百マイル以上もある。何事もなく着陸しホワイト・ハウスに駆けつけおやじ（オールドマン）を探しだせたとしても、ワシントンにつくのは真夜中を数分すぎる計算になる。どっちみち、おやじ（オールドマン）の命令よりはすでに遅れているのだ。おやじ（オールドマン）はもう、かんかんになって怒っていて――ぼくに〝放課後居残り〟を命ずるにちがいなかった。

　ぼくは右エンジンをスタートさせようとしてみた。だめだった――おそらく、こちこちに凍りついてしまったのだ。しかしたぶん、これでいいのかもしれない――これだけのスピードで飛んでいるのだから、もしちょっとでもバランスを失えば、おそろしく危険なことになりかねないのだ。そこでぼくは諦めておやじ（オールドマン）を送話器で呼び出そうとした。

　送話器は通じようとしなかった。たぶん、取らざるをえなかった緊急手段のどれかのときに、送話器を壊してしまったのだろう。ぼくは送話器をもとへ戻しながら、これが、ベッドから起きだすほどのこともない時代の一日だったらな、と思った。ぼくは車の通信装置に向きなおって非常ボタンを押した。「コントロール！」とぼくは呼んだ。「コントロール！」

　スクリーンが明るくなって、若い男の姿が現われた。男が上半身裸体なのを見て、ぼくはほっと安堵の胸を撫でおろした。「こちらコントロール。ブロック・フォックス11。きみは空で何をしているんだ？　きみがこのブロックに進入してからずっと呼びつづけていたんだぞ」

「そんなことはどうでもいい！」ぼくは怒鳴りかえした。「いちばん近い軍用回路につないでくれ。絶対優先だ！」

男はどっちつかずの顔をした。スクリーンが瞬いて、すぐにべつの画像が入れ替り、軍の通信本部が映った——ぼくはすっかり気持が楽になった。見えるかぎりの全員が、上半身裸体だったからだ。前のほうに若い当直将校がいた。ぼくはそいつにキスしてやりたいぐらいだったが、キスするかわりにいった。「軍用緊急連絡——ペンタゴンからホワイト・ハウスにつないでくれ」

「そちらはだれか」

「時間がないんだ！　ぼくは特別捜査官だがきみではぼくの身分はわからない。早くたのむ！」

その将校を説得できそうだったが、いきなり画面から押しのけられて、かわりにその男の上官が現われた。「ただちに着陸しろ！」彼はそれだけいった。

「隊長、聞いてくれ。これは軍用緊急連絡だ。いますぐこの通信をつないでほしい。こちらは——」

「こちらも軍用緊急連絡だ」と彼が遮った。「民間車はすべて三時間前から着陸を命じられている。ただちに着陸しろ」

「しかし、ぜがひでも――」

「着陸しなければ撃墜する。こちらはおまえを追跡している。いま、おまえの半マイル前方に迎撃ミサイルを射ち上げる。着陸以外の行動をとれば二発めで撃墜する」

「たのむから聞いてくれ。着陸はする。しかしなんとしても――」

彼はスイッチを切り、ぼくは空しく空気を吸いこんでいた。

最初の爆発は半マイルより近かった。ぼくは着陸した。

ぼくは車を地上にぶつけた。しかし、ぼくもお客も怪我はせずにすんだ。長く待たされはしなかった。彼らはフラッドライトを照射して、車が動きそうもないことを確かめる前にイナゴのように襲いかかってきた。彼らはぼくを捕え、ぼくは隊長に直接あった。彼は心理分析班が睡眠テストの中和剤をうってくれてから、ぼくのメッセージを送ってくれた。そのときはすでに第五地区時間で一時十三分だった――そして、〈逆噴射計画（スケジュール・カウンタブラスト）〉はすでに一時間十三分前から実行に移されていた。

おやじ（オールドマン）はぼくの報告を聞くと、唸った。そして、朝になったら会いにこいといった。

19

〈逆噴射計画(スケジュール・カウンタブラスト)〉は戦史上最悪の惨敗に終った。降下は第五地区時間の真夜中を期して、九千六百の通信施設――すなわち新聞社、交通管制所、中継ステーションその他の拠点に対して行なわれた。襲撃部隊は、わが空挺部隊の精鋭プラスそうした通信施設をすぐ復旧するための技術者グループであった。

作戦成功の暁には、大統領の演説が各ローカル局を通じて放送される手筈になっていた。そうすれば〈上半身裸体計画(スケジュール・ベアバック)〉は蔓延地域全域に効果を発揮し、戦いは事実上おわり、掃蕩作戦を残すのみとなる――はずであった。

十二時二十五分までに、かくかくしかじかの拠点を確保したという報告が入りはじめた。そのすこしあとから、いくつかの拠点から救援をたのむという連絡が入った。午前一時までには、予備隊のほとんどが戦線に投入され作戦の経過はきわめて良好のように見えた。事実良好のようだった――各部隊の指揮官はみな着陸し、地上から連絡を送ってきたからである。

ところが、それが、攻撃部隊からの連絡の最後だった。

赤地域は、全作戦部隊を、あたかも最初から存在しなかったかのように呑みこんでしまった――一万一千の飛行車と十六万の将兵と技術者、七十一人の部隊指揮官たち、そして――いや、これ以上いってもしかたがない。合衆国は、あの〝黒い日曜日〟以来最悪の大敗北を喫したのである。ぼくはマーチネス国防長官やレクストン、それに参謀本部を非難しているのでもなければ、降下作戦に参加した気の毒な将兵を嘲笑しているのでもない。この作戦は、どこから見ても真実と思われた情報を基にたてられたのだし、事態は、そのときわれわれの持っていた最上のものをもって、急速に行動することを要求していたのである。

マーチネスやレクストンが、それまで受けとった数々の作戦成功の連絡が、じつはまったくのにせものであったこと――しかもそれが、わが軍の将兵によって――しかし、ナメクジにとりつかれ、自我を奪われて、仮装行列(マスカレード)に参加させられたわが軍の将兵そのものの手ででっちあげられたにせの報告であることを納得したのは、もう夜が明けかかる頃だった。ぼくの報告を聞いたのち、すでに攻撃を中止させるには一時間以上遅かったけれども、おやじ(オールドマン)はそれ以上の応援部隊を送るのをやめさせようと努力した――だが彼らは、成功の報に有頂天になって、一挙に敵を掃蕩しようと躍起になっていたのだ。

おやじ(オールドマン)は大統領に画像による検討を執拗に説いた。だが作戦は宇宙ステーション・アルファ衛星の中継によってコントロールされていた。宇宙ステーションでは、音声回路と同数の映像回路は提供できなかった。レクストンはそのときいった。「心配はいらない。ローカル局を奪回したら、わが方の手で地上中継ネットに切り替えられるから、好きなだけのテレビ画像での証拠が手に入るよ」

おやじ（オールドマン）は、そのときになってからでは遅すぎることを指摘したがレクストンは癇癪を起こして答えた。「何をいっているんだ！　あんたのいらいらを鎮めるために、何千という兵隊を殺そうというのかね！」

そして大統領も、彼の言葉を支持したのだった。


朝までには、画像による証拠が手に入った。中央渓谷の各放送局が昔ながらの放送をはじめたのだ。「メアリ・サンシャインといっしょに起きましょう」「ブラウン一家と朝食を」などのあいもかわらぬ子供だましの放送だった。大統領の立体テレビ放送を流した局は一局もなく、何か変ったことがあったのを報じた局もなかった。軍用通信も四時前後からしだいに少なくなってやがて杜絶し、狂気のようになったレクストンの呼びかけにも、まったく答えはなかった。攻撃部隊そのものが存在しなくなったのだ――あとかたもなく消え去った（シュプーロス・フェルゼンクト）。

翌朝十一時ちかくまで、ぼくはおやじ（オールドマン）に会えなかった。彼は口ひとつはさまずにぼくの報告を聞き、終ってもぼくを口汚くののしるでもなかった。これはいっそう悪い兆候だった。

彼が退ってよいといおうとしたとき、ぼくは訊いた。「ぼくの連れてきた捕虜はどうなりました？　ぼくの結論を裏づけませんでしたか？」

「ああ、あの男か。まだ意識不明のままだ。生きそうもないらしい」

「会ってみたいのですが」

「おまえはおまえのわかることをしていればいい」

「ええ……それでは、何かぼくのすることはありませんか?」

「おまえは何も――いや、こうしろ。動物園に行くんだ。おまえがカンザス・シティで見てきたものに、ちがった光をあてるようなものが見られるだろう」

「はあ?」

「副園長のホレース博士に会うんだ。わしが行けといったといえ」

ホレースは彼の飼っている狒々(ひひ)によく似た気持のいい小男だった。彼はぼくをヴァルガス博士に紹介した。地球外生物学の専門家で、第二次金星探険隊に参加したヴァルガスと同じ人物だった。彼はぼくに動物園で起こったことを見せてくれた。もしおやじ(オールドマン)とぼくが昨日、公園のベンチに坐りになど行かずにこの国立動物学ガーデンに来ていたら、ぼくがカンザス・シティに行く必要はなかったのだ。国会内で捕えた十四のタイタン生物とつぎの日捕えた二匹とは、この動物園に送られて、類人猿――おもにチンパンジーとオランウータン――に載せられたのだ。ゴリラには載せなかった。

園長はこの猿たちを、動物園の病院に閉じこめてあった。二匹のチンパンジー――アベラールとエロイーズとはいっしょの檻に入れられていた。この二匹はずっと夫婦だったし、二匹を引き離さなければならない理由もなかったからだ。これはけっきょく、タイタン生物を扱う場合のわれわれ人間の心理的錯覚を示しているのだ。ナメクジを移植した当の人間でさえ、その猿を、まだタイタン生物とは考えず、もとの猿と思ってしまうのである。

その隣りの病檻には、結核のテナガザルの一家が入れてあった。彼らは病気のため宿主(ホスト)としては使われていなかった。そしてこの二つの檻のあいだはまったく行き来できないようになっていた。二つの檻はスライディング・パネルをおろして隔離され、それぞれの檻にはべつべつの空気調節装置がついていた。ところが、つぎの朝パネルをあげてみると、チンパンジーとテナガザル一家とがいっしょにいた。アベラールかエロイーズのどちらかが、錠をあけるなんらかの方法を見つけたのだ。この錠は猿にはあけられないということになっていたのだが、タイタン猿には効力がなかったのだ。

テナガザル五匹とチンパンジー二匹とタイタン生物二匹――それが、あくる朝、七匹の猿に、七匹のタイタン生物がとりついていたのだ。

この事実は、ぼくがカンザス・シティにむけて出発する二時間前に発見されていた。しかしおやじ（オールドマン）はその事実を知らされていなかった。もし知らされていたなら、彼はそのときカンザス・シティが飽和状態であることを覚っていたにちがいないのだ。ぼくだって、おそらく、察しはついたかもしれない。もしおやじ（オールドマン）がテナガザル一家のことを知っていたら〈逆噴射計画（スケジュール・カウンタブラスト）〉はけっして行なわれなかっただろう。

「わたしは大統領の立体放送を見ましたよ」とヴァルガス博士はいった。「あなたはれいの――つまり、あの――」

「そうです、ぼくがれいの男ですよ」とぼくはぶっきらぼうに答えた。

「それじゃ、あなたは、この現象についてわれわれにいろいろ教えてくださるわけですな」

「できなければならないはずなんだが」とぼくはのろのろいった。「しかしできないんです」

「つまり、あなたがつまり、その、彼らの捕虜だったときには、こうした分裂繁殖は行なわれなかったというわけですか？」

「そのとおりです」ぼくはそのことを考えてみた。「すくなくとも、ぼくの知るかぎりではね」

「わたしの理解するところでは、犠牲者は体験中の完全な記憶を持っているということだったが……」

「そういう場合もあり、そうでない場合もあるんです」ぼくは支配者(マスター)の奴隷となった人間のあの異様な無関心の精神状態のことを説明しようと努めた。

「それが、あなたの眠っているあいだに起こったのではないかな」

「かもしれません。眠っているときのほかに、思いだすことのできない場合が――それもかなり――あります。協議の場合などがそれです」

「協議とは？」

ぼくは説明した。博士の目がかがやいた。「なるほど、あなたのいうのは交接(コンジュゲーション)のことですね？」

「いや、ぼくのいったのは協議(コンファランス)です」

「おなじことですよ。わかりませんか？　交接(コンジュゲーション)と分裂――彼らは意のままに繁殖するんです。宿主(ホスト)の供給があったときはいつでも。おそらく一回接触するごとに一回分裂が起こるんだ。そして、その機会があると、分裂する——二匹の成虫の牝の寄生虫が、何時間かのあいだに——いや、もっと時間は少ないだろう」

もしそれが本当だったとすれば——そして、このテナガザルたちを見れば、とうてい疑う余地はなかったが——どうしてわれわれはコンスティチューション・クラブのとき輸送に頼らなければならなかったのだろう？　それとも頼ってはいなかったのだろうか？　ぼくにはわからない。ぼくはぼくの支配者(マスター)がしろということだけをし、目の前に現われたものだけを見ていたのだ。だが、カンザス・シティが飽和状態になった事情はこれではっきりした。家畜はいくらでも手もとにある——移動容器を満載した宇宙船もあった——そこでタイタン生物たちは、人間の人口に匹敵するだけの数、繁殖してしまったのである。

その宇宙船——われわれがカンザス・シティ近郊に着陸したと信ずる一隻に、かりに千匹のナメクジがいたと仮定しよう。彼らが、機会あるごとに二十四時間に一回ずつ繁殖すると仮定するのだ。

一日めに千匹。

二日めに二千匹。

三日めに四千匹。

第一週の終り、つまり八日めには、十二万八千匹のナメクジが生まれるのだ。

二週間後には、千六百万匹になる。

だが、彼らが一日一回しか子を生まないかどうかわれわれは知らない。また、空飛ぶ円盤が千匹の移動容器しか積んでいないとはかぎらない。それは一万かもしれないし、もっと多いかも――あるいはもっと少ないかもしれない。かりに一万匹の種虫が十二時間に一回ずつ分裂繁殖するとしよう。二週間後に、その数は――

二兆五千億！

この数字はもはや意味をなさない。天文学的である。地球上にはとてもそんな数の人間はいやしない、いや、猿を勘定に入れたって同じことだ。

われわれはナメクジのなかに膝まで浸ってしまう――それも、遠い先のことではない。ぼくは、カンザス・シティにいたときより、もっと気分が悪くなった。

ヴァルガス博士はぼくを、スミソニアン研究所のマッキルヴェーン博士という人に紹介してくれた。マッキルヴェーン博士は比較心理学者で、ヴァルガスのいうところによれば『火星、金星、および地球――目的刺戟の研究』という著書の著者だということだった。ヴァルガスはぼくが感心するだろうと思っていったらしいが、ぼくはその本は読んでいなかった。いずれにしろ、われわれ地球人が木から降りてくる以前に死滅してしまった火星人の動機なんていうものを、どうして研究ができるのかぼくにはてんでわからなかった。

二人は専門的な話を交換しはじめた。ぼくはテナガザルを観察しつづけた。やがてマッキルヴェーンがぼくに訊いた。「ニヴェンズさん、その協議は一回どのくらいの長さ続きましたか？」

「交接（コンジュゲーション）だよ」とヴァルガスが是正する。

「協議（コンファランス）だ」とマッキルヴェーンが固執した。「そのほうがずっと重要な面だよ」

「しかし博士」ヴァルガスはなおもねばった。「交接（コンジュゲーション）は、そこから突然変異が拡がっていく遺伝子交換の手段であって――」

「それは人類中心主義ですよ、博士！　この生命体が遺伝子を持っているかどうかさえ、あなたは知らないじゃありませんか」

　ヴァルガスは真っ赤になった。「遺伝子に相当するものは認めるでしょうな？」彼はかたい口調でいった。

「なぜ認めなければなりませんか。繰り返しますが、あなたは不確かなアナロジイで推論をしようとしているのだ。あらゆる生命形態に共通の唯一の特徴はただ一つ、生き延びようという衝動だけですよ」

「そして繁殖しようという衝動だ」ヴァルガスはあくまで自説をまげない。

「かりに、この有機体が不死であって、繁殖の必要がないとしたら？」

「しかし――」ヴァルガスは肩をすくめた。「この生物が繁殖することはわかっているじゃないですか」彼は猿のほうをしめす仕種をした。

「だから、わたしもいっているんだ」とマッキルヴェーンがやり返した。「これは繁殖ではなく、個体がより多くの空間を占有している形態にすぎないと。いや、博士、接合子と配偶子の循環という考えかたにあまりに捉われすぎた結果、それ以外のパターンもあるということを忘れるということは、ありがちですからね」

ヴァルガスは反論しはじめた。「しかし、あらゆる体系を通じて――」

マッキルヴェーンが相手の言葉をみなまでいわさず、「人類中心主義的、地球中心主義的、太陽系中心主義的偏見です――あまりに偏狭な考えですよ。この生物は、ことによったら太陽系以外のところからやってきたのかもしれない――」

「いや、ちがう！」ぼくは叫んでいた。とたんにタイタン衛星の姿がぱっと頭のなかに閃き、同時に息づまるような興奮を感じた。

二人とも気がつかなかった。マッキルヴェーンが喋りつづけていた。「アメーバをとってごらんなさい。より基本的で、しかもわれわれよりずっと成功した生命形態ですよ。アメーバの動機論的心理学は――」

ぼくは耳をとざした。言論の自由だから、だれでもアメーバの心理学について語る権利はある。しかしぼくはそんなものを聞きたくはなかった。

二人はいくつかの直接実験を行なったが、それでぼくの彼らに対する評価はいくらか高まった。ヴァルガスはナメクジを移植した狒々を、テナガザルとチンパンジーをいっしょに入れた檻に移した。新来者がほうりこまれると同時に彼らは外向きの輪をつくって集まり、ナメクジ対ナメクジの直接協議に入った。マッキルヴェーンは彼らに指を突きつけていった。

「どうです？　協議は生殖のためのものではない。記憶の交換だ。これは、一時的に分離していたこの有機体がまた自己を再確認しているところなんだ」

ぼくも、そんな持ってまわったいいかたでなしに、彼と同じことがいえたのだ。接触を絶たれていた支配者(マスター)は、その機会が来ればすぐに直接協議をはじめるのだ。

「仮説にすぎない！」とヴァルガスがやりかえした。「いまは繁殖する機会がないだけのことだ。「ジョージ！」彼は世話係主任を呼んで、もう一匹の猿を連れてくるように命じた。

「リトル・エイブですか？」と世話係主任が訊いた。

「いや、寄生虫のついていないやつがほしい。そうだな――オールド・レッドにしよう」

世話係主任はいった。「いけませんよ、先生、オールド・レッドはやめてください」

「べつに危険はないんだ」

「サタンはどうです？　あいつは意地のわるい悪党だからちょうどいい」

「わかった、早くしてくれ」

そこで世話係がサタンを連れてきた。石炭のように黒いチンパンジーだった。彼はほかでは喧嘩早いやつだったかもしれないが、ここではまるで違った。世話係に檻の中にほうりこまれると、たちまちドアのほうに尻ごみしていって、悲しげに鼻を鳴らしはじめた。それはまるで、死刑執行を見るようだった。それまでぼくは神経を制御できていた――人間というものはなんにでも慣れることができるのだ――が、この猿のヒステリーには伝染性があった。ぼくは逃げだしたくなった。

最初、ナメクジにとりつかれた猿たちは、陪審員でもあるかのように、ただじっとサタンを見つめるだけだった。これが、かなり長いあいだ続いた。サタンの啼き声が低い呻きに変り、顔を隠した。やがてヴァルガスがいった。

「博士――見たまえ！」

「どこを？」

「ルーシィだ――あの年寄りの牝だ。それだよ」と彼が指さした。

それは結核にかかったテナガザル一家の女家長だった。彼女の背はわれわれのほうを向いていた。そこに載っているナメクジがぐっとそりかえっていた。その身体の中央に、虹色の筋が一本通っている。

それが……卵が割れるように二つに割れはじめたのだ。ほんの二、三分のうちに、分割は完了した。新しいナメクジが、背骨の上にたかり、もう片方のやつが背中を這いおりはじめた。牝のテナガザルは床に尻がつくほどしゃがんでいた。ナメクジはずるずると滑り落ちて、やがてコンクリートの上にぽんと落ちた。それはゆっくりとサタンのほうへ這いよっていった。猿はすさまじい悲鳴をあげた――そして、檻のてっぺんに駆けのぼった。

嘘ではない――彼らは一隊を――二匹のテナガザルと一匹のチンパンジー、それに狒狒の四匹を派遣してサタンを捕えたのだ。猿たちはサタンを引きずりおろすとほうりだし、床にうつぶせに押さえつけた。

ナメクジが這いよっていった。

あとたっぷり二フィートばかりのところへ来たとき、そいつは一種の茎のようなものを生やした。最初はゆっくりと――その茎状のものはコブラのように左右にゆれ動いた。それから、いきなりびゅっとのびてサタンの足を打った。ほかのものはすばやく彼を離したが、サタンはもう身動きしなかった。

タイタン生物はその延長によって、自分の身体を引き寄せると、サタンの足にぴたりと吸いついた。そこから、這い上りはじめた。背骨の底部にまで達すると、サタンは坐りなおした。彼は身震いして、ほかの猿たちの仲間に入った。

ヴァルガスとマッキルヴェーンは昂奮して喋りはじめた。まるで動揺などしていなかった。ぼくは、何かをぶち壊したくなった——ぼくのために、サタンのために、全猿類のために！

マッキルヴェーンは、これこそわれわれのまだまったく知らなかった新しい現象だと主張した。これは、その個体的同一性——あるいは集団的同一性において不死であり連続的であるように組織された知的生物である。このへんから議論はまたこみいってきた。ナメクジはその種族的起源にまでさかのぼる連続的な記憶を持っているのだ、とマッキルヴェーンは論じた。彼はナメクジを、時空連続体における四次元的ウジムシであり、それが一個の有機体として組織されたものだと主張した。話はおそらく秘教的な様相を帯び、馬鹿馬鹿しくなってきた。

ぼくはといえば——そんなことはわからなかったし、どうでもよかった。ナメクジに対するぼくの関心は、ただそいつらを皆殺しにしてやりたいということだけだった。

20

驚いたことに、帰ってくると、おやじ（オールドマン）に会えた。大統領は、国連の秘密理事会で演説するために出発していた。ぼくはおやじ（オールドマン）にぼくの見たままを報告し、ヴァルガスとマッキルヴェーンについてのぼくの意見を補足した。「まるでボーイスカウトだ。集めた切手の見せっこをしているんだ。この問題の深刻さがわかっちゃいないんですよ」

おやじ（オールドマン）はかぶりを振った。「彼らを甘く見てはいけない」彼は忠告した。「おそらく、おまえやわしよりずっと優れた解答を持ってくるだろう」

「そうですかね」ぼくはいった。「それより、あのナメクジを逃がしてしまいそうな気がするな」

「象のことは聞かなかったか？」

「なんの象です？　二人ともぼくにはほとんど何も話してくれませんでしたよ。二人だけで興味を持ちあって、ぼくなんか無視してたみたいだ」

「おまえには科学的な冷静さというものがわからないのだ。ところでこの象のことだが——ナメクジにとりつかれた猿が一匹、何かの拍子に逃げだしたのだ。その猿の死体は、象の小屋のなかで踏み潰されていた。そして象の一匹が行方をくらました」

「というと、ナメクジを背中に載せた象の野郎がうろついているというんですか？」ぼくは恐るべき光景を思い浮かべた——電子頭脳をつけた戦車のようなものじゃないか！

「野郎じゃない」とおやじ（オールドマン）が是正した。「その牝象はメリーランドのほうで見つかった。おとなしくキャベツを食っていたそうだ。ナメクジはいなかった」

「そのナメクジはどこに行ったんです？」無意識のうちに、ぼくの周囲を見まわしていた。

「その隣り村で、空陸両用車が一台ぬすまれた。おそらく、ナメクジは、ミシシッピーの西のどこかにいるのだろう」

「だれも行方不明になったものはいないんですか？」

彼はふたたび肩をすくめた。「自由の国だ、そんなことがわかるものか。すくなくとも、タイタン生物は、赤地域以外では人間の宿主（ホスト）に隠れているわけにはいかないのだ」

おやじ（オールドマン）の言葉で、ぼくは、さっき動物園で見た——だがはっきり理解しなかったあるもののことを考えさせられた。だが、何だったにしろ、それはぼくの頭から脱落してしまった。

おやじ（オールドマン）はつづけた。「それにしても上半身裸体命令を徹底させるためにはかなり手荒な処置がとられたのだ。大統領は道徳的見地からする抗議を受けた。全国ハーバーダッシャーズ協議会からの抗議は別としてもな」

「なんですか、それは？」

「わしらが、彼らの娘たちを、リオにでも売りとばそうとしているとでも考えたのだろう。

代表団が来た。合衆国母の会とかなんとか、そんなくだらん名前だった」

「大統領の時間は、そんなつまらないことで消費されているんですか、この非常事態に？」

「マクダノウがそういう連中を扱っている。だが、あいつは、わしまで引っぱりこみおった」おやじ（オールドマン）は痛そうな顔をした。「わしらは、素っ裸にならないかぎり、大統領には会わせられないといってやった。それでようやく退散したのだ」

さっきからぼくを悩ませていた考えが、また表面まで浮かびあがってきた。「そうだ、ボス、そうこなきゃいけないんです」

「何をどうこなきゃならんというんだ？」

「国民を素っ裸にするんです」

彼は唇を噛んだ。「何をいいたいんだな？」

「われわれは、ナメクジが脳底の近くにだけつくものだと思いこんでいますね？」

「それはおまえがよく知っておるだろう」

「知っていると思っていたんです、しかしいまでは自信がなくなりました。たしかに、それがいままでのやつらのいつものやりかたでした——ぼくがやつらの手先だった頃は」ぼくはもっと詳しく、ヴァルガスが哀れなサタンにナメクジをくっつけたときの光景を説明した。

「猿は、あいつが脊髄のいちばん下に達すると同時に反応を示したんです。ナメクジどもが頭脳の近くに載るほうを好むことは確かです、しかしあるいはやつらは、ズボンの中にもぐりこんで、そこから、触手をのばして脊髄の先に接触することもできるのです」

「ふむ……おまえは、最初に機関員の検査をしたとき、わしが一人のこらず素っ裸にむいたのをおぼえているだろう？　あれは偶然にああしたのではないのだ」

「あなたのやりかたは正しかったんです。とにかくやつらは、身体のどの部分にでも隠れていられるんです。たとえばあなたのはいてるそのだらんとしたズボンなど最たるものだ。やつはその中に隠れられる。人が見たって、尻が出ていると思われるだけですみます」

「脱げというのか？」

「もっといい方法があります。カンザス・シティ紋めという手を使います」言葉は冗談めかしていたがぼくは本気だった。いきなりおやじ(オールドマン)のズボンのふくらんだところを力まかせにつかんで、彼が寄生虫を持っていないことを確認した。彼は威厳を保ってそれを甘受すると、ぼくにも同様の処置を施した。

「しかし、まずいぞ」彼は坐りなおすと、こぼした。「女たちの尻をいちいち叩いてまわるわけにはいかん。すくなくともわしはごめんこうむる」

「しかしやらなければならないでしょうな。でなければ、一人残らずストリップさせるか」

「ちょっと実験をしてからだ」

「どんな？」とぼくは訊いた。

「頭と背骨にかぶせる装具は知っておるな。あれは、着けたものに、安心感を与える以外にはそれほど役にたたない。だが、ホレース博士にいって猿にあれをかぶらせ、ナメクジが脚以外にはどこにも触れられないようにして、どうなるか見てみよう。範囲をいろいろ変えてみてもいい」

「なるほど。でも、猿は使わないでくださいよ、ボス」

「なぜだ？」

「つまり……あまり人間に似すぎてる」

「何をいうんだ、おまえ、オムレツをつくるには——」

「卵を割らなければならぬ、ですか。わかりました。でも、いやなもんだな」

21

つづく数日間を、ぼくは、高級将校たちに対して、タイタン生物は昼食に何を喰うのかという類いの馬鹿馬鹿しい質問に答えたり、ナメクジにとりつかれた人間にアタックする方法について講義したりして過した。ぼくは専門家という肩書きをもらっていたが、ぼくの生徒たちは、たいていのときにナメクジについてはぼくよりよほどよく知っているような顔をしていた。

　タイタン生物たちは赤地域を確保していた――だが、彼らは発見される覚悟でなければこちら側に入ってくることはできなかった――と、われわれは願った。われわれの側も、二度とふたたび占領地域への浸透は試みなかった――というのは、ナメクジのほとんど全部がわれわれの仲間を人質にしていたからである。国連もなんの助けにもならなかった。大統領は〈上半身裸体計画（スケジュール・ベアバック）〉を地球全土で実施したいと望んだが、各国はなんのかんのと理由をつけた挙句、問題の調査を委員会に委託してしまった。真相はもちろん、彼らがわれわれを信じなかったのである。これは敵にとって大きな利益だった――火傷をしたものだけが火の恐ろしさを知るというわけなのだ。

いくつかの国は、その国民の習性によってナメクジの侵略をまぬがれていた。フィンランドでは、毎日か二、三日おきに仲間といっしょにスチーム・バスに入らないとひどく目立ってしまうせいで——日本人は平気で着衣を脱ぐせいで、助かった。南海の島々もアフリカの大部分と同じように比較的安全だった。フランスは第三次世界大戦の直後から、すくなくとも週末には熱烈なヌーディスト運動を展開していたせいで、ナメクジは、身を隠すのに、ひどい苦労をさせられた。だが、身体を見せることがタブーになっている国々では、ナメクジは宿主（ホスト）が悪臭を放ちはじめるまで安全に隠れていることができた。アメリカ合衆国、カナダ、イギリスなど——とくにイギリスがそうだった。

アメリカからは、三匹のナメクジを（もちろん猿にとりつかせてある）ロンドンに空輸した。ぼくの理解するところによると、皇帝陛下は大統領と同じように臣民に範を垂れようとしたが、カンタベリーの大主教にそそのかされた首相の介入で実現しなかった。大主教は見もしなかった。徳義のほうが、現世の危機よりも重要だったのだろう。こうした事情はいっさい新聞には出なかったし、あるいは真実ではなかったかもしれないが、イギリス人の皮膚が他国人の冷たい目に曝されることにならなかったのは確かだった。

ソビエトの宣伝機関は、新しい指令が決定すると同時に、すさまじい攻撃をわれわれに浴びせてきた。すべては、〝アメリカ帝国主義者の妄想〟にすぎないというのだった。ぼくは、なぜタイタンどもが最初にソビエトを攻撃しなかったのだろうと思う。ソビエトならば、まさにうってつけの場所ではないか。つぎにぼくは、いや、もう攻撃しているのではなかろうか、と考え——最後に、どっちみち、大して違いはないかもしれない、と考えたのだった。

この期間中、ぼくはおやじ（オールドマン）には会わなかった。任務は、代理のオールドフィールドから受けとっていた。そのせいで、メアリが大統領警護の特別任務を解かれたことも知らなかった。機関（セクション）の本部のラウンジで、ぼくは偶然彼女にでくわした。「メアリ！」ぼくは叫んで、床にへたへたとくずおれかけた。

彼女はあのゆったりとした、甘い微笑をぼくに投げかけて、近づいてきた。「ひさしぶりね、ダーリン」彼女は囁いた。メアリは、ぼくが何をしていたのかも聞かなかったし、連絡をとらなかったことに不平も鳴らさなかった。いや、それがどんなに長いことだったかさえもいわなかった。メアリは、水が自然にダムを超えるに委せるほうだったのだ。

ぼくはそうではなかった。ぼくは猛然と喋りだした。「こいつは素敵だ！　ぼくはまだきみは、大統領に寝間着を着せかけているんだとばかり思ってたよ。いつからこっちにいるんだ？　いつ帰らなきゃならないんだ？　そうだ、ぼくに一杯ダイヤルさせてくれないか？　いや、きみはもう持ってるな」ぼくは自分の酒を一杯ダイヤルしはじめた。とたんに酒がぼくの手の中に飛びこんできた。「あれ？　これはどうしたことだ？」

「あなたがドアのところに現われたとき、わたしが注文しておいたのよ」

「メアリ、ぼくはきみがどれほど素晴しいかをいったかい？」

「いいえ」

「よろしい、いまいおう。きみは素晴しいよ」

「ありがとう」

ぼくは言葉をつづけた。「いつまでフリーなんだい？　ねえ、なんとかして、少し休暇をとれないか？　何週間も一日二十四時間中勤務につかせているという法はないぜ。休みもなしに。よし、ぼくがおやじ(オールドマン)に直接談判して、そして——」

「わたしいま休暇中なのよ、サム」

「考えていることを彼にぶっつけて——なんだって？」

「いまわたし休暇中なの」

「きみが？　いつまで？」

「呼び出しがあるまで。いまごろの休暇ってみんなそうでしょう」

「でも——きみはいつから休暇だったんだ？」

「昨日からよ。わたしずっとここに坐ってあなたを待っていたのよ」

「昨日から！」昨日ぼくは、何もわかりもしない、聞きたがってもいない金ピカ肩章どもに子供だましの講義なるものをしていたのだ。ぼくは立ちあがった。「動かないで。すぐ戻ってくるから」

ぼくは作戦課へ飛んでいった。ぼくが入っていくとオールドフィールドが顔をあげて、不愛想な調子でいった。「なんの用だ？」

「機関長代理(チーフ)、ぼくがやることになっていた、子供の寝物語はキャンセルしてくれないか」

「なぜだ？」

「ぼくは病気なんだ。長いこと、病気休暇をとっていない。いまとりたいんだ」

「おまえさんは、頭がおかしいんじゃないか？」

「おおせのとおりだ。ぼくは頭がおかしい。幻聴が聞こえる。人があとから尾行している。タイタン生物どものところへ帰った夢ばかり見ているんだ」最後の部分は本当だった。

「だが、頭のおかしいことが、この機関でハンディキャップになったことがあるかね？」彼は、何かいったらまたいいかえそうと待ちかまえた。

「おい──休暇をくれるのか、くれないのか」

彼は書類をまさぐっていたが、一枚見つけると、それを破り捨てた。「よし。電話はいつでも聞こえるようにしておけ。呼び出しがかかったら出てこいよ。出ていけ」

ぼくは出た。ラウンジに入るとメアリがぼくを見あげて、例の柔らかい、温かい出迎えをしてくれた。ぼくはいった。「持物を持つんだ。出発しよう」

彼女はどこことも訊かずにただ立ちあがった。ぼくは自分の酒をひっつかみ、いくらか飲んで、残りはこぼした。ぼくらは、市の歩道レベルに出るまで、何も喋らなかった。それから、ぼくがいった。「さあ──きみは、どこで結婚したい？」

「サム、そのことはもうこの前話しずみでしょう」

「もちろん話した。だからこれから結婚しにいくんだ。どこだ？」

「サム……なんでもあなたのいうとおりにするわ。でもわたし、まだ結婚には反対よ」

「なぜだ？」

「サム、わたしのアパートに行きましょうよ。あなたに、夕食をご馳走してあげたいの」

「いいとも、ご馳走はつくってもらう。でもきみのアパートじゃない。それに、まず結婚が先だ」

「おねがい、そんなこといわないで」

誰かがいった。「がんばれ。もうすこしだ。彼女はもう一押しだぞ」ぼくはまわりを見て周囲に人だかりがしていたのに気がついた。

ぼくは腕を大きく振りまわして、いらいら声で怒鳴った。「何かすることはないのか？酒でも喰らって酔っぱらえ！」

だれかべつの男がいった。「やつは彼女の申し出を受けるべきだよ」

ぼくはメアリの腕をひっつかむと、それ以上ひと声もいわずにタクシーの中へ彼女を押しこんだ。

「なぜ結婚しちゃいけないんだ？」とぼくは声を荒げていった。「その理由を聞かせてもらおうじゃないか」

「なぜ結婚するのよ、サム。わたしはあなたのものよ。契約なんていらないのよ」

「なぜだって？　きみを愛しているからにきまってるじゃないか」

メアリはしばらくのあいだ答えなかった。ぼくは彼女を怒らせたのかと思った。やがて彼女が答えたが、その声はほとんど聞こえなかった。「あなたはそのことを一度もいわなかったわ、サム」

「いわなかったって？　そんなことないよ」

「いいえ、絶対にいわなかったわ。どうしていってくれなかったの？」

「さあ……わからん。うっかりしてたんだろう。愛という言葉の本当の意味が、よくわからないんだ」

「わたしもよ」とメアリはそっといった。「でも、あなたにいってもらうと、嬉しいわ。もう一度いって。お願い」

「ええ？　いいとも。愛してるよ。愛してるんだ、メアリ」

「ああ、サム！」

彼女はぼくに身体を押しつけて、かすかに震えはじめた。ぼくはメアリの身体をゆすった。

「きみはどうなんだ？」

「わたし？　ああ、わたしはもちろん愛してるわよ、サム。愛してるわ、あの……あのときからずっと……」

「どのときからずっとだ？」

ぼくは、彼女が例の〝訊問計画〟でぼくが身替りになったとき以来ぼくを愛している、というのだろうと思った。だが彼女がいったのは、「あなたがわたしをたたいたときから」という言葉だった。

これで辻褄があっているのだろうか。

運転手は、コネチカットの海岸をゆっくり飛ばしていた。ウエストポートに着陸させるために は、彼を居眠りからゆり起こさなければならなかった。ぼくらは市役所に行った。認可や許可証を扱う窓口に行くと、そこにいた職員にいった。「ここは結婚するところですか?」

「それはあなたしだいですな」と職員は答えた。「狩猟許可証なら左、畜犬監札なら右、ここは幸福なる仲介所──であることを望みますね」

「わかりました」とぼくは固くなっていった。「それでは、どうか、許可証を発行していただけますか?」

「よろしい。誰でも、すくなくとも一回は結婚してみなければね。これが、わしがいまの古女房にいった台詞でね」彼は用紙を出した。「あなたがたの認識番号をお願いします」

ぼくらは番号を教えた。「さて──あなたがたのどちらか、ほかの州で結婚したことはおありですか?」ぼくらは、ないといった。彼はつづけた。「本当ですか? 正直にいってくださらないと、ほかの添え書をつけられないので、この契約が有効にならないんですよ」

ぼくらはもう一度、どこでも結婚したことはない、といった。彼はつづけた。「期限ですが、更新可能ですか、それとも一生涯ですか? 十年以上ならば、料金は一生涯と同じです。六カ月以下ならば、この用紙はいりません。略式用紙を、あそこの自動販売機で買えばいいのです」

メアリが小声で、「一生涯」といった。

職員はびっくりした。「あなた、本気でおっしゃってるんですか？　自動的選択権付きの更新可能契約にしておけば、永久契約と事実上おなじことだし、万が一気が変った場合にも、裁判所へ行く手間が省けるんですがね」

「このひとのいうとおりにしたらどうだ！」とぼくがいった。

「いいです、わかりました——そこで、相互の合意による離婚としますか。それとも離婚不能にしますか」

「離婚不能だ」とぼくが答えると、メアリも頷いた。

「離婚不能ね——」彼は相槌をうってタイパーのキーをたたいた。「さて、いちばん肝心な点ですが、どちらが、いくら払うかということは？　給料ですか、資産ですか？」

ぼくが、「給料」といった。ぼくには、基金にする資産というほどのものはなかったのだ。

メアリが、しっかりした声で、「なし」と答えた。

職員が、「なんといわれました？」と訊いた。

「なしです」メアリが繰り返した。「これは経済的な契約じゃないんです」

職員は完全にタイパーの手をとめてしまった。「馬鹿なことをおっしゃるものではありませんよ、あなた」なだめるようないいかただった。「こちらのかたが、なすべきことをしようとされているじゃありませんか」

「いいの」

「いま決めてしまわれる前に、弁護士に相談なさったほうがいいのじゃありませんか。ホールに公衆通話所がありますよ」

「いいのよ！」

「どうも、これじゃ、なぜ許可証が要るんだか、わかりゃしない」

「わたしもよ」とメアリがいった。

「それじゃ、許可証はいらないんですか？」

「ちがうわ！　いまいったとおりに書いてちょうだい。給料なしと」

職員はどうしようもないという仕種をしたが、タイパーに向きなおった。「さて、これでいいでしょう」彼はいった。「なんとも簡略にしたもんですな。よろしいか。『あなたがたは上記の事実があなたがたの理性と信念に照らして真実であることを誓いますか、またあなたがたは麻薬その他法律に違反する薬物の影響下にこの契約を結ぶものでないことを誓いますか、またあなたがたは上記の契約を実行し登記するに当って隠されたる他の契約その他の法的障碍が存在しないことを誓いますか』」

ぼくたちは、誓います、誓います、誓いますと答えた。彼は用紙をタイパーから引っぱりだした。「それでは拇印をどうぞ。よろしい、連邦税こみで十ドルになります」ぼくが金を払うと、職員は用紙を複写機にさしこんでスイッチを入れた。「コピーは郵送します」と彼はいった。「あなたの認識番号の住所へ送ります。ところで、どのタイプの式にしますかな？　お手伝いしましょう」

「わたしたち宗教的儀式はいらないわ」とメアリがいった。

「それじゃ、ちょうどうってつけの人がいますよ。シャムリー博士です。無宗派のいちばんの立体伴奏オーケストラつきの室内でね。なんでもやってくれますよ。妊娠のまじないでもなんでもね。しかも格式がある。それに、父親らしいぐっと胸にくる言葉で式をしめくくってくれる——ああ、結婚したんだなと思わせてくれるんですよ」

「けっこうだ」と、今度はぼくがいった。

「人の忠告は聞くもんですよ！」と、職員はぼくにむかっていった。「この可愛いかたのことも考えてあげなさい。もしこのひとが、いま誓約したとおりにするとすると、もう二度と結婚式を挙げるチャンスはないんですよ。女はだれだって一度は正式の結婚式を挙げる権利があるんだ。正直、わたしはたいしたコミッションはもらわないんだから」

「あんたがぼくらを結婚させてくれたらどうだ。さあ、やっちゃってくれよ」

彼は驚いたような顔をした。「なんだ、知らないんですか？　この州では自分で結婚できるんだ。あんたがたはもう結婚しちまったんですよ、さっき許可証に拇印を押したときから」

ぼくが、「そうなのか」といい、メアリは何もいわなかった。ぼくらは出発した。

ぼくは市の北側でレンタルの空陸両用車をリースした。それは十年も前の骨董品だったが、完全自動になっていたし、それだけがぼくらに必要なすべてだった。ぼくは市上空を旋回し、マンハッタン・クレーター上空を横断して、コントロールを自動にセットした。ぼくは幸福感でいっぱいだったが、同時にひどく神経がたかぶっていた——やがて、メアリがぼくの首に腕をまわした。長い長い時が経って、ぼくの山小屋(キャビン)のビーコンの、「ビー・ビー」という音が聞こえた。それで、ぼくはメアリから身を引きはがして着陸にかかった。メアリが眠そうに、「ここはどこ?」といった。

「山の中のぼくの小屋さ」とぼくはいった。

「山の中に小屋を持ってるなんて知らなかったわ。わたしは、わたしのアパートに向かっているんだとばかり思ってた」

「何だって? 熊罠(ベアトラップ)の危険をおかしてまでかい? どっちにしろ、これはぼくだけの山小屋じゃない。ぼくらのだよ」

メアリがぼくにキスし、ぼくは下手くそな着陸をした。彼女はぼくが操縦装置をロックしているあいだに先に降りた。出てみると彼女はぼくの山小屋を見つめていた。「あなた、ほんとにすてきだわ!」

「アディロンダックスにかなうところはないよ」とぼくも口をあわせた。太陽は西に傾きうすもやがかかって、風景にすばらしい深みを与え立体的に見せていた。

メアリはちらとそれを見ていった。「そうね、ほんとね——でも、わたしはそのことをいったんじゃないの。わたしはあなたの——わたしたちの山小屋のことをいったのよ。なかに入りましょう、早く!」

「入ろう」とぼくもいった。「でも、ほんとに粗末な小屋なんだよ」それはそのとおりだった——屋内プールさえなかった。ぼくはわざとそんなふうにしておいたのだ。ここへやってくるときには、都会生活を持ちこんでくるようなことになりたくなかったからだ。壁はごくふつうのスチール・ファイバーグラス製だったが、ぼくはその上からベニアを二重に貼りあわせたので、ほんものの丸木小屋のように見えた。内部も、非常にシンプルで——大きな居間にほんものの煖炉、厚手の絨毯に低い椅子をたくさん置いてあった。設備は土台のなかに埋めこみにしたコンパクト・スペシャルで、そこにはエアコン、電源、洗浄装置、防音装置、上下水道、放射線警報装置、サーボメカニズムなどが、冷凍庫や調理設備以外は見えないように、また気にならないようにして、残らず入っていた。立体テレビ・スクリーンでさえ、使うとき以外は見えないようにしてあった。要するに、ほんものにできるだけ近く、しかも内部に便所がある丸木小屋だったのである。

「とってもすてき」とメアリがきまじめな調子でいった。「わたし、見せかけだけの家はきらいなの」

「きみもぼくもだよ」ぼくはコンボを動かしドアをあけた。メアリがすぐさま内部へ飛びこんだ。「おい、戻ってくるんだ！」とぼくが叫んだ。

メアリが出てきて、「どうしたの、サム、わたし何かいけないことした？」

「もちろんしたさ」ぼくは彼女を引きずりだし、腕にかかえあげてしきいをまたぎ、キスしてから床におろした。「さあ、これできみは自分の家に入ったんだ。正式にね」

内部に入ると照明がついた。彼女は周囲を見まわし、それから振りかえって、ぼくの首に両腕をまわした。「ああ、あなた、あなた、あなた！」

　ぼくらはそこでひまどった。やがて彼女は部屋のなかをうろつき、あちこちに触ってみはじめた。「サム、わたしが自分で設計したとしても、きっとこれとそっくりになったと思うわ」

「バスルームが一つしかないんだ」とぼくは弁解した。「不便をがまんしなきゃならない」

「かまわないわ。嬉しいのよ。それで、あなたが、ここへガールフレンドを誰も連れてこなかったことがわかったもの」

「ガールフレンド？」

「わかってるくせに。もしあなたがここを愛の巣として設計したんなら、女用のバスルームをかならずつけたでしょうからね」

「きみは頭がよすぎるな」

　彼女は答えずに、ぶらぶらとキッチンへ入っていった。とたんに金切り声が聞こえた。

「どうしたんだ？」といいながらぼくも彼女のあとから入った。

「独身者の山小屋に、こんなすごいキッチンがあるなんて思ってもみなかったわ」

「ぼくは料理が下手じゃないんだよ。キッチンがほしかったから買ったんだ」

「嬉しいわ、ほんとに。これからはわたしがあなたにご馳走をつくってあげるわね」

「きみのキッチンだ。すきなようにやってくれ。でも、ひとあびしたいと思わないか。先にシャワーを使ってくれていいよ。あしたカタログを見て、きみのバスルームを選べばいい。飛行便で郵送させよう」

「あなたが先にシャワーを使って」とメアリがいった。「わたしお料理をはじめたいの」

メアリとぼくとは、まるでもう何年も結婚していたように、スムーズに家庭生活に入っていった。いや、ぼくらのハネムーンが退屈だったという意味ではないし、ぼくらがおたがいにまだ知らなければならないことがなかったという意味でもない——要するに、ぼくらが、結婚するに必要だったすべてのことをすでにおたがいに知っていたということである。とくに、メアリのほうが。

ぼくはその日々のことを、あまりはっきり思いだせない。ぼくは幸福だった。ぼくはそれがどんなものだったか忘れてしまったのだ——もし思いだせるようなら、ぼくは幸福でなかったことになる。かつてのぼくの生活は面白くはあった。気晴らしもできたし、愉快だったし、楽しくもあった——だが、幸福ではなかったのだ。

ぼくらはテレビもつけなかった。本も読まなかった。だれにも会わなかったし、話もしなかった——ただ二日めに村まで降りていったときはべつだった。ぼくはメアリを見せびらかしたかったのだ。帰りに、ぼくらは村の隠者の山羊のジョン爺さんの小屋のそばを通った。ジョン爺さんは、ぼくが頼んで小屋の世話をしてくれていたので、彼を見て、ぼくは手を振った。

彼は手を振りかえした。いつものようにスキー帽をかぶり、ふるい軍服の上着を着て半ズボンにサンダルばきといういでたちだった。ぼくは上半身裸体命令について注意しようかと思ったが、やめにした。そのかわりに、両手でラッパを作り大声で怒鳴った。「パイレートをよこしてくれ！」

「パイレートってだれなの？」とメアリが訊いた。

「すぐわかるよ」

彼女にもすぐわかった。家へつくかつかないかにパイレートがやってきた。ぼくは彼がニャオウと鳴くとあくちいさなドアを作っておいたのだ。パイレートは大きな、プレイボーイの雄猫だった。彼は気どって歩いてくると、こんなに長く家をあける人間を彼がどう思うかをいい、それから頭をぼくの踵にぶつけて許してくれた。ぼくは荒っぽくやつを撫でてやった。それから彼はメアリを調べにいった。彼女は膝をついて、猫の儀礼(プロトコル)についての心得のある人間の使う声をだしたが、パイレートのほうではメアリをうさんくさげに眺めかえした。と思うと、とつぜん彼女の腕のなかに跳びこんで、彼女の顎の下に頭をぶつけながら、ごろごろと喉を鳴らした。

「やれやれ安心した」とぼくはいった。「いまちょっと、きみをここに置いておくのを彼が許してくれないんじゃないかと思ったよ」

メアリは顔を上げて微笑した。「心配することはないわ。わたしの三分の二は猫だもの」

「あとの三分の一はなんだい？」

「それはあなたが見つけるのよ」

それからは、この猫がずっとぼくらといっしょに住んだ。いや、メアリといっしょといったほうがいいかもしれない——ぼくが彼を寝室から閉めだすときをのぞいて、ほとんどいつもいっしょだったからだ。これだけはぼくも我慢ができなかったのだが、メアリもパイレートもぼくのことを了見が狭いと思ったらしかった。

メアリはけっして取越し苦労をしなかった。過去のことを掘り下げるのは好きでなかった。ああ、確かにぼくにはぼくの過去のことを喋らせたが、自分の過去は話さなかった。一度ぼくが詮索をはじめたとき、彼女は「夕陽をみにいきましょう」といって話をそらせてしまった。

「夕陽を？」とぼくがオウム返しにいった。「無理だよ——だって、ついさっき朝食をすましたばかりだよ」この時間の錯覚が、ふいにぼくを現実に引き戻した。「メアリ、ぼくらはここに来てどのくらいになるだろう？」

「そんなこと、いいじゃない？」

「どうでもよくはないよ。もう一週間以上たってるはずだ。そのうち電話が金切り声で鳴りだして、また苦しい毎日がはじまるんだ」

「それまでは、どっちだってかまわないじゃない」

ぼくはまだ何日だったかを知りたかった。立体テレビのスイッチをひねればわかるにきまっていたが、そうすればちょうどニュースキャストの時間にぶつかってしまうかもしれない——それはまっぴらだった。ぼくはもう少しメアリとぼくが、別世界に——タイタン生物など存在しない別世界に生きていると思いこみたかったのだ。「メアリ」とぼくはいらいらした調子でいった。「きみは翔時剤（テンプス）を何錠もっている？」

「持ってないわ」

「ぼくは二人分たっぷり持ってる。時間を引きのばそう。あとまだ二十四時間あると仮定しよう。それを主観時間で一カ月にもすることができるんだ」

「だめ」

「なぜだい？　〈ふるき時を新たに〉楽しもうじゃないか」

彼女はぼくの腕に手を置いて、ぼくの目のなかをじっと見つめた。「いやよ、あなた。わたしはいや。わたしは一瞬一瞬を生きたいの。その先のことを思いわずらって、その瞬間を傷つけたくないのよ」ぼくが強情を張りそうに見えたのだろう、彼女はつづけていった。「もしほしければあなた飲んで。わたしはかまわないわ。でもわたしには飲ませないで」

「冗談じゃない。ひとりでドライヴしたってしょうがないじゃないか」

メアリは答えなかったが、それは、議論に勝つには最高の手だったのだ。


ぼくらがいつも議論していたわけではない。ぼくのほうではじめようとするとメアリが譲歩し、それでなんとはなしにぼくが間違っていたようなふうになってしまうのだった。ぼくは何回も、彼女についてもっと多くのことを知ろうとした。自分の結婚した相手の女についても、ある程度知るぐらいの資格はあると思ったのだ。あるときのぼくの質問に彼女は考えこんだ顔になって答えた。「わたし、ときどき、子供時代があったのかしらって考えることがあるのよ――それとも、ゆうべの夢だったんじゃないかって」

ぼくはメアリの本名をずばり聞いてみた。

「メアリよ」と彼女は静かに答えた。

「メアリというのは、きみの本名？」ぼくはずっと前にぼくの本名を話していたが、二人とも前のまま〝サム〟を使っていたのだ。

「もちろんそうよ。わたしはあなたが最初にメアリと呼んで以来メアリよ」

「わかってるさ。きみはぼくの愛するメアリだ。でもそれ以前のきみの名前は？」

彼女の目に、奇妙な、傷ついたような表情が浮かんだが、答えはしっかりしていた。「わたし、アリュケーアと呼ばれていたことがあるわ」

「アリュケーアか」ぼくは繰り返し、その発音を味わった。「アリュケーア。なんて変った、美しい響きを持つ名前だろう。アリュケーア。鳴りひびくような厳かさがあるな。わが愛するアリュケーアよ」

「いまはわたしはメアリよ」

それはそれでいいのだ。いつか、どこかでメアリは傷ついたことがあるにちがいないとぼくは思った。しかし、それについて知ろうとするのは好ましくないことだ。ほどなく、ぼくはそのことについて思い悩むのはやめにした。彼女は今も、いつまでも、いまあるがままの彼女なのだ。そしてぼくは、彼女といっしょにいることの、温かい光の中に浸ることで満足なのだ。

ぼくはその後も彼女をメアリと呼びつづけた。だがそのとき一度だけいったその名前はいつまでもぼくの心のなかに響いていた。アリュケーア……アリュケーア……いったいどんなスペルなんだろう？

と、だしぬけにわかった。ぼくのやっかいなブンヤ的記憶力が、不必要だが処分もできないガラクタ知識をしまっておく心の背後の棚をひっかきまわして、ある事実を見つけてきたのだ。むかしある地域社会(コミュニティ)があった……むしろ村落(コロニー)といったほうがいいか――人工的な言葉を名前にさえ使っていた人々の集団であった。

そうだ、ホイットマン主義者というのがそれだった。それは、カナダを追いだされた無政府主義と平和主義の信奉者たちで、その後、南極のリトル・アメリカに行こうとして果さなかった。彼らの運動の指導者の書いた『喜びのエントロピー』という本があり、ずっと前ぼくはそれを飛ばし読みしたことがあった。幸福を完成するための、疑似数学的な公式のいっぱい書かれた本だった。

だれでも〝幸福〟はほしいし、〝罪悪〟には反対だ。しかしこの運動の信奉者たちの行動が、彼らにつらい目をみせたのだった。彼らは性の問題を解決するのに、非常に奇妙な、古代人的な方法を用いた。このホイットマン運動者たちの方法は、パターンを異にする他のいかなる文化圏と接触しても、爆発的な結果を産んだ。リトル・アメリカでさえも、ふつうの社会に近すぎたのだ。ぼくはどこかで、この運動の残党が金星に移住したという話を聞いたことがあった——とすれば、彼らはいま、全員死に絶えているはずだった。

ぼくはそのことは考えないことにした。メアリがホイットマン主義者であるか、あるいは彼らに育てられた人間であったにしても、それは彼女の問題だ。いまだってこれからだって、この運動の哲学にかかずらって面倒を起こすのは絶対いやだった。結婚は所有権の問題でなく、妻というものは所有物ではないからだ。

22

そのつぎにぼくが翔時剤（テンプス）のことをいいだしたときは、彼女も反対せず、ただ量を最小限にしようと提案した。それは妥当な線だった——それ以上ほしかったら、いつでもまた飲めるからだ。

ぼくは、すぐに効目が現われるように、注射にした。ふつう、ぼくは、翔時剤（テンプス）を飲んだあと時計をみることにしていた。秒針がとまるので、薬の効いてきたことがわかるからである。しかしぼくの小屋には時計はなかったし、ぼくもメアリも指時計をはめていなかった。それは夜明けだった。ぼくたちは一晩じゅう起きていて、煖炉のそばの低い長椅子に横たわっていたのだった。

ぼくらはそこにそのまま寝ころんでいた。気分もよく、夢をみているようだった。ぼくは薬が効いていないのだと思っていた。だが、やがて、太陽が昇らなくなったことに気がついた。小鳥が窓の外をばたばたと飛びすぎるのが見えた。もしもっと長いあいだ見つめていたら、小鳥の羽根の動きがよく見えただろう。

ぼくは小鳥から目をそらして妻をみた。パイレートが彼女の胃のあたりに、四肢をまいてマフのようなかたちで寝ていた。彼らは眠りこんでいるように見えた。「朝飯にしたらどうだい。腹がすいて死にそうだ」

「あなたとってきて。いま動くと、パイレートが目を覚ますわ」

「きみは愛と尊敬と朝食をつくることを誓ったんだぜ」ぼくは答えて彼女の脚をくすぐった。

彼女が喘いで脚を立てたとき、猫はニャオウと鳴いて床にとびおりた。

「なによ！」とメアリがいった。「あなたのおかげで早く動きすぎたのよ。彼を怒らせちゃったわ」

「猫のことなんかいい。きみはぼくと結婚したんだ」しかしぼくは間違いをおかしたのに気がついていた。薬の影響を受けていないものがそばにいるときは、できるだけ用心ぶかく行動しなければならないのだ。ぼくは猫のことをまったく考えていなかったのだ。おそらくパイレートは、ぼくらが酔っぱらいのあやつり人形みたいにぎくしゃくと動いているように思っただろう。ぼくは意識的に動作を遅くして彼をなだめようとした。

だめだった——彼は自分のドアのほうへ突っ走っていってしまった。とめようと思えばとめられた。というのは、ぼくにとって彼の動作は糖蜜がのろのろ流れていく程度にしか見えなかったからだ。だがそんなことをすれば、彼をよけいこわがらせてしまうだけだ。ぼくは彼の行くのに委せて、自分はキッチンへ行った。

けっきょく、メアリが正しかったのだ。翔時剤(テンプス)はハネムーンむきではない。前にぼくの感じていた法悦的な幸福は薬の快感に隠されてしまった。薬の快感も強い——が、失うものはほんものだ。ぼくは真実の魔力を、化学的トリックととりかえてしまったのである。にもかかわらず、それはいい一日――あるいは一カ月だった。しかしぼくとしてはほんものだけに執着していればよかった、と思った。

その夕方おそくなって、ぼくらは薬の効果から脱けだした。ぼくは薬の残存効果の特徴である軽い焦燥を感じながら、指時計をさがしてきて、反射神経のタイミングをはかってみた。自分のがもとにもどると、メアリのそれを合わせてやった。そのとき彼女は、もう二十分かそこら前から覚めていたのだといった。時間の合いかたは非常に正確だった。

「また注射したい？」とメアリが訊いた。

ぼくはキスして答えた。「いや、正直のところもうたくさんだ。覚めて嬉しいよ」

「わたしも嬉しいわ」

ぼくは薬から覚めたものに特有のがつがつした食欲を感じていた。ぼくがそういうと、

「すぐにするわ。パイレートを呼んできたいの」とメアリが答えた。

その日一日――あるいはその月ひと月ぼくはパイレートのことを思いだしていなかった。これも薬の快感の効用なのだ。「心配するなよ」とぼくはいった。「一日じゅう外に出ていることもちょいちょいあるんだ」

「前にはなかったわ」

「ぼくといっしょのときはあったんだ」

「わたしが怒らせちゃったからよ。わかってるのよ」

「たぶん、ジョン爺さんのところへ降りていったんだ。ぼくに罰を喰わそうと思うと、いつもそうするんだ、心配はいらないよ」

「でも、もう夜よ。狐に喰われるんじゃないかと心配よ。いい、あなた、ちょっと外へ出て呼んでみるわ」彼女はドアのほうへ行った。

「何か着なさい」とぼくが命じた。「外はすごく寒いから」

メアリは寝室に戻り、村に行ったときぼくが買ってやったネグリジェを着て出ていった。ぼくは煖炉に薪を足し、キッチンへ行った。どんなメニューにしようかとも考えていると、メアリの叫ぶのが聞こえてきた。「まあ悪い子ね……ママに心配なんかかけて」赤ん坊や猫族を扱うのにうってつけのあの甘い声だ。

ぼくが呼んだ。「猫を連れてはいって、ドアを閉めてくれ！ ペンギンは入れるなよ！」彼女が答えもせずドアが開く音も聞こえないので、居間に戻ってみた。ちょうどメアリが入ってくるところだったがパイレートはいっしょではなかった。ぼくは口を開きかけてメアリの表情に気がついた。その眼は、筆舌に絶する恐怖にみちて大きく見開かれている。ぼくは、「メアリ！」と呼んで彼女のほうへ歩きかけた。彼女はぼくを見てドアのほうに後もどりしようとした。その動作が、ぎくしゃくとしていて痙攣でも起こしているようだった。振りむいたときぼくは彼女の肩を見た。

ネグリジェの下にこぶがあった。

どのくらいの時間そこに立っていたかわからない。おそらくほんの瞬間だったろうが、それが無限にちかいようにぼくの心に焼きついた。ぼくはメアリにとびかかって、その両腕をつかんだ。彼女はぼくを見ていたがその目にはもう湧きでる恐怖はなくただ死んでいた。

メアリはぼくに膝げりをくれた。

ぼくは身体をよじって最悪の事態は免れた。危険このうえない敵を、腕をつかんで抑えつけるなどというのは馬鹿なことだ。しかし、これはぼくの妻なのだ。メアリに対して〝おどしてかわして殺す（フェイント・シフト・アンド・キル）〟という手を使うわけにはいかなかった。

だが、ナメクジはぼくに遠慮はしなかった。メアリ……でなくそいつは、彼女の持つあらゆる力をふるってぼくにかかってきた。しかもぼくにできるのは彼女を殺すまいとすることだけなのだ。そして彼女がぼくを殺すのを防ぎ――ナメクジだけを殺さなければならないのだ――ナメクジがぼくにとりつかないようにしなければならないのだ。でなければ、彼女を救う道は万に一つもない。

ぼくは片手を離してメアリの顎にジャブを入れた。この打撃は、彼女の動きをゆるめさえしなかった。ぼくはもう一度、両手両脚を使ってはさんでしめつけた。彼女を傷つけずに動けなくするために羽がい締めにしたのだ。二人はいっしょにころがった。メアリが上だった。

ぼくは頭を彼女の顔にぶつけて咬まれるのを防いだ。

ぼくはそうして彼女を抑えていたが、それまではまったく筋肉の力だけで、強壮な彼女の身体にたがをはめていたのである。それからぼくは神経を圧迫して感覚を麻痺させようとした――だがメアリはぼくと同じように急所を知っていた――ぼくのほうが麻痺させられなかったのがめっけものだった。

あと、ぼくにできることはただ一つだった。ナメクジそのものをつかむことだ――しかしぼくは、それが宿主(ホスト)に与える恐るべき効果を知っていた。彼女を殺すかもしれないのだ。すくなくとも、おそろしい傷害を与えることはまちがいない。ぼくは彼女の意識を失わせたかった、そして穏やかにナメクジを取りのぞき、それから殺す……熱で追い払うか、穏やかな電気ショックで引きはがすか……。

熱で追いだす……。

このアイデアを展開している余裕はなかった。彼女が耳に噛みついたからだ。ぼくは右腕を動かしてナメクジにつかみかかった。

どうともならなかった。ぼくの指はそいつの身体にめりこまなかった。ナメクジの身体には皮のようなカバーがかかっていたのだ。それはまるで、フットボールにつかみかかったようなものだった。メアリがぐいと頭を動かしたので、ぼくの耳の一部が噛み切られた。しかし、あの骨をも砕くばかりの痙攣はなく、ナメクジは依然として生き、メアリをコントロールしていた。

ぼくは指をそいつの下へもぐらせようとしてみた。だがそいつは吸着キャップのように頑固についていて、指はどうしても下へもぐらなかった。

こうしているうちにも、ぼくはあちこちにダメージを受けていた。ぼくは床をころがって、彼女を羽がい締めにしたまま膝をついて立ちあがった。そのため彼女の脚を自由にせざるをえず、これがひどく具合が悪かったが、片膝に足をからんで折りまげ、ようやくのことで立ちあがった。そして、煖炉のほうへ引きずっていった。

メアリは危うくぼくから逃れそうになった。ピューマとレスリングをしているみたいだったのだ。しかしそこに抑えつけると、髪をひっつかんで、じりじりと彼女の肩を火に近づけていった。

ぼくは焦がしてやるだけのつもりだった。あいつがその熱を避けようとして落ちるのを期待したのだ。だが、彼女があまりはげしくもがいたので、ぼくは手を滑らせた。ぼく自身の頭を煖炉のアーチにぶつけて、彼女の肩を火の中に落してしまった。

メアリは悲鳴をあげてぼくを引きずったまま火から跳びだしていった。ぼくはようやく立ちあがったが、激闘の結果まだ目がくらんでいた。ぼくは彼女が床にくずおれるのを見た。髪が——その美しい髪が燃えていた。

ネグリジェも燃えていた。ぼくは火を両手で叩いた。ナメクジはもうついていなかった。焔を手でつかみけしながらも、ぼくはまわりを見まわして煖炉のそばの床の上にそいつが横たわっているのを見た。パイレートがにおいを嗅いでいた。

「どいてろ!」ぼくはわめいた。「パイレート! やめるんだ!」猫は何か聞こうとでもするように顔をあげた。ぼくはいまやらなければならないことをやりつづけ——確実に火が消えたのを確認した。確実になったとき、彼女を離した。彼女が生きているかどうかを確かめている暇さえなかった。ほしかったのは煖炉用スコップだった。自分の手でそいつを摑む勇気はなかった。それを取ろうと向きなおった。

だがナメクジはもう床にはいなかった。そいつはパイレートにくっついていたのだ。猫は四肢を開いて、しゃちこばって立ち、ナメクジは定位置を占めようとしていた。ぼくはパイレートに跳びかかり、彼が最初の組織的行動に出るのと同時に後ろ脚をひっつかんだ。

怒りくるった猫を素手でつかむのはいくらうまくいっても向こうみずなことにきまっている。ましてタイタン生物に支配されている猫を支配しようとすることなど、最初から無理な相談だ。一歩ごとに、両手と腕を猫の爪と歯で傷だらけにされながら、ぼくはまた煖炉へ急いだ。パイレートがわめき暴れるのにおかまいなくぼくはナメクジを燃える火に押しつけ、そのままにすると、猫の毛とぼくの両手はいっしょに燃えたが、ナメクジはやがて焔の中に落ちていった。それから、ぼくはパイレートを火の中から取りだして床に置いた。彼はもうもがくのをやめていた。もうどこも燃えていないのを確かめたうえでぼくはメアリのところへ行った。

彼女はまだ意識を失っていた。ぼくはそのそばにしゃがみこんですすり泣いた。

一時間後、ぼくはメアリのためにできることをすべてやり終えていた。左側の髪は焼け落ち、肩と首筋に火傷があった。だが脈搏は強く、呼吸も早く浅かったが規則的だった。ぼくは、彼女がこれ以上多量の体液を失うとは思わなかった。火傷に繃帯をし——山小屋に十分ストックがあったのだ——眠らせるために睡眠薬を注射した。それから、パイレートの手当に移った。

彼はまださっき寝かせたところに倒れていた。見たところ容態はよくなかった。メアリよりも火傷はずっとひどかったし、おそらく肺のなかにも火が入ったのだ。もう死んだと思ったがぼくが手を触れると首をあげた。「かわいそうにな、おまえ」ぼくは囁いた。ニャオウと鳴いたような気がした。

ぼくはパイレートにメアリにしたとおなじ手当をしてやったが、睡眠剤だけはうつのを控えた。それがすむとバスルームへ行って自分を点検した。

耳からの出血はとまっていたので、無視することにした。問題なのは手だった。ぼくは両手に熱い湯をかけたが、うめき声が出た。エア・タオルで乾かしたが同じように痛む。どうして繃帯をしたものかわからなかった。それにまだ使わなければならないのだ。

最後にぼくは、プラスチックの手袋の中へジェリー状の火傷の薬を一オンスほど流しこんだ。薬には局部麻酔薬が入っていた。なんとかこれでやっていけそうだ。それがすむとぼくはテレビ電話のところへ行って村の医者を呼びだした。ぼくは事件とぼくのした処置について説明し、すぐに来てくれるように頼んだ。

「この夜中に？」と彼はいった。「冗談でしょう」

ぼくは冗談なんかでは絶対にないといった。

彼は答えた。「無理はいわないでください。あなたのその話だと、この郡では第四警戒態勢になる。だれも夜に出歩きはしませんよ。明日朝一番に奥さんを見にうかがいましょう」

ぼくはやつに、朝一番に悪魔のところへ行けと言って電話を切った。

パイレートは、真夜中すこし過ぎに死んだ。メアリに見せたくなかったので、すぐに埋めた。火傷の手で穴を掘るのはつらかったが、どっちみちそれほど大きな穴はいらなかった。ぼくは彼にさよならをいい、家へ戻ってきた。

メアリは穏やかに眠っていた。ぼくはベッドのわきに椅子を引きよせ、彼女を見まもった。おそらく、ときどきまどろんだのだろうが、よくはおぼえていない。

23

明方になってメアリは身もだえし、うめいた。ぼくは彼女に手をかけた。「だいじょうぶだ、もういいんだよ、きみのサムがここにいる」

開いた眼が、一瞬、あの同じ恐怖を宿した。だがやがてぼくを見てほっとした顔になった。

「サム！　ああ、あなた！　わたし、とても恐ろしい夢をみていたの」

「もうだいじょうぶだよ」

「なぜ手袋なんかはめているの？」そういって、彼女は自分の繃帯にも気がついた。がっくりしたようだった。「それじゃ、夢じゃなかったんだわ！」

「そうだ、メアリ、夢じゃなかった。でももうだいじょうぶだ。ぼくが殺した」

「あなたが殺したの？　ほんとに死んだの？」

「絶対だ」

「ああ、ここへ来て、サム。わたしをしっかり抱いて」

「肩が痛むよ」

「抱いて！」ぼくはメアリの火傷に気をつかいながら彼女を抱いた。やがて震えはおさまった。「ゆるしてね、あなた。わたし気が弱くなってて、めめしくなってるわ」

「きみだって、救いだされたときのぼくのひどい様子は見ているだろう」

「見たわ。さあ、どんなことがあったのか話して。わたしの最後におぼえているのは、あなたがわたしを煖炉の中に押しこもうとしていたことよ」

「ああするよりしかたがなかったんだ、メアリ。ああしなけりゃ、あいつを追い払えなかったんだ」

「わかってるわ、あなた。わかってる。感謝してるのよ――心の底からお礼をいわせて。わたし、またあなたに何から何までさせてしまったのね」

ぼくらはともに泣いた。ぼくは鼻をかんでつづけた。「ぼくが呼んでも、きみが答えなかったので居間に行ってみたら――きみがああなっていたんだ」

「おぼえてるわ。ああ、あなた、わたしも精一杯がんばったのよ」

ぼくはメアリを見つめた。「もちろんわかってる。きみは出ていこうとした。でも、無理な話だった。ナメクジにつかまったらおしまいなんだ。撃退する方法はないんだ」

「そう、わたしは負けたわ――でも、戦ったのよ」メアリは、なんとかして、寄生虫の意志に抵抗しようと努めたのだが――それはできない相談だったのだ。ぼくは知っている。もしメアリがたとえいくらかでもナメクジに抵抗することができなかったならば、できないことだらけでハンデのついていた戦いに、負けていたかもしれない――ぼくはひそかに思った。

「懐中電灯を使っていればよかったのよ」とメアリがつづけた。「でも、まさかここでなんて、わたし想像もしてなかったの」ぼくは頷いた。ここは安全な場所だったのだ。寝台にもぐりこむのと……庇護の腕に抱かれると同じ意味をもつところだったのだ。「パイレートはすぐやってきたわ。わたし、彼に触るまで、あれは見えなかった。気がついたときはもう遅かったわ」彼女は上半身を起こした。「彼はどこ、サム？ 彼は大丈夫？ 呼んできて」

ぼくはパイレートの話をしなければならない破目になった。彼女は無表情にきいていたがやがて頷き、二度と彼のことに触れようとしなかった。ぼくは話題を変えた。「さあ、きみも目が覚めたらしいから、何か食べるものをつくろう」

「行かないで！」ぼくがとまるとメアリはいった。「わたしの目のとどかないところへ行かないで。どんなことがあっても。朝食はわたしがつくるわ」

「馬鹿をいうなよ。きみはそのベッドに、おとなしく寝ているんだ」

「ここへ来て、その手袋を脱いで、手を見せてちょうだい」ぼくは手袋をとらなかった。手がどうなったかを考えるのがたまらなかったし、麻酔剤の効果も消えていたからだ。彼女は暗い顔になった。「思ったとおりね。あなた、わたしよりもひどい火傷をしているんだわ」

そんなわけで、朝食は彼女がつくった。しかも、食べられたのだ――ぼくは、コーヒー以外は何もほしくなかった。ぼくは、彼女もたくさん飲まなければいけないといった。広範囲の火傷は冗談事ではないのだ。やがて皿を押しやったメアリがいった。「あなた、わたしはああなったことを悔んではいないわ。わたしにもわかったんですもの。二人ともあそこへ行ったんですもの」ぼくは無気力に頷いてみせた。幸福を分けあうだけでは十分ではないのだ。

メアリは立ちあがった。「さあ、行かなくちゃ」

「うん」とぼくも相槌を打った。「できるだけ早く、きみを医者に診(み)せたいんだ」

「その意味じゃないわ」

「わかってるさ」議論をする必要はなかった。ぼくらはすでに、音楽は終って、仕事に戻るときのきたことを知っていたからである。ぼくらが乗ってきたぼろ車は、レンタル料のかさむにまかせてまだ着陸場においてあった。約三分で、皿の類を焼却し、すべての装置のスイッチを切って出発の準備がととのった。

ぼくが手を使えないのでメアリが操縦した。空中に舞い上がるとメアリがいった。「まっすぐ機関(セクション)のオフィスに行きましょう。あそこで治療を受けられるし、その後何が起こったかもわかるから——それとも、あなたの手、ひどく痛む？」

「それでいい」ぼくは賛成した。ぼくは状況を知りたかった。仕事に戻りたかった。ぼくはメアリにお喋りスクリーンをつけてニュースキャストを聞かせてほしいといったが、この車の通信装置はほかの部品におとらずガタがきていて、聴覚ラジオさえつかなかった。さいわいリモート・コントロール回路だけはまともだった——でなければメアリは、手動で交通管制コースをとらなければならなかったろう。

ある考えが、ぼくにしつこくまつわりついていた。ぼくはそれをメアリに話した。「ナメクジは猫だけが目的でとりつきはしないと思うんだが？」

「わたしもそう思うわ」

「しかしなぜだろう？　何か意味があるはずだ。やつらのやることには、かならず意味がある。彼らの立場からする、恐ろしい意味がね」

「意味はあったわ。あれで人間をつかまえたのだから」

「それはそうだ。しかし、いったいどうしてあんな計画を立てたんだろう、どう考えたって、やつらはそれほどいないはずだ――すくなくとも、行きあたりばったりの猫にとりつかせて、その猫が人間をつかまえるような偶然に賭けるほどの数は。それともいるのかな？」ぼくは飽和状態のカンザス・シティを思いだしてぞっとした。

「どうしてわたしに訊くの？　わたしには分析的な頭はないわ」

「謙遜な女の子の演技はやめて、いっしょに考えてみてくれ。あのナメクジはどこから来たのか？　ほかの宿主(ホスト)の背中に載ってパイレートのところへやってきたにちがいないんだ。どんな宿主(ホスト)だろう？　たぶん、ジョン爺さんだったんだ――山羊のジョン爺さんだ。パイレートは、ほかの人間は寄せつけないからね」

「ジョン爺さん？」メアリは目を閉じまた開いた。「何も感じないわ。わたしはあの人と親しくなかったから」

「消去法で、彼にちがいないと思うんだ。ジョン爺さんは、ほかの人間がみな上半身裸体命令に従っていたときも上衣を着ていた。ゆえに、彼は、上半身裸体計画(スケジュール・ベアバック)の実施以前からとりつかれていたんだ。だが、なぜナメクジはあんな山の中の仙人みたいな男を選んだのだろう？」

「あなたをつかまえるためよ」

「ぼくを？」

「あなたをもう一度つかまえるため」

たしかに、そういえばそうかもしれなかった。たぶん、彼らの魔手から逃れた宿主(ホスト)はみな狙われているのだ。とすると、ぼくらが救いだした一ダースあまりの国会議員はみな危険だということになる。ぼくは分析にまわすためにこのことをよくおぼえておくことにした。

一方、彼らがとくにぼくを狙う可能性もある。ぼくに特別のところがあるとすればそれは何か？　ぼくが秘密捜査官(エージェント)だからだ。さらに重要なのは、ぼくにとりついたナメクジは、ぼくがおやじ(オールドマン)について知っていることをすべて知っている。さらには、ぼくが彼に近づくことのできる人間だということを知っているはずだった。ぼくは、おやじ(オールドマン)が彼らの狙う最も重要な人物の一人であることに、絶対の確信があった。ナメクジは、ぼくがそう考えていたことも知っている。やつは、ぼくの心をフルに活用したのだ。

ナメクジはおやじ(オールドマン)と会ってさえいる――そして話してさえいるのだ。待てよ……あのナメクジは死んだのだ。ぼくの仮説はそこで頓挫した。

たちまち、仮説は甦った。「メアリ」とぼくは訊いた。「きみは、アパートを、ぼくときみとが朝飯を食べて以後使ったかい？」

「いいえ。なぜなの？」

「どんな用があっても、ぜったい戻るなよ。ぼくは思いだしたんだ――やつらの支配を受けていたとき、あそこに罠を張ろうと思っていたことを」

「でも、あなたは罠を張らなかったわ」

「張らなかった。しかしそれ以後、罠が張ってある可能性はある。今度の場合のジョン爺さんの役をするやつが、蜘蛛みたいにきみが——あるいはぼくがあそこへ帰るのを待ちかまえているかもしれないんだ」ぼくはメアリにマッキルヴェーンの集団記憶説を説明した。「ぼくはそのときには、彼が科学者連中一流の馬鹿げた夢みたいなことを喋っていると思った。しかし、こうなってみると、それが、すべての事実をカバーする唯一の仮説なんだ。——タイタン生物どもが、小川でなく、浴槽で釣りをしようと思うほどの馬鹿でないとすればね——そして、やつらは、絶対に馬鹿じゃない」

「ちょっと待って。マッキルヴェーン博士の仮説だと、おのおののナメクジは、じつはほかのあらゆるナメクジと同じだ、というわけ？　別のいいかたをすると、わたしをつかまえたあの生物はあなたがつかまっていたときあなたに載っていたのと同じで、あなたに載っていたのは事実上——ああ、わたしこんぐらかってしまったわ。つまり——」

「だいたいはそのとおりさ。一つ一つ離して考えれば、彼らは個体だ。直接協議をやることによって彼らは記憶を交換し、トウィードルダムはトウィードルディーと厳密な意味で同じになる。もしこれが正しければ、ゆうべのやつは、ぼくに載ったナメクジと直接協議をしたか、あるいはぼくに載ったナメクジのどれかと関係をもっていたんだ——とすれば、ぼくから学んだことのすべてを知っていたはずだ。これは、ぜったいにまちがいない。ぼくが知っている彼らの習慣からすれば、賭けてもいいぐらいだ。あいつはきっと――いちばん最初のやつだよ――待ってくれ。ここに三匹のナメクジがいるとする。ジョーとモーとハーバートにしよう。ハーバートはゆうべのやつだ。モーは……」

「なぜ名前をつけるの？　だって彼らは個体じゃないんでしょ」とメアリが訊いた。

「つまりそれはだね――べつに理由はない。とにかくそれは措いておこう。もしマッキルヴェーンの説が正しいとすると、何十万いや何百万というナメクジが、われわれのことを――名前も、姿かたちも、あらゆることを正確に知っているんだ。きみのアパートの場所も、ぼくのアパートの場所も、ぼくたちの山小屋のことも。ぼくらは彼らのリストに載っているんだよ」

「でも……」メアリは眉をひそめた。「考えるとぞっとするわね、サム。わたしたちが山小屋へいつ行くか、どうして彼らにわかったの？　誰にもいわなかったじゃないの。来るだろうというほうに賭けて待っていたということになるのかしら？」

「たぶんそうだ。待つということがナメクジにとって何を意味するか、われわれは知らないんだ。時間は彼らにとってまったく違う意味を持っているのかもしれない」

「金星人のようにね」と、メアリがいった。ぼくは頷いた。金星人は、自分の曾曾曾孫娘とでも結婚しかねない――しかも、孫娘よりも若いかもしれないのだ。もちろんそれは、彼らの夏眠のとりかたによるのだが。

「いずれにしろ」とぼくは言葉をつづけた。「これは報告しなきゃならない。ぼくらの仮説も話してみよう。あとは分析班の連中が考えてくれるだろう」

ぼくがおやじ（オールドマン）にはもっともっと警戒してもらわなければならない、やつらが狙っているのは本当は彼なのだからといおうとしたときだった。ぼくの通話器が、休暇をとって以来はじめて鳴りはじめたのだ。答えると、おやじ（オールドマン）の声がオペレーターの声に割りこんできた。「出頭しろ」

「いまそっちへ向かっているところです」ぼくは命令を確認した。「三十分ばかりで着きます」

「もっと早くしろ。おまえはＫ５。メアリはＬ１に来い。いそげ」彼はぼくがなぜメアリといっしょにいることを知っていたのか訊こうと思っているうちに通話を切ってしまった。

「わかったか？」とぼくはメアリに訊いた。

「ええ。回路をあわせてたわ」

「いよいよパーティがはじまるという感じだな」


状況がいかに激しく変化してしまったかを理解しはじめたのは、ぼくらが着陸してからのことだった。ぼくらは〈上半身裸体計画（スケジュール・ベアバック）〉に従って行動していた。〈日光浴計画（スケジュール・サンタン）〉についてはまったく聞いていなかったのだ。着陸して外へ出ると二人の警官がぼくらをとめた。「動くな！」と一人が命じた。「あわてた動きをするなよ」

彼らが警官だということは、その態度と抜身の銃がなかったら、おそらくわからなかっただろう。彼らはガン・ベルトと靴と紐よりちょっとましな程度のちっぽけな布切れを着けているだけだった。もう一度見なおすと警官記章がベルトにつけてあった。「さあ」と同じやつがいった。「ズボンを脱ぐんだ、にいさん」

ぼくはそう敏速には動けなかった。彼が咆えた。「早くしろ！　今日はもう二人逃げようとして射たれたんだ。おまえが三人めになるかもしれんぞ」

「早くして、サム」メアリが穏やかにいった。ぼくはそうした。ぼくは靴と手袋だけという姿になり、道化にでもなったような気がした——しかし送話器と熱線銃だけは、脱いだパンツのなかにうまく隠すことができた。

警官はぼくをぐるりと一回転させた。もう一人が、「こいつは白だ。さあ、つぎ」ぼくがパンツをはきはじめると、最初の警官がとめた。

「おい、おまえ面倒を起こす気か。それは脱いでおくんだ」

ぼくはしごくもっともなことをいった。「猥褻物陳列罪で挙げられたくないがね」

警官は驚いたような顔をしたが、大口あけて笑いだし、仲間にいった。「おい聞いたか、スキー」

二人めの警官がいいきかせるような口調でいった。「いいかね、協力してもらわないとこまるよ。規則は知っているだろう。毛皮のコートを着ようとどうしようときみの勝手だが……猥褻物陳列罪で検挙されることだけはないんだ。見つけしだい射殺されるぞ。自警団は警察よりずっと手が早いからな」彼はメアリのほうに振りむいた。「さあ、こんどはあんただ」

メアリはなんの文句もいわずショーツを脱ぎはじめた。二番めの警官が親切にいった。

「それは必要ありません。やつらはそこまで小さくないんだ。ただゆっくりまわってみてください」

「ありがとう」メアリはいって、相手の言葉に従った。警官のいったことは要点をついていた。メアリのショーツは薄くてペンキをスプレイしたみたいだったし、ホールターもそうだった。

「その繃帯は？」と、最初の警官がいった。

ぼくが答えた。「ひどい火傷をしたんだよ。見ればわかるだろう」

彼はぼくが巻いてやった、ぐずぐずのかさばった繃帯をうさんくさげに見た。「ふむ……もしほんとに火傷してるならね」

「もちろんしてるさ！」ぼくは理性を失いかけている自分を感じた。こと女房のことに関するかぎり理屈のわからなくなる鈍重な夫の典型になっていた。「髪を見てみろ！　おまえたちをごまかすために、あんなに髪を台なしにしちまうとでも思うのか？」

最初の警官が重苦しい口調でいった。「やつらならやりかねない」

もうすこし忍耐づよいもう一人がいった。「カールのいうとおりだ。お気の毒だが、面倒でもその繃帯はとってもらいましょう」

ぼくはかっとした。「そんなことはさせないぞ！　おれたちは病院に行く途中なんだ。きさまら……」

「手伝って、サム」メアリがいった。

ぼくは口をとざして繃帯の端をほどきはじめた。怒りのために手が震えていた。やがて年輩のほうの警官が口笛をふいた。「これでいい。おまえはどうだ、カール？」

「おれもだよ、スキー、それにしてもどうしたんです？」

「話してあげて、サム」

ぼくは話した。聞きおわって、年輩の警官がいった。「危いところでしたね……悪く思わんでくださいよ、奥さん。ふーん、猫がねえ……犬という話は聞いたが。馬もあったが……でもふつうの猫がとりつかれてるなんて誰も思いはしませんよね」彼の顔は曇った。「家にも猫が一匹いるんだが、始末しなきゃならないな。うちの子供たちが悲しむだろうが」

「お気の毒ね」メアリがいった。

「誰にとっても、悪い時代ですよ。オーケイ、どうぞ行ってください」

「ちょっと待て」と最初の警官がいった。「スキー、この人がこの繃帯のままで町の中を行ったら、誰かが射つかもしれないぞ」

年輩のほうが、顎を撫でた。「そりゃそうだな。あんたがたに、パトカーを見つけてあげなきゃいかんな」

彼らは、いったとおりにしてくれた。ぼくはレンタカーの料金を払い、それからメアリの目的地の入口までいっしょに行った。それはあるホテルで、個人用エレベーターで行くよう

になっていた。ぼくは説明を避けるためにいっしょに入っていったが、普通の車のコントロ
ールが効く層よりもう一レベル低いところへ出てからまた上へのぼっていった。そのままい
っしょに行きたい誘惑を感じたが、おやじ(オールドマン)からK５に来いという命令を受けている。
　ぼくはまたパンツをはきたい誘惑を感じた。パトカーの中や、ホテルのサイド・ドアを、
メアリを射たれないように警官に守られながらいそいで歩いているときはそうでもなかった
――だが、パンツなしで世界に一人きり面と向かうのは、勇気のいることだった。
　だが、その心配は杞憂に終った。歩かなければならないほんのわずかな距離のあいだに、
ぼくは、世の基本的習慣が去年の霜とともに消え去っていることを知ったのだ。男はほとん
ど警官がしていたのと同じような布切れをつけていたが、靴だけの素っ裸なのはぼく一人だ
けではなかったのだ。そのうちの一人をぼくはとくにはっきりおぼえている。その男はアー
ケードの柱に寄りかかって通行人を一人一人ひややかな眼で探っていた。身にはサンダルと
〈自警団〉と書かれた腕章のほか何もつけず、手にはオーエンズ銃をかかえていた。そんな
男が、ほかに三人もいた。ぼくは、パンツを手に持っていてよかったと思った。
　裸の女はすくなかったが、それ以外のものも恰好は似たようなものだった――ブラジャー
と半透明のトランクスだけで、ナメクジが隠れられるようなものは何も着ていなかった。た
いていの女はトーガでも着せないとさまにならない。最初ぼくはそう思ったがやがてそんな
気持もうすれていった。醜い肉体は、醜いタクシーよりも目につかないものなのだ。目がそ
れを無視してしまうのである。それは、誰でもおなじらしかった。道を行く人々は完全な無

関心さを身につけていた。肌は要するに肌にすぎないのではないか。

ぼくはすぐに通されおやじ（オールドマン）と会った。彼はぼくを見て唸った。「おそいぞ」

ぼくは、「メアリはどこです？」と訊いた。

「医務室だ。治療を受けて、報告を口述している。おまえの手を見せろ」

「医者に診せます」とぼくは答えた。「ありがとう――どんな具合なんです？」

「ニュースキャストを聞くだけの勉強心があれば」と彼は不平を並べた。「どうなっているのかわかっていたはずだ」

24

ニュースキャストなんか見ないでよかったと思う。もし見ていたら、われわれのハネムーンは、一塁までも達していなかっただろう。ぼくらがおたがいにおたがいをどんなに素晴しいかと讃美していたあいだに、戦いはほとんど負けかかっていたのである。ナメクジが身体のどの部分にでも隠れられ、しかも宿主（ホスト）をコントロールできるのではないかというぼくの疑いは正しかった。そのことは、ぼくとメアリが山小屋にこもる前から実験によって確かめられていたのだ。ただしぼくは、そのレポートを読んではいなかったが。たぶんおやじ（オールドマン）は知っていたろうし、当然大統領も、ほかのトップクラスのVIPたちも知っていたにちがいない。そこで〈上半身裸体計画（スケジュール・ベアバック）〉は〈日光浴計画（スケジュール・サンタン）〉に切り替えられ、誰もが素っ裸になったのだ。

知っていたにちがいないのだ！　それなのに、事態はまだ、スクラントン暴動事件のときまで極秘にされていた。なぜかと聞かれても答えようはない。わが国の政府には、なんでもかんでも秘密にしておこうという悪癖がある——小利口な政治家や官僚たちが、国民に、まだおまえはちいさいからわからなくていいのだよ、ママがいちばんよく知っているからね式の政策をとろうとするのだ。スクラントン暴動事件は、みんなに、ナメクジどもが緑地域にも入りこんでいることを納得させたが、しかしそれですら、〈日光浴計画(スケジュール・サンタン)〉を実施させるには至らなかったのだ。

にせの空襲警報が東海岸一帯に発令されたのは、考えてみると、ぼくらのハネムーンの三日めだった。なぜそんなことが起こりえたのかしばらくあとになってもわからなかったが、それにしても、一度にそんなに多くのシェルターでそんなに多くの停電が偶然起こるなどということがありえないのは明白だ。そのことを考えるたびに背筋に悪寒が走る——大勢の人々が暗闇のなかでうずくまり、警報が解除されるのを待っている一方で、死の使いどもがその間を動きまわって、ナメクジをつけて歩いたのだ……。そして明らかに、いくつかのシェルターの中では、徴用は百パーセントの効果をあげたのである。

つぎの日には、なおいくつかの暴動が起き、人々を恐怖のどん底にたたきこんだ。厳密にいうと、自警団はこのとき、一人の市民がとつぜん警官に銃を向けたことから自然発生的に生まれたのだった。その市民の名はオールバニー市のモーリス・T・カウフマンで、警官はマルカム・マクドナルド巡査部長といった。カウフマンは半秒後に死にマルカムもそのあとを追ったが、これは怒りくるった群衆によって、彼にとりついた支配者(マスター)もろとも八つ裂きにされてしまったのだった。だが自警団は実際には、防空部隊の隊員がその組織を動かすまで機能しなかった。

空襲のあいだ地上に配置されていた防空隊員は、ほとんどが難をのがれた——しかし、彼らは責任を感じた。自警団員がすべて防空隊員であったわけではないが、素っ裸で武器を持った男が通りに出ていれば、その男が防空部隊の腕章をつけていようと自警団の腕章をつけていようとおなじことだった。どっちにしろ人間の身体に説明のつかないこぶ状のものを見かけたが最後、射つことはまちがいなかった——まず射殺してのち調査するというのが彼らのやりかただったのだ。

手を治療してもらっているあいだに、最近の知識をつぎこまれた。医師が翔時剤(テンプス)を少量うってくれ、ぼくはその、客観的には一時間前後、主観的には三日あまりの時間を、高速スキャナーを通した立体テープを学習しながら過した。この器械はまだ一般市場には売り出されていないが、試験期の大学などにはひそかに密売されていた。自分の主観速度にあわせて器械を調節し、可聴周波調整装置を使って聞くのだ。目にはちょっとつらいが、ぼくらのような職業のものには非常に役にたった。

こんなにも大変なことが起こったとは、信じられないほどだった。たとえば犬だ。自警団員は犬と見れば、ナメクジを持っていようがいまいが射った——いま持っていなくても日の出までに持つことは五〇パーセントの確率で確かだったし、それが人間を襲って、夜のうちにタイタン生物が人間に乗り換えることは明らかだったからだ。

犬をさえも信じられない世の中になってしまったのだ！

猫は、明らかに、めったに使われたことはなかった。パイレートの場合は例外だったのだ。だが緑地域ではもういま、昼間はほとんど姿も見なくなった。彼らは夜のうちに赤地域から侵入してきて暗闇の中をうろつきまわり、朝の光とともに姿を隠すのだった。彼らは海岸地帯にまで出没した。人々は、狼男の伝説をさえ思い起こした。

ぼくは赤地域でモニターされたテープを何十巻分も見た。それは三つの時間グループに分かれていた。第一は仮装行列（マスカレード）時代——ナメクジたちが〝正常〟な放送をつづけていた頃、第二は短い逆宣伝の時代——ナメクジたちが緑地域の住民に政府が狂ってしまったという宣伝をしていた時期、そして第三は現在で、ナメクジたちは、あらゆる見せかけを放棄していた。

マッキルヴェーン博士によれば、タイタン生物たちには、真の意味での文化はなかった。彼らはその点ですらも寄生的で、彼らの寄生するものの文化に順応するだけなのだ。あるいはそれは考えすぎなのだろうが、赤地域で起こったことはまさにそのとおりだった。ナメクジは犠牲者の基本的な経済活動を維持していく。ナメクジは、宿主（ホスト）が飢えればいっしょに飢えざるをえないからである。彼らは経済を持続していくが、そこには、われわれ人間ではとても考えられないヴァリエーションもあった——たとえば、傷ついて役にたたない、あるいは余剰と見なされた人間を肥料工場にまわしたりすることだ——しかし、全体としては、農夫は農夫、工員は工員、銀行家はやはり銀行家のままだった。銀行家はちょっと馬鹿げて見えるが、専門家にいわせると分業経済はどうしても経理システムを必要とするからだということだった。

それにしても、なぜ彼らが人間の娯楽までを維持したのか、その理由は疑問である。楽しみたいという気持は宇宙全体に普遍的なものなのだろうか？　娯楽を、明日の活力を増進するものとして捉える人間流の考えかたから、彼らが何を見出したのかは知る由もないが、彼らの考えだした変り種の中にはなるほどと思わせられるものもあった——たとえば、彼らがメキシコでやってのけたものもその一つで、牛と闘牛士とに、五分五分の試合をさせたのである。

しかし、たいていは胸のむかつくことばかりなので、ここではあえて書くまい。ぼくは、そうした事柄についての調査の写しを見た数少ない人間の一人なのだ。ぼくは職業柄見たのだが、できればメアリが、仕事のうえからもそんなものを見ないですませてくれたらと思う——もっともメアリは、かりに見たとしても絶対に口には出さないだろうが。

こうしたテープの中で見たもののうち、あまりに言語道断で、あまりに忌むべきことなのでここに書くのもためらわれることが一つある。だが、どうしても書かずにはいられない。奴隷たちにまじって、ナメクジにとりつかれていない人間のなかに、（そんなのを人間ということができたらだが）しばしば、彼らのスパイが——裏切者がいたということである。

ぼくはナメクジを憎む。しかしナメクジを殺す前に、そいつらを殺してやりたい気持になる。

われわれは、あらゆる戦線で敗北を重ねていた。こちらの戦法は敵の勢力の拡大を喰いとめるには役だっていた——が、それさえ十分に効果的とはいえなかったのだ。彼らと直接戦うには、彼らをどれだけ殺せるかという確信もないのに、わが国の都市を爆撃しなければならなかった。われわれの最も欲していたのは、ナメクジを殺して人間は殺さない武器、あるいは人間を活動不能にするか殺さず意識不明にしておいて、そのあいだに人間だけを救いだすことを可能にするような武器だった。科学者たちはその問題ひとつにかかりきっていたが、そんな兵器は、当分できそうな見こみはなかった。催眠ガスがあれば完璧だったろうが、そんなガスがナメクジの侵入以前に発明されていなかったのは幸運だった。もしできていれば彼らが使っただろうからだ。忘れてはならないことは、ナメクジたちが、アメリカ合衆国そのものと同じ――あるいはそれ以上の潜在的軍事力を持ち、それを自由に使うことができた、という点である。

手詰りだった――しかも時間はやつらに有利なのだ。ミシシッピー流域の諸都市を水爆で抹殺してしまえと主張する馬鹿もいた――これはまるで、唇の癌を癒すのに頭をふっとばせというに等しい。しかしこの提案は、逆に、ナメクジを見たことがなく、ナメクジそのものの存在を信じず、すべてをワシントンの独裁者的陰謀だと思いこんでいる、似たような愚か者たちの手で潰された。この種の連中はしだいに少なくなってきているが、それは彼らが考えかたを改めたからではなく、自警団がおそろしく積極的になってきたからであった。

そのほかに〝どっちつかずの人(テルティウム・クイド)〟――柔軟なる精神と〝理性ある〟人を標榜する連中もいた。彼らは民主的話しあいなるものを好んだ。タイタン生物と〝取り引き〟することができるはずだというのだった。そういう委員会の一つ――国会における野党の幹部からなる派遣団が、実際にそれを試みた。彼らは国務省を飛ばして、黄色地域のある径路から直接ミズーリ州知事と接触し、タイタン生物から、身体行動の安全と外交官特権とを〝保障〟された。彼らはセントルイスに赴き――二度と帰ってこなかった。やがて彼らからメッセージが戻ってきた。ぼくはその一つを見たが、それは〝こっちへこい、こっちの水は甘いぞ〟という言葉に要約されるアジ演説以外のものではなかった。

食肉牛が、罐詰屋と和平協定を結ぶだろうか？

北アメリカはこの頃、まだ唯一の既知の汚染地域であった。国連のとった唯一の行動は、宇宙ステーションをアメリカの自由裁量に委した以外は、ジュネーブへ引っ越していっただけのことだった。われわれの窮状に対しては投票が行なわれ――二十三ヵ国の棄権はあったものの――〝内戦状態〟と定義され、アメリカ合衆国、メキシコ、およびカナダの合法的政府に適切と認める援助をあたえることを、加盟諸国に要請する決議案が採択されていた。

まだ戦いはいわば忍び足の――沈黙の戦いであった。戦闘がはじまったことがわかったときにはもう負けていた――という状況がいくつも見られた。旧来の武器は、黄色地域の治安を維持する以外にはほとんど役にたたなかった――そして、カナダの森林地帯からメキシコの砂漠にかけて、危険地帯が倍にふくれあがっていた。日中はわれわれのパトロール隊以外はまったくの無人となり、夜はその偵察隊も引きあげて、かわりに犬が……そしてそれ以外のものが入りこんでくるのだ。

この戦い全体を通じて、ただ一回原爆が使用されたが、それはサンフランシスコの近くバーリンゲーム市の南に着陸した円盤に対して投下されたものだった。円盤は理論どおり破壊されたが、その理論そのものが批判を浴びた。研究のため生きたまま捕えるべきだったというのである。このときにはぼくも、まず射殺してのち調査する主義の連中に共感を持ったものだった。

翔時剤（テンプス）の効果がなくなる頃には、ぼくにもいまのアメリカの姿が明瞭なかたちで見えてきた——それは、ぼくがカンザス・シティにいたときですら想像もしなかった姿——恐怖の下におびえる国家の姿だった。友人は友人を射つかもしれず、妻は夫を告発する。タイタン生物がいるという噂が立っただけで、どの町にもたちまち暴徒が集合し私刑（リンチ）という名の裁判官がまっさきに駆けつける。夜、ドアをノックすれば、ドア越しに熱線を浴びせられる惧（おそ）れがあった。善良な市民は家にいて、夜になれば犬が外を徘徊するのだった。

ナメクジを発見したという噂の大半は根拠のないものだったが、人間を危険な存在にする点では本当にいるのと大差なかった。多くの人々が〈日光浴計画（スケジュール・サンタン）〉で許されているスキャンティ・ルックを身につけるより、いっそ素っ裸のほうを選んだのは、露出症のためではなく、どれほど申し訳的な布切れでも、疑わしげな視線をさそい——猜疑は往々にしてあまりにも性急な決意となるおそれがあったからである。首と肩をおおう防護ヘルメットはもう廃れていた。ナメクジどもがすぐに模造して使いはじめたからだ。シアトルでは、若い女がこんな目にあっていた——彼女はサンダルと大型のハンドバッグ以外には何も身につけていなかったが、敵を嗅ぎだす特別発達した鼻を持った自警団員の一人があとを尾けていき、彼女が右手から絶対に——小銭をだすためそれをあけるときでさえ——ハンドバッグを離そうとしないのに気がついた。

この若い女は死なずにすんだ。自警団員は彼女の右手首から先を吹っとばしただけだったからである。おそらく、彼女は新しい義手をつけてもらったろう——そうしたスペア・パーツの在庫は過剰気味だったのだから。だがナメクジも生き延びた——その自警団員はバッグをあけてみた——そして、もはや自警団員ではなくなっていたのである。

この事件を走査しているうち、薬の効果がきれてきたので、看護婦にそのことをいった。

「気にすることないわ」と看護婦は答えた。「どうせ、いい見ものじゃないもの。さあ、右手の指をまげる運動よ」

ぼくは指の運動をし、看護婦は医師が代用皮膚をスプレイするのを手伝った。「荒い仕事には手袋をはめるんだね」と医師が警告した。「また来週、来てください」ぼくは礼をいい、作戦課の部屋に戻った。ぼくはまずメアリを探したが、彼女は変装部（コスメチクス）に行っていて留守だった。

25

「手は大丈夫か？」おやじ（オールドマン）が訊いた。

「使えます。一週間は代用皮膚でね。明日、耳の植肉処置をしてくれます」

　彼はじれったそうな顔をした。「植肉がなおるのを待っている暇はない。変装部（コスメチクス）が、にせ耳をつけてくれる」

「耳は問題じゃありません」とぼくはいった。「でもどうしてにせのをつけるんです？　だれかにばけるんですか？」

「かならずしもそうではない。おまえはだいたいの状況を知った。この事態をどう思う？」

　いったい何をいわせたいのだろうとぼくは思った。「よくないですね」ぼくは認めた。「みんなが、ほかのみんなを見張っている感じだ。ソビエトみたいですね」

「ふむ……ソビエトといえば、潜入して偵察してくるとすれば、赤色地域よりも、ソビエトのほうがやさしいとは思わないか？　おまえだったら、どっちと取り組むね？」

　ぼくはおやじ（オールドマン）を疑惑の目で見つめた。「何が狙いなんです。あなたは部下に任務を選ばせる人じゃない」

「わしはプロとしてのおまえの意見を聞いておるんだ」

「うむ……ぼくには十分なデータがありませんからね……ナメクジどもは、ソビエトにも侵入したんですか？」

「それが、わしの知りたいことなのだ」おやじ（オールドマン）は答えた。

ぼくは、とつぜん、メアリのいったことの正しさを理解した。捜査官（エージェント）は結婚すべきではない。「この季節なら、ぼくは広東（カントン）経由でもぐりこみたいところですね。降下ということを考えていないなら」

「なんでわしがおまえにあそこへ行ってもらいたいと考えていると思った？　赤色地域のほうが、ずっと早いし入りやすくもある」

「なんですって？」

「わかりきっている。この大陸以外にも彼らが侵入しているならば、赤色地域のタイタン生物どもが知っているにちがいないではないか。なんで地球を半まわりもしてソビエトまで行くことがある？」

ぼくは、心の中でたてかけていた、妻を連れて旅しているインド人商人になって行くというプランを放棄して、彼がいまいったことを考えた。たしかにそのとおりかもしれない。たぶんそうだろう。「赤色地域に、いまどうやって潜入できるんですか？」とぼくは訊いた。「肩の上に、プラスチックのナメクジでも載っけていくんですか？　直接協議に呼ばれたとたんにつかまってしまいますよ」

「敗北主義はいかん。すでに四人の捜査官が入っていっとるんだ」

「帰ってきましたか？」

「いや、まだだ。まだ帰ってはこない」

「ぼくが、もうあまり長いこと機関(セクション)の仕事をしていなかったというわけですか？」

「いや、ほかの者たちは、戦術が間違っておったのだ」

「そうでしょうとも！」

「彼らに、おまえが裏切者だと思わせるのだ。どうだ、このアイデアは？」

あまり凄すぎるアイデアなので、とっさには返事がでてこなかった。最後にぼくは怒鳴りだした。「もっとやさしいスタートをさせてくれたらよさそうなもんですね、え？　パナマのポン引きにならせてもらえませんか？　それとも血に飢えた殺人鬼役でもいい。それをやるには、こんな気分が必要ですよ」

「まあ落ち着け」と彼はいった。「あまり実際的でないように見えるかもしれんが……」

「ふん！」

「しかし、おまえにならば、やってのけられそうに思えるのだ。おまえは、ほかのどの捜査官よりも、彼らのやりかたに経験がある。それにおまえはその指のちっぽけな火傷を別にすれば、十分に休養もとった。それとも、おまえをモスクワの近くで降下させて直接見てきてもらったほうがよいかな。考えておいてくれ。まあ、もう一日二日はあるから、そうじれることもないが」

「ありがたいしあわせですな。まったく涙がでる」ぼくは話題を変えた。「メアリには今度は何をやらすつもりなんです?」

「おまえは自分のことを考えていればよいのだ」

「ぼくは彼女と結婚したんです」

「知っとる」

「冗談じゃない! あんたは、『うまくやれ』ともいってくれる気がないんですか!」

「わしにはな」と彼はゆっくりといった。「おまえさんが男として望みうるあらゆる幸運を一人占めにしてきたように見えるぞ。わしのやれるかぎりの祝福を受けているんだぞ」

「ああ……どうも……ありがとう」ぼくは自分の覚りの悪さに気づいた。その瞬間までぼくには、メアリの休暇とぼくの休暇とがあまりにも都合よく一致したことに、おやじ(オールドマン)が何か関係あるにちがいないということを、まったく考えてもいなかったのだ。ぼくはいった。「ねえ、父さん——」

「なんだ?」

この一カ月のあいだに、彼をこう呼んだのはこれで二回めだった。彼はまた受身になった。

「あなたはぼくとメアリを結婚させようと前から思っていたんですか。つまり、あなたがあんなふうに持っていったんですか?」

「なんだと。馬鹿をいうな。わしは自由意志というものを尊重しておる——自由な選択をな。おまえたちは二人とも休暇をとる資格があった。それから先は偶然だ」

「まさか。偶然なんて起こるもんじゃありませんよ。あなたの周辺にはね。まあいいです。ぼくは結果には満足しているんだから。仕事の話に戻りましょう。可能性を当ってみるのにもすこし時間をください。そのあいだ、変装（コスメチクス）部にゴムの耳のことでも聞いておきましょう」

26

われわれは結局、赤色地域に潜入をこころみることに決定した。作戦分析室では、裏切者にばけてうまくいく見こみは百に一つもないと忠告してきた。問題は〝なぜ人間が裏切者となるか。なぜタイタン生物が裏切者を信用するか〟ということにかかっていた。答えはおのずと明らかだ。ナメクジが、宿主の心を知っているからだ。タイタン生物がある人間の心を支配して、その人間が生まれながらの裏切者であり、使える駒であることを知る。そのときはじめて、その人間は、宿主としてよりも裏切者として使ったほうがナメクジの目的にかなうことになるのだ。しかし、そのためにはまずナメクジは、その人間の心に測鉛をおろしてその悪性を知り、その良否を確認しなければならない。

われわれはこれを論理的必然性から結論した——もちろん人間の論理だが、ナメクジに何ができて何ができないかという事実に照らしても一致する以上、ナメクジにも通用する論理だと考えたわけである。ぼくに関していえば、深い催眠暗示にかけられてさえも、裏切者候補として通用することはとうてい不可能である。心理学者はそう判断をくだしてくれた——それを聞いてぼくは「そのとおり！」といった。

タイタン生物が、彼らの手先となりうる宿主(ホスト)を〝解放〟するというのは一見、非論理的に見えるかもしれない。しかし、裏切者にしておけば、ナメクジたちはその中から〝信頼する(トラスト)に足る(ワージィ)〟スパイをいくらでも選びだすことができる。〝信頼するに足る(トラストワージィ)〟というのは適当な言葉ではないが、英語にはこの種の悪に対する言葉がないのだ。緑色地域が、こうした裏切者によって浸透を受けていることは確かだったが、スパイか、それともただの唐変木かを区別することは、しばしば非常にむずかしかった。それで、なかなかつかまえることができなかったのだ。

ぼくは準備にとりかかった。まず催眠学習で、必要な語学の補習をした。とくに、最近のシボレス言葉（その人の国籍や階級を見破るためのためし言葉）に重点を置いた。ぼくはある人格を与えられ、大金をもらった。通信用の装備は新製のイカすやつで、パン一切れほどの大きさもない極超短波発信器、しかも電源は完全に遮蔽されているので、ガイガー・カウンターをぴりっとも鳴らさないという性能を持っていた。

　ぼくは敵のレーダー・スクリーンを突破して降下しなければならなかったが、それは敵の探知技術者どもにヒステリー発作を起こさせるようなアンチ・レーダーの〝窓〟に入ってやることになっていた。潜入に成功したら、第一にソビエトとその衛星国がナメクジに汚染されているかどうかを見きわめ、それを、そのとき見えた宇宙ステーションに——つまり、視界にあるステーションという意味だ。宇宙ステーションは肉眼では見えないし、見えるというものもいるが信じられない――連絡する。報告をすませたら、あとは、歩こうと何かに乗ろうと言おうとのたくろうと、買収して逃げ道をつくってこようとぼくの勝手というわけだ。しかし結局こうした準備を役にたたせるチャンスは来なかった。パス・クリスチャン円盤が着陸したからである。

着陸後に目撃された円盤は、この第三番めのやつだけだった。グリンネル円盤はナメクジどもの手で隠蔽されてしまったし、バーリンゲーム円盤は放射能の思い出にしかならなかった。パス・クリスチャン円盤は、追跡され、地上で目撃されたのである。

追跡したのは宇宙ステーション・アルファ衛星で、〝きわめて大きな流星〟として記録されたのだった。この誤認は、その極端なスピードから起こった。六十何年か昔の原始的なレーダーも、何回となく円盤を発見している。とくにこの惑星を偵察にきた円盤が大気圏内スピードで巡航しているときが多かった。しかし、いまのレーダーは完全に改良されて、円盤など見えないようになっていた。つまり現代のレーダーは非常に特殊化されているのだ。航空交通コントロールのレーダーは、大気圏内の交通のみを見る。防空スクリーンと防火コントロール・レーダーとは、おのおの見ようと思うものだけを見る。細かいスクリーンは大気圏内スピードから秒速五マイルで軌道飛行するミサイルまでのものを見るし、粗いスクリーンはそれにオーヴァーラップして、ミサイルの最低速度から、秒速十マイルまでのものを見るようになっていた。

そのほかにもまだ種々のレーダー類があったが、そのいずれも秒速十マイル以上の物体を見ることはない。ただ一つの例外が宇宙ステーションの流星発見用レーダーだったのだが、これは軍用ではなかった。その結果この〝巨大な流星〟は、ずっとあとまで空飛ぶ円盤と結びつけて考えられなかったのである。

だが、パス・クリスチャン円盤は着陸するところを目撃されたのだ。赤色地域の警戒に当っていた潜水巡洋艦ロバート・フルトン号はこのときモービル港（アラバマ州メキシコ湾岸にある港）を出てガルフポート（ミシシッピー州の都市）の十マイル沖にいたが、この艦のレーダーが、着陸する円盤を捕捉したのだ。宇宙船は、潜水巡洋艦のスクリーンに、いきなり現われた——外宇宙速度（宇宙ステーションの記録によると毎秒五十三マイル）から、潜水巡洋艦のレーダーの可視速度へとスピードを落して降下してきたのだ。

それは無から出現して、ゼロ・スピードになり、ふたたび消えてなくなった——だがレーダー係は最後の輝点（ブリップ）を捉え、それをミシシッピー海岸から数マイルの地点と計算した。ロバート・フルトン号の艦長は首をかしげた。その軌道から見て宇宙船ではありえなかった。宇宙船が、五十Gもの減速をするはずはなかった。彼は、ナメクジたちにとってGはまったく問題でないということに思いいたらなかった。彼は艦をまわして観察した。

最初の電文は、つぎのようなものだった。〝宇宙船ミシシッピー州パス・クリスチャンの西方海岸に着陸〟そして第二の電文は〝捕獲のため陸戦隊を揚陸す〟

もしそのとき機関本部（セクション）にいて降下の準備をしていなかったら、ぼくは一行から取り残されてしまったろう。いたおかげで、ぼくの通話器が金切り声をあげた。ぼくは頭を学習マシンにぶつけて悪態をついた。おやじ(オールドマン)がいった。「すぐ来い、いそげ!」

何週間も——いや、何年もか?——前に出発したのとおなじメンバーだった。おやじ(オールドマン)、メアリ、それにぼくの三人だ。ぼくらはおやじ(オールドマン)から理由を聞く前に、緊急最大スピードで南に飛ばしていた。

彼が理由を説明してくれたとき、ぼくが訊いた。「それじゃなぜ家族連れなんかで? 完全編成の空挺部隊が要るところでしょう」

「それはやがてつく」と彼は重苦しい調子でいった。それから例の悪魔的な笑いが頬に浮かんだ。「何が気に入らん? キャヴァノウ一家がまた旅をしているんだ。なあ、メアリ」

ぼくは鼻を鳴らした。「でもまた兄と妹の芝居をやらせたいんなら、ほかの男を見つけてくださいよ」

「今度の役は、彼女を、犬や知らない人間から守る役だ」と彼は大まじめにいった。「犬も人間も本気でいっておるのだぞ。今度こそは決着がつけられるかもしれんのだ」

彼は通信室に入ってパネルを閉め、通信器に没頭しはじめた。ぼくはメアリを振りかえった。メアリが身を寄せてきていった。「こんにちは、兄さん」

ぼくはメアリをぐいと抱き寄せた。「こんどぼくのことを兄さんなんて呼んだら、誰かさんがひっぱたかれることになるぞ」

27

ぼくらは危うく味方に射ち落されるところだった。それから先は二機のブラック・エンジェルを護衛につけ、レクストン空軍元帥が作戦を指揮している総司令官機まで先導させた。司令官機はスピードを合わせてアンカー・ループでわれわれを乗船させたが、この作業は、あまり気持のいいものではなかった。

レクストンはぼくらを叱りつけて帰そうとした——が、おやじ（オールドマン）を叱りつけるのはなみたいていのことではない。結局われわれの車をおろし、ぼくはパス・クリスチャン西方の堤防上の道路に車を不器用に着陸させた——ぼくは骨の髄までおびえていたのだ。降下中に、対空砲火を浴びたのである。周囲一帯も上空でもいたるところで戦闘がはじまっていた。だが、円盤そのものの近くは、奇妙な静けさに包まれていた。

異邦の宇宙船は、われわれから五十ヤード足らずのところに、空を圧して聳（そび）えていた。それは、アイオワ州のあのプラスチック製のにせものがいかにもにせものらしく見えたのと同じくらい本物に見え、不吉に見えた。巨大な円盤状で、こっちにむかってやや傾斜していた。その一部は、この海岸ぞいに建っている土台の高い古い館風の建物の上に載っていた。その館の残骸と、館をおおっていた一本の巨木の幹に、一部分支えられている恰好だった。

宇宙船が傾斜しているために、上部の表面とエアロックとおぼしきものが見えた。金属製で、中心部で十二フィートほどある半球型だ。半球は宇宙船本体から六フィートから八フィートほどせりだしているか、それとも持ち上がっているかだった。何で支えられているかは見えなかったが、おそらくそこにセントラル・シャフトかピストンが入っているにちがいないとぼくは思った。ポペット弁のように突きだしていたからだ。なぜ円盤がエアロックを閉めて飛び去らなかったのかはすぐわかった。エアロックそのものがぶち壊され、フルトン号の陸戦隊に属する一台の泥亀——小型の水陸両用戦車がはさまってこじあけられたかたちになっていたからだ。

これは記録にとどめておきたい。この戦車の指揮官はノックスヴィル出身のギルバート・カルフーン少尉、乗員は機関士フローレンス・バーゾフスキー二等兵および砲手ブッカー・T・W・ジョンソンであった。三人とも、もちろん、われわれがつくまえに戦死していた。

車は、着陸すると同時に、誰でもいいから射ちまくりたがっているように見えるピンク色の頬をした若い士官に率いられた陸戦隊の一隊に囲まれた。メアリの姿をひと目見るとそれほどでもなくなったが、それでも、戦術指揮官に問い合わせるまでは、われわれが円盤に近づくのを許可しなかった。戦術指揮官はそれをフルトン号の艦長に相談した。ほどなく返事がきたが、おそらく、ワシントンに直接照会して答えを受けたのだろう。

返事を待つあいだ、ぼくは戦闘を観察して、これに加わらないですんだのは運がよかったと思った。だれかが、その瞬間にも負傷しつつあり、すでに多数の負傷者が出ていた。車のすぐうしろに、一人の男の子——どう見ても十四歳以上には見えない少年の死体があった。少年はまだロケット・ランチャーをしっかと握りしめていたが、その肩には明らかにあのけだものの痕が残っていた。ナメクジは這い去ったのか、それとも死んだのか——あるいは、その少年を銃剣で刺し殺した人間に転移してしまったのかもしれなかった。

メアリはぼくが死体を調べていたあいだに、れいのうぶ毛の生えた海軍士官といっしょに国道を西へ歩いていた。ナメクジが——まだ生きているかもしれないやつがそのあたりにいるのじゃないかと思うと、ぼくはあわてて彼女のところへ行き、「車に戻れ」といった。

メアリは国道の西をじっと見ていた。「一発や二発は喰うと思ったわ」と彼女は答えた。その目が輝いていた。

「ここなら大丈夫です」と若い士官がぼくに保証した。「われわれが抑えていますから。道路のずっと向こう側まで」

ぼくは士官を無視して、「いいか、この血に飢えたわからず屋め」といった。「身体じゅうの骨という骨をへし折られないうちに車に戻るんだ!」

「そうするわ、サム」とメアリはいって、車に戻った。

ぼくは若き船のりを見返した。「何をじろじろ見てるんだ?」ナメクジどものにおいのするそのあたりと、待たされていることとで、ひどくいらいらしていたのだ。

「べつに見てはいません」と士官は、ぼくを見返して、「ただ、自分の故郷では、女性にああいう言葉の使いかたはしません」

「それじゃ、来たところへ帰ったらどうなんだ？」とぼくは答えて大股にその場を歩み去った。おやじ(オールドマン)もいなくなっていた。これも気に喰わなかった。

西のほうから戻ってきた病院車がぼくのそばでとまった。「パスカグーラに行く道はもう開いたか？」と運転手がきいた。

円盤の着陸した地点から三十マイル東にあるパスカグーラ河はこのあたりでの黄色地域と見なされていた。その名前の町は河口の東にあって、緑色地域に属している。そして、この同じ道路を西へ六十ないし七十マイル行ったところに、セントルイス以南におけるタイタン生物の最大の集結地であるニューオーリンズがあるのだ。われわれの敵はニューオーリンズから来る。一方われわれにいちばん近い基地はモービルだった。

「まだ開いてない」とぼくは運転手に答えた。

彼は拳を噛んだ。「よし——とにかく行ってみよう。戻ってこれるだろう」車のタービンが音を立て、車は走り去った。ぼくはおやじ(オールドマン)の姿を探しつづけた。

地上戦闘はその場から遠ざかったとはいえ、空中戦はいま頭上でたけなわだった。ぼくは飛行雲を見つめ、どっちが味方でどっちが敵で、それをどうやって見わけているのだろうと考えていた。そのとき、一台の大型輸送飛行車が交戦圏内に猛スピードで突入してくると、補助ロケットの噴煙をまきおこしてとまり、たちまち一隊の空挺部隊をはきだした。ぼくはまた考えた。遠すぎて、彼らがナメクジを背負っているのかそうでないのかわからない。すくなくとも、飛行車は東からやってきたのだ。

ぼくはおやじ（オールドマン）が陸戦隊の指揮官と話をしているのを見つけた。そこへ行って話に割りこんだ。「ここから出なくちゃだめですよ、ボス。ここは、十分も前に原爆を投下されてなきゃならなかったんです」

指揮官が答えた。「まあそう興奮しないで」ものやわらかな口調だった。「密集度がすくないので、小型のでもそれだけの価値がないんですよ」

ぼくは士官に、言葉するどく、ナメクジどもがそんなふうに考えるとどうしてわかるのかと訊きかえそうとしたが、そのときおやじ（オールドマン）が言葉をはさんだ。「彼のいうとおりだよ」そしてぼくの腕をとると東のほうへ逆戻りしはじめた。「彼のいうとおりだ——もっとも理由はまったくちがうがね」

「というと？」

「なぜ彼らの確保している都市をいままで爆撃しなかった？　彼らはあの宇宙船を破壊したくないのだ。とりもどそうとしているのだ。メアリのところへ帰れ。犬と見知らぬ人間だ——わすれるな？」

なんのことかよくはわからなかったが、ぼくは口を閉ざした。いつぼくたち全員がガイガー・カウンターの警報音になってしまうかもしれないのだ。ナメクジどもはシャモのような無鉄砲さで戦った——おそらくそれは、彼らが、本当の人格を持っていないせいだろう。なぜ彼らが、この宇宙船にだけ、ほかの宇宙船よりも大きな配慮を払うのか。あるいは彼らは、この宇宙船を救出するよりも、われわれに奪われまいとしているのかもしれなかった。

　ぼくらが車に近づいてメアリに話しかけたとき、れいの鼻たれ小僧が駆け足でやってきた。彼はおやじに敬礼した。「隊長が、あなたはなんでも必要なものを使う資格があるといわれました。なんでもすべてよろしいそうであります！」

　その態度から察するに、ワシントンからの電報は、おそらく、装飾だくさんで大仰きわまったりの文章で、つづられていたにちがいなかった。「ありがとう」とおやじは穏やかにいった。「捕獲したあの宇宙船を調べさせてくださればいいのだ」

「イエス・サー。いっしょにおいでください」彼は反対にぼくらといっしょに来た。おやじを護衛すべきか、それともメアリにしようかとひどく迷う様子だったが、けっきょくメアリが勝った。ぼくはあとに従い、若者の存在を無視して、あたりを警戒することに注意を集中することにした。この海岸一帯は、耕地をのぞくと、ほとんどジャングルといってよかった。円盤はそのジャングルでブレーキをかけられてしまったらしい。おやじはそのなかを突っ切っていった。青年士官が、「お気をつけてください、足もとに」といった。

「ナメクジにか？」とぼくがいった。

　彼はかぶりを振った。「毒蛇です」

　こんな際には猛毒の蛇も蜜蜂と同じくらい気持のいいものに見えたろう。だがぼくは彼の警告に多少の注意を払っていたのだろう——つぎのことが起こったとき、ぼくは足もとを見おろしていたのだ。

最初、叫びが聞こえた。ついで、ベンガル・タイガーがぼくらに襲いかかってきたのである。

最初の一発を射ったのはおそらくメアリだ。ぼくのも若い士官のより遅くはなかった。少しは早かったかもしれない。おやじ（オールドマン）は最後に射った。みながそれぞれに射ってずたずたにしてしまったので、とても絨毯を作るわけにはいかなかったろう。それなのに、ナメクジはまだ無事でいた。ぼくはそいつを二発めでフライにした。若い男は驚く様子も見せずにそれを見ていた。「おかしいな。この荷物はみんな片づけてしまったはずだったんだが」

「というと？」

「彼らが送りだした最初の輸送用タンクの一つですよ。まったくのノアの箱船でね。われわれはゴリラから北極熊まであらゆる動物をみな殺しにしたんです。あなたは水牛に襲われたことはありますか？」

「ないが、襲われたいとは思わないね」

「実際は犬ほどじゃないのです。まあ、こいつらは、あまり頭はよくないから」彼はナメクジを無感動な顔つきで眺めた。

ぼくらはそこから急ぎ足に立ち去ってタイタン生物の宇宙船に入った――これがぼくをなおいっそういらいらさせた。宇宙船そのものの様子に恐ろしげなものがあるというわけではないのだが……。

だがその様子には何かおかしなところがあった。人工的なものではあるが、人間の手で作られたものでないことはいわれなくてもすぐわかった。なぜかはわからない。表面は鈍く光る鏡面になっていたが、つぎめらしいものはまったくない——何ひとつないのだ。これをどうやって組み立てたのか、見当もつかない。みごとにつるつるなのだ。

材料が何かもわからなかった。金属だろうか？　もちろん金属にはちがいなかった。だがどんな金属か？　おそろしく冷たいか、それとも着陸の際の熱で非常に熱いか、どちらかを連想するだろう。だが触れてみて、ぼくはそのどっちでもないのを知った。熱くもなければ冷たくもないのだ。そのうち、ぼくはもう一つのことに気づいた。これだけの大きさのある宇宙船が高速度で着陸すれば、当然何エーカーかの土地が焼けただれるはずだ。だが周囲には、焼けた土地はまったくない。まわりの樹も藪も緑のままなのだ。

ぼくらはパラソル状の構造——見たとおりのものならばエアロックらしきものへとのぼっていった。そのへりは、小型の泥亀をはさんでめくれていた。戦車の装甲はつぶれていた——ボール箱を手で押し潰した恰好だった。この種の戦車の装甲は五百フィートの水圧に耐えるようにつくられていて、非常に堅牢なはずなのだ。

じっさい、この泥亀も強靭ではあった。パラソル構造は戦車を破壊した——が、エアロックは閉まりきらなかったのだ。それでいて、その金属——あるいは、何かわからないがこの宇宙船のドアの材料は、これだけの損失を受けているのに傷ひとつついていなかった。

おやじ（オールドマン）がぼくのほうを向いた。「ここでメアリと待っていろ」

「あなた一人で入っていくつもりじゃないでしょうね？」

「いや入る。時間がないのだ」

青年士官が口を開いた。「自分がお供します。隊長の命令であります」

「よろしい」とおやじ（オールドマン）が同意した。「ついてきたまえ」彼は縁からなかを覗き、ひざまずくと両手をかけて中におりていった。若者もあとにつづいた。ぼくは血が燃えるのを感じたが文句をいいたてる気持にはなれなかった。

二人が穴の中に消えた。メアリがぼくに向きなおって、「サム、わたしいやだわ。こわいわ」といった。

彼女の態度はぼくをひどく驚かせた。ぼく自身もこわかった——だがメアリがこわがるとは予想もしていなかったのだ。「ぼくがついている」

「待っていなきゃならないの？　そうははっきりいわなかったわ」

ぼくは考えた。「もし車のところへ帰りたいのなら送っていってあげる」

「ええ。……いえ、サム。やはりここにいるべきだわ。もっと近くへ来て」彼女はぶるぶると震えていた。


どのくらい時間が経ったかわからない——ようやく二人が縁のところに首をだした。若い士官がよじのぼった。おやじ（オールドマン）がそこで見張りに立てといった。「さあ来い」と彼はぼくらに向いていった。「安全だ——と思う」

「安全でしょうよ」ぼくは答えたが、そのときメアリがもう歩きはじめていたので、ぼくもそっちへ進んだ。おやじ（オールドマン）がメアリに手を貸しておろした。

「頭に気をつけろ」と彼はいった。「ずっとブリッジが低いから」

非人間種族のつくるものは非人間的なものだというきまり文句がある。だが金星人の迷宮（ラビリンス）の内部を見た人間はごくすくないし、火星人の廃墟を見たものはいっそうすくない――しかもぼくは、その少数の人間の一人ではなかった。ぼくが何を期待していたか、自分でもわからない。表面的にいえば、円盤の内部は、かならずしもそれほど驚くことはなかった。しかし、それは変っていた。それは要するに非人間種族の頭脳によって考えだされたものだった。人間がものを産みだすときの考えかたにはしたがわない頭脳――直線とか直角についてまったく知識を持たないか、それともそんなものを不必要か役にたたないと考える頭脳によって設計し建造されたものなのだ。われわれはちいさな偏円の部屋に入り、そこから太さ四フィートほどの円筒の中に這いこんだ。円筒は宇宙船の中心にむかって大きな曲線を描きながら降りていくようだったが、その表面はすべて赤っぽい照明でかがやいていた。

円筒には一種異様な、なんとも形容できない胸の悪くなる悪臭がこもっていた。沼沢地からたちのぼる瘴気（しょうき）に似ていて、それにナメクジの死体の悪臭がかすかにまじりあっていた。それと、赤い光と、掌を押しつけてみたとき円筒の壁から感じたまったくの熱反応のなさが、ぼくに、異星の宇宙船の内部を探検しているのでなく、何かこの世のものならぬ怪獣の臓腑の中を這いまわっているみたいな気持を味わわせた。

円筒は葉脈のようにわかれていた。そしてそこで、われわれは、最初のタイタンの両性人に出会ったのだ。彼は——それを、やはりぼくは〝彼〟と呼ぼう——眠った子供のように、ナメクジを枕にあおむけになって寝そべっていた。バラの蕾にさも似たちいさな唇には微笑のようなものの影があった。はじめは、死んでいるとは思わなかった。

　一目みたときには、タイタン星人とわれわれ地球人との類似のほうが、違いよりもはっきり目についた。われわれは、自分の見たものの中に、見ると期待していたものを見る傾向がある。たとえばそのちいさい〝口〟にしても、それが、呼吸だけに使う器官だということをぼくが知るはずもなかった。

　だが、それが四肢を持ち、頭部に似た突起物を持っているというごくおおざっぱな類似はあったにしろ、われわれと彼らとは、ブルドッグと食用蛙（ブルフロッグ）ほども似てはいなかったのだ。にもかかわらず——やはり全体としての感じは悪くなかったし、どことなく人間を思わせた。妖精という名で呼んでもいい——土星の衛星にすむ妖精と。

　その小人を見たとき、ぼくはとっさに拳銃を引き抜いた。おやじ（オールドマン）がぼくを見ていった。

「落ち着け、これは死んでいる。彼らは全滅している。戦車が気密を破壊したために、酸素過剰で窒息したのだ」

　ぼくはそれでも銃をはなさなかった。「ナメクジを焼きたい」とぼくはいった。「まだ生きているかもしれない」それは、最近のやつのような殻をかぶっていず、裸で醜悪だった。

　おやじ（オールドマン）は肩をすくめた。「すきなようにしろ。そいつはもう何もできんが。ナメクジも酸素を直接吸っては生きられないからな」彼は小人の死体を乗り越えて這っていった。これでは射とうと決心しても射ちようがなかった。メアリは銃は抜かず、ぼくのそばに身をちぢめて、激しい、すすり泣くような、喘ぐような息遣いをしていた。おやじ（オールドマン）が立ちどまり、辛抱づよい口調で、「来るか、メアリ」といった。

彼女は、息をつめ、喘いだ。「帰りましょう！　早くここを出ましょう！」

「メアリのいうとおりです。これは三人ぐらいの手でできる仕事じゃない。十分な装備をした研究チームを派遣しなけりゃむりですよ」

おやじ（オールドマン）はぼくに一顧だに与えなかった。「やらなければならんのだ、メアリ。おまえにはわかっているはずだ。おまえは、それができる人間なのだ」

「なぜ彼女がやらなきゃならないんです？」とぼくは喰ってかかった。

だがぼくはまたしても無視された。「どうだね、メアリ？」と彼はいった。

内奥のどこからか、メアリは残った力を引きだしてきた。彼女の息遣いは正常になり、様子も落ち着いてきて、彼女はやがて断頭台に向かう女王のような静かさでナメクジのとりついた妖精（エルフィン）の身体を乗り越えていった。ぼくもそのあとから、手に持った銃に手こずったり、死体に触れまいと気をつかったりしながら、よたよたとついていった。

やがて、われわれは操縦室らしく見える大きな部屋についた。そこにはちいさな妖精たちの死体がごろごろころがっていた。奥のほうは空洞になっていて、赤っぽいイルミネーションよりずっと明るい照明で見分けられた。そのスペースは、ぼくにとっては脳回と同じように無意味なさまざまの装置で占められていた。ぼくはまたあの考え、この宇宙船そのものが一個の生物ではないかという考えに——もちろん間違いにきまってはいるが——とりつかれた。

おやじは何も気にならぬふうにぐんぐんもぐっていき、またルビー色に輝く円筒の中へ入っていった。まがりくねった円筒のなかをおやじについていくことしばし、やがて、広さ十フィートあまり、〝天井〟があり、われわれがかろうじてまっすぐ立っていられるぐらいの高さのところへ出た。だが、われわれの目をひいたのはそのことではなかった。周囲の壁がもう半透明ではなくなっていた。

両側の透明な皮膜の向こうには、何千何万というナメクジが、培養液らしいもののなかで、泳いだり、浮いたり、のたうったりしていた。タンクにはそれぞれ内部に照明がつき、動きまわるナメクジの集団がよく見えた。ぼくは叫びだしたくなった。

ぼくはまだ抜身の銃を下げていた。おやじが銃身の上に手を置いた。「だめだ」と彼は警告した。「あれをここから出したくはあるまい。たちまちわれわれにとりつくぞ」

メアリは彼らを見ていたがその顔があまりに静かすぎた。正常な意識があるのかどうかも危ぶまれた。ぼくは彼女を見やり、それから周囲の怪物の水族館の壁に目をやると、たまらなくなっていった。「出られるものなら早くここを出ましょう——それからこの宇宙船をふっ飛ばしてしまいましょう」

「いや」彼は静かな声音でいった。「まだある。来い」円筒はふたたび狭くなり、やがてまた広がって、さっきのよりはやや狭い部屋に来た。ここもやはり透明壁になっていて、それを通して何かがふわふわと浮いているのが見えた。

　自分の眼が見ているものを信ずるには、二度見直さなければならなかった。

　壁のすぐ向こうに浮いているのは人間の——地球人の身体だった。年の頃は四十か五十、両腕を胸の前に組み、両膝を引きつけて、まるで眠っているように見えた。

　ぼくはその男を見つめた。頭のなかを恐ろしい想いが駆けめぐった。その男ひとりではなかった。その男の向こうに、まだ男や女、若いものや年とったものがたくさんいた。だが、その男はぼくの注意をひきつけた。ぼくはその男が死んでいるものとばかり思った。それ以外のことはとても考えもつかなかった。が、やがてぼくは、その男の口が動いているのを見た——せめて死んでくれていたらとぼくは願った。


　メアリはまるで酔っぱらいのようにそのあたりを歩きまわっていた。いや、酒に酔っているのとはちがう……何かの考えに捕われて呆然としていたというべきか。彼女は一方の壁から一方へと歩いては、混み入った半ば見えない深みを覗きこんだ。おやじ（オールドマン）はメアリをただ見ていた。やがて、「どうだな、メアリ？」とひくい声でいった。

「見つからないわ！」彼女は、ちいさな少女めいた声で、哀れっぽくいった。彼女はまた反対の壁に走った。

　おやじ（オールドマン）がメアリの腕をぐいとつかんだ。「おまえが見るべきところを探さないからだ」と彼は力強い口調でいった。「彼らのいるところへ戻れ。思いだしたか？」

メアリの答えは半ばすすり泣きに近かった。「思いだせないのよ！」

「思いださなきゃならん。これが彼らのためにおまえのしてやれることなのだ。おまえは彼らのいるところに戻って彼らを見つけるのだ」

メアリは目を閉じたが、閉じた目蓋の端から涙が流れ出た。彼女は喘ぎ、息をつまらせた。ぼくは二人のあいだに割りこんだ。「いいかげんにしてください！　いったい、何をやらせようというんです？」

彼はぼくを押しのけた。「いかん」と彼は語気荒く囁いた。「おまえは黙っていろ——おまえは手を引いているんだ」

「しかし——」

「いかん！」彼はメアリを放ったまま、ぼくを入口のほうへ引っぱっていった。「ここにじっとしていろ。おまえが妻を愛するなら、タイタン生物を憎むなら、これには干渉するな。わしはメアリを傷つけはしない。約束する」

「何をしようというんです？」

だが彼はもうこっちを向いてはいなかった。ぼくはそこにじっとしていた。不承不承ながら、自分に理解できないことに手出しするのが不安だった。

メアリは床にくずおれて、子供のようにうずくまり、両手で顔をおおっていた。おやじ（オールドマン）もそばにひざまずき、腕に手を触れた。「帰れ」とおやじ（オールドマン）の声がした。「いちばんはじめまで戻るのだ」

かすかにメアリの答えが聞こえた。「いや……いやよ」

「おまえはいくつだ？　発見されたとき、おまえは七つか八つだった。あれはそれより前だったのか？」

「ええ……ええ。あれより前よ」彼女はすすり泣いて、床に倒れた。「ママ！　ママ！」

「おまえのママはなんといっている？」おやじ（オールドマン）はやさしく訊いた。

「ママは何もいわないわ。変な顔をしてわたしを見ているわ。ママの背中に何か載っているわ。こわい……わたしこわい！」

　ぼくは、低い天井にぶっからないように身をかがめながら、二人のところへ駆け戻ろうとした。おやじ（オールドマン）がメアリから目を離さずに、手まねでぼくに戻れと合図した。ぼくは立ちどまり、ためらった。「戻れ」と彼は命じた。「もとへ戻れ」

　その言葉はぼくに向けられたもので、ぼくはそれに従った――だがメアリもそうした。

「宇宙船がいたわ」と彼女は呟いた。「大きな、きらきら光る宇宙船――」おやじ（オールドマン）が何かいった。彼女が何か答えたにしてもぼくには聞こえなかった。ぼくはもとの場所にとどまっていた。はげしい感情の動揺を感じながらも、ぼくは何かきわめて重大なことが――おやじの全注意力を、敵のまん前でひきつけるほどの重大なことがいま起こりつつあるのを覚っていたのだ。

　彼はなだめすかすように、しかし執拗に繰り返し何かを喋っていた。メアリはようやく静まって昏睡に落ちているように見えたが、彼女の答えるのがぼくにも聞こえた。しばらくすると、彼女は、解き放たれた感情のつづる単調な呟きをはじめた。おやじ(オールドマン)はほんのときたま促すだけだった。

　ぼくはうしろの通路を、何者かがもぐってくる気配を聞きつけ振りかえりざま銃を抜いた。罠にはまったな、という荒々しい感情があった。だがそれは外に置いてきたあのお節介屋の若い士官だったが、それと気づく前に、あぶなく発射するところだった。「出てください！」と彼は切迫した声音で叫んだ。彼はぼくの横をすり抜けておやじ(オールドマン)のところへ行くと同じ言葉を繰り返した。

　おやじ(オールドマン)は忍耐できずすさまじい形相になって怒鳴った。「うるさい！　わしにかまうな！」

「お願いします」と若者は喰いさがった。「隊長が、あなたがたに、すぐに出ろといわれたのです。われわれは退却しかけています。いつ何時ここを破壊しなければならないか予測がつかないのです。いつまでも内部(なか)にいるとどかんと一発でおしまいです」

「よろしい」とおやじ(オールドマン)はまた平静に返っていった。「きみの隊長に、わしらが出るまでどうしても待たねばならんといいたまえ。わしは絶対重要な情報をつかんだのだ。サム、メアリに手をかしてやれ」

「かしこまりました！」と若い士官はいった。「でも、おいそぎください！」彼は大いそぎで戻っていった。ぼくはメアリを抱きあげ、部屋が円筒形の通路につながるところまで運んだ。彼女はほとんど意識をなくしていた。ぼくはそっと彼女を寝かせた。

「引きずってでも出なければならん」とおやじがいった。「すぐには意識をとりもどさないかもしれない。そう――おまえの背中におぶわせよう――そうすれば二人いっしょにもぐっていける」

ぼくはその言葉を耳にも入れずメアリをゆすった。「メアリ！」ぼくはわめいた。「メアリ！　聞こえるか？」

メアリが目をあけた。「ええ、サム」

「メアリ、ここを出なければいかん。いそいでだ！　歩けるか？」

「ええ、サム」彼女はまた目を閉じた。

ぼくはもう一度メアリの身体をゆすった。「メアリ！」

「ええ……なあに？　わたし、とっても疲れて……」

「いいか、メアリ、ここを脱け出さなければならないんだ。出ないとナメクジがぼくらにとりつく。わかったか？」

「わかったわ、あなた」彼女の目は開いたままだったが、まったくうつろだった。ぼくは彼女を先頭に立てて円筒に入らせすぐあとから続いた。よろめいて倒れると、何度でも、平手で頬をなぐった。ぼくは彼女を引き起こし、引きずりながらもう一度ナメクジの部屋を通り操縦室を――だったとしてだが――通り抜けた。死んだ妖精人間が円筒通路の一部を塞いでいるところへ来たとき彼女が立ちどまった。ぼくは彼女の横をすり抜けて、死体を枝の通路の一つに押しこんだ。今度は、ナメクジが死んでいるのは確実だった。ここでもう一度ぼくは、メアリに協力させるため平手打ちを加えなければならなかった。

　無限の悪夢のような苦闘の末に、ついにぼくたちは入口のドアに達した。若い士官がそこにいて彼女を引きあげるのに手を貸してくれ、ぼくらが下から押し上げた。ぼくはおやじ（オールドマン）の脚を持ちあげてやり、ぼく自身も跳びだした。そして、若者からメアリを奪回した。もうすっかり暗くなっていた。

　ぼくらは倒壊した家の中を通り、藪を避けて道路へ出た。車はもうそこにはなかった。ぼくらは泥亀戦車の一台にいそぎ、ぎりぎりいっぱいで間にあった。そのあたりはもう戦闘のまっただ中にあったのである。戦車長が蓋をしめると戦車は水の中に進んだ。十五分後ぼくらはフルトン号の艦内にいた。

　それから一時間後、ぼくたちはモービル基地で上陸した。ぼくとおやじ（オールドマン）はフルトン号の士官室でコーヒーとサンドイッチをふるまわれた。婦人士官が二、三人でメアリを婦人室に連れていき、介抱してくれていた。出発のときメアリは戻ってきたが、もうすっかりよくなったようだった。

「メアリ、だいじょうぶか？」とぼくがいうと、メアリは微笑した。

「もちろんよ、あなた。だいじょうぶにきまっているじゃないの」

　司令宇宙船と護衛宇宙船がわれわれを連れだした。ぼくは、われわれが機関（セクション）の本部かワシントンに向かっているものと思っていた。パイロットはわれわれを山ぎわの格納庫に、〈卵焼き〉式着陸法――これは民間機ではぜったいにやれない方法で、いま高空を高速で飛んでいたと思ったら、もう洞穴格納庫のなかにおさまっている、といったやりかたなのだ——でおろしてくれた。

「ここはどこです？」とぼくは聞いた。

おやじ（オールドマン）は答えずに外へ出た。メアリとぼくはあとに従った。その格納庫はちいさく、せいぜい一ダースくらいの宇宙機を入れるパーキング・エリアと、着陸プラットホーム一つ、シングルの発射台が一つしかなかった。警備兵たちがわれわれを自然のままの岩についているドアの一つに導いた。われわれはそこを通って一種の待合室に案内された。ラウドスピーカーが裸になれと命じた。ぼくは銃と送話器とのしばしの別れがつらかった。

ぼくらは内部に入り、若い男に会ったが、その男は三つの山形と十字のしるしの腕章を身につけているだけだった。彼はわれわれを一人の女に引き渡したが、彼女のつけているものはもっと少なかった——腕章の山形が二つしかなかったのだ。二人ともメアリに注目したが、それぞれ典型的な反応をしめした。伍長はわれわれを迎えの婦人大尉に渡してほっとしたようだった。

「あなたのメッセージは届いています」と大尉がいった。「スティールトン博士がお待ちしています」

「ありがとう」おやじ（オールドマン）が答えた。「どこです？」

「ちょっとお待ちください」彼女はいうと、メアリのところへ行って髪の中を探った。「念には念をいれなければなりませんので」と彼女は弁解がましくいった。メアリの髪にかなりにせものが混っていることに気がついたかどうかわからないが、そのことは何もいわなかった。「けっこうです。どうぞこちらへ」彼女自身の髪は、男のようなショート・カットになっていた。

「それでは」とおやじ(オールドマン)がいった。「いや、サム、おまえはここまでだ」

「なぜです？」とぼくは訊いた。

「おまえは最初のとき危うく何もかもをぶちこわしにしかけた」と彼はあっさりいった。

「さあもう文句をいうな」

大尉がいった。「士官食堂が最初の通路の先の左側にあります。そこでお待ちになったら？」

ぼくはそうすることにした。途中で、赤い頭蓋骨とぶっちがいの骨のマークに〈注意――このドアの内部に生きた寄生虫あり。入室は有資格者にかぎる。手続Aを使用のこと〉という掲示のあるドアの前を通った。ぼくはできるだけ離れてその前を通りすぎた。

士官食堂には三、四人の男と二人の女が腰かけていた。ぼくはあいている椅子を見つけて腰をおろすと、ここで一杯飲むのにはどうすればいいのだろうかと考えていた。そこへ首につった鎖に大佐の階級章をさげた大柄な陽気そうな男がやってきた。「来たばかりですかな？」と彼は訊いた。

ぼくはそれを認めた。「民間の専門家のかたかな？」と彼はつづけた。

「専門家というのはわからないが、ぼくは秘密捜査官(エージェント)です」

「お名前は？　どうも、形式ばって申しわけないが」と彼は弁解した。「わたしはここの機密保安士官なので。わたしの名前はケリーといいます」

ぼくは名乗った。彼は頷いた。「じつのところをいいますと、わたしはあなたの入ってくるのを見ていたんです。さて、ニヴェンズさん、一杯いかがです？」

ぼくは立ちあがった。「その一杯分ありつくには、誰を殺したらいいんです？」

「――ただし、どうもわたしの見たところでは――」と、しばらくたって、ケリーがいっていた。「ここに保安士官の不要なること、あたかも馬にローラースケートの不要なるがごとしです。われわれは、結果を得たら、可及的すみやかに公表すべきです」

ぼくは彼が軍の高級士官らしくないようだといった。すると彼は笑って、「いや、高級士官が、かならずしもみな世間でいわれているほどの愚か者ではない――ただそう思われているだけですよ」

ぼくはレクストン空軍元帥も、なかなか鋭い人間だと思うといった。

「あなたは彼を知っているんですか？」大佐が訊いた。

「知っているというほどのことはありませんが、仕事の関係で、彼とちょっといっしょでした。今日も午前中に会ってきました」

「ふむ……」大佐がいった。「わたしはあのひとにはまだ会っていない。あなたはわたしよりもずっと上層階級の人たちとつきあいがおありだ」

　ぼくは、それがたんなる偶然の成行きであることを説明したが、それからは彼のほうでもっと気を配ってくれるようになった。やがて彼はこの研究所のやっている仕事について話してくれていた。「もう今では、われわれは、あのうすぎたない生物について、悪魔よりもよけいに知識がある。ところが、宿主（ホスト）を殺さずにやつらだけを殺す方法——これだけがわからんのです。

　もちろん——」と彼は言葉をつづけた。「彼らを部屋にでもおびき寄せて麻酔をかければ宿主（ホスト）を助けることはできます——しかしこれでは、小鳥を捕える古い諺みたいなものです——そっとしのび寄って、尻尾に塩をかければなんなく捕えることができるというね……わたしは科学者ではない。別の名前で呼ばれる一種の警察官だ。しかしわたしはここの科学者たちにもいったのです。これは生物学的戦争だとね。われわれには何かの虫が要る。ナメクジを嚙んで、宿主（ホスト）は嚙まない虫が。たいしたことではないように聞こえるでしょう？　われわれは、ナメクジを殺すものをたくさん知っている。天然痘、チフス、梅毒、嗜眠性脳炎、オーバーメイヤー・ウイルス、ペスト、黄熱病などがそうです。しかし、これでは宿主（ホスト）も死んでしまう」

「誰でも免疫になっているようなものを何か使えないんですか？」とぼくは訊いた。「たとえばみんなチフスの予防注射をします。またほとんどの人が種痘をしますよ」

「だめですね。宿主（ホスト）が免疫だと、寄生虫も病気に曝されないことになる。しかもナメクジは外皮を非常に発達させているから、寄生虫の環境は宿主（ホスト）そのものだ。いや、われわれの必要としているのは、宿主がかかる病気だが人間はかるい熱が出るだけで、ナメクジだけが死んでしまうようなものなんです」

それに答えようとしたとき、おやじが戸口に姿を現わした。ぼくは失礼といって彼のところへ行った。「ケリーはなんでおまえをしぼっていたのだ？」

「べつに、しぼられてなんかいませんでしたよ」

「それはおまえがそう思っているだけだ。おまえはケリーが何者か知っているか？」

「知っていなきゃいけませんか？」

「いけないね。いや、あるいは、いけなくもないかな。彼は絶対に自分の写真を撮らせないからな。あれはB・J・ケリーだ――当代最高の犯罪科学者だよ」

「あのケリーですか！　でも、彼は軍隊にはいなかった」

「予備役なのだろう。だが、それで見ても、この研究所がいかに重要かの判断がつくというものだ。さあ来い」

「メアリはどこです？」

「いまは会えない。恢復中だ」

「ひどいんですか、メアリは？」

「わしは、彼女を傷つけないと約束したはずだ。スティールトンはこの分野では最高の人物だ。しかし、われわれは深層心理の奥ふかくにまで、非常な抵抗を排除して、入っていかなければならなかった。こういう実験は、被験者にとって、いつも非常につらいものなのだ」

すか？」

ぼくはそのことをしばらく考えた。「それで、あなたの狙っていたものは手に入ったので

「入ったような、入らないような。まだすっかりすんでいないのだ」

「あなたの狙いはなんです？」

ぼくたちは、この研究所の、果しない地下通路の一つを歩いていた。彼はちいさな事務室の一つにはいると、腰をおろした。おやじはデスクのインターカムに触れるといった。

「私的な話だ」

「わかりました」声が答えた。「録音はしません」天井に緑の明かりがついた。

「彼らを疑っているわけではないが」とおやじがいった。「ケリーがテープを聞かないという保証は絶対にないのでな。さて、おまえの聞きたがっていたことを話そう。おまえにこの話を聞く資格があるかどうか、わしには確信はない。おまえは彼女の夫だが、彼女の魂までも所有しているわけではない。そしてこれは、彼女の心の深奥から来ているので、彼女自身そんなことがあったとは知らないのだ」

ぼくは何もいわなかった。彼は憂いげな口調でつづけた。「それをおまえに理解させるためにもある程度話しておいたほうがよいかもしれん。でなければ、おまえは答えを知ろうとしてメアリを悩ますだろうからな。そんなことになってほしくないのだ。その結果、彼女がひどい発作を起こすかもしれない——彼女は何もおぼえていないかもしれない——スティールトンは非常に穏やかな施術者だが、おまえは何もかもめちゃめちゃにしてしまいかねない

からな」

ぼくは深呼吸した。「あなたが判断してください」

「それでは、少し話して、おまえの質問に答えよう――そのうちいくつかにな。そのかわり、おまえの妻を、そのことでけっして悩まさないと厳粛に誓うのだ。おまえにはその技術がないのだから」

「けっこうです。約束します」

「よし。かつて、ある種の集団があった――信者といってもいいだろう。その集団が、迫害をうけた」

「知っています。ホイットマン主義者だ」

「ほう……なぜ知っておるのだ？　メアリに聞いたのか？　いや、そうではない。彼女が話すはずはない。彼女自身知らないのだから」

「いや、メアリから聞いたんじゃありません。ぼくが考えだしたのです」

おやじ（オールドマン）は奇妙な尊敬をこめた目でぼくを見た。「わしはおまえを過小評価していたのかもしれんな、サム。おまえのいうとおり、ホイットマン主義者だ。メアリもその一人だった。南極について――まだほんの子供だった」

「待ってください！」ぼくが遮った。「彼らは南極を――」頭の中で歯車が回転し、やがて数字が浮かびあがってきた。「一九七四年に出ていったはずです」

「そのとおりだ」

「しかし、そうするとメアリの年は四十前後ということになりますよ！」

「気になるのか？」

「え？　いや、そんなことはないが、でもそんなはずはありませんよ」

「はずでもあり、はずでもないのだよ。暦でいえば、メアリはほぼ四十歳だ。生物学的にいえば、二十代の半ばだ。主体的には、もっと若くさえある——というのは、メアリは、一九九〇年以前のことは、何ひとつ意識的にはおぼえていないのだ」

「それはどういう意味です？　彼女が記憶をとりもどさないというのはわかります——思いだしたくないからだ。でもそれ以外のことは、どういうことなんです？」

「わしのいったとおりだ。彼女は現在の彼女より一つだって年を取っていない。おまえは、彼女が記憶をとりもどしはじめたあの部屋のことをおぼえているだろう？　彼女は、十年かあるいはもっと長いあいだ、ああしたタンクのなかで、冬眠状態にあったのだ」

28

年を取っても、ぼくの神経はタフにはならず、やわになった。ぼくの愛するメアリがあの人工子宮のなかで、生きてもいず死んでもいない状態のまま塩づけのイナゴのように泳いでいたと考えると、たまらなかった。

おやじ（オールドマン）が、「落ち着くんだ、サム、メアリは大丈夫だ」という声が聞こえた。

「つづけてください」とぼくはいった。

明かされたメアリの経歴は、人を神秘的な気分にさせるものではあったが、話そのものは簡単だった。彼女は金星の北極にあるカイザーヴィル近くの湿地帯で発見された――自分のことは、アリュケーアという名前しか知らないちいさな少女だった。誰にもその名前の意味は突きとめられなかったし、外見上の彼女の年では、ホイットマン主義者とはどう見ても結びつけようがなかった。一九八〇年の補給宇宙船は、彼らのニュー・シオン植民地に、ただ一人の生存者も発見しえなかったのだ。十年の歳月と、二百マイル以上の距離とが、カイザーヴィルの幼い孤児と神の破壊したまうたニュー・シオン植民地の植民者のあいだを引き離したのである。

一九九〇年に、員数外の地球生まれの少女が金星にいたということは信じられない事実ではあったが、この頃、このあたりには、この問題をもっと追求してみようという知的好奇心を抱くものは一人もなかった。カイザーヴィルは鉱夫と売春婦と、二惑星開発会社の駐在員がいただけで、それ以外の人間はだれもいなかった。沼沢地で放射性の泥を掘る仕事をしている者たちには、何かを不思議に思うエネルギーも残っていなかったのだろう。

メアリはポーカー・チップを玩具にし、丸太小屋にすむ女という女を〝母さん〟、〝おば(オー)さん〟と呼んで成長していった。人々は彼女の名前を縮めて〝ラッキイ〟と呼んでいた。おやじ(ルドマン)は誰が彼女に地球へ帰る旅費をくれたのかはいわなかったが、もっと重要な疑問は、ニュー・シオン植民地がジャングルに呑みこまれてしまうあいだ彼女がいったいどこにいたのか、植民地にいったい何が起こったのかということだった。

だが、その唯一の記憶はメアリの心の深奥に埋めこまれ、恐怖と絶望とによってしっかりと封印されていたのである。

一九八〇年以前のあるとき――シベリアから空飛ぶ円盤の目撃報告があった年か、その一、二年前のころ、タイタン星人は、ニュー・シオン植民地を発見していたのだ。そのときを、地球侵略の年より土星暦で一年前と考えると、ぴたりと計算があう。タイタン星人はおそらく、金星で地球人を探していたのではあるまい。むしろ、地球を長期間偵察していたように、金星を偵察中だったのであろう。あるいは――彼らは、すでに場所を知っていたのかもしれない。彼らが、二世紀以上にわたって、地球人を誘拐してきたことはわかっている。そうした捕虜たちのうちの誰かの脳から、彼らはニュー・シオン植民地の場所を知ったのかもしれない。メアリは植民地が占領され、両親たちがもう彼女のことをかまってくれない生ける屍にされるのを見たのだ。明らかに、彼女自身はとりつかれなかった。メアリの暗い記憶のなかには、このことに関する手がかりは何も含まれていなかった。あるいは一度とりつかれてから、釈放されたかなのだ。おそらくタイタン星人は、弱々しく何も知らない若い娘を奴隷として役にたたないと思ったのだろう。いずれにしろ、彼女は、子供にとっては無限とも思われたであろう時間のあいだ、求められもせず、愛されもせず、だが殺されることもなく、ねずみのように残飯をあさり、ほっつき歩いて生きてきたのである。植民地にはナメクジどもが移り住んだ。彼らの主な奴隷は金星人であり、植民者はほんの偶然つかまったのだ。メアリが、両親がのちの地球侵略に使うため、人工冬眠をさせられるのを見たのは確かだろうか？　ありうることである。

やがて、彼女自身もタンクの中に入れられた。タイタン星人の宇宙船のなかだったか、それとも金星の基地だったのか？　おそらく後者だろう。というのは、目が覚めたとき、彼女はまだ金星にいたのだから。まだ、わからないことはたくさんある。金星人に載ったナメクジどもは、植民者にとりついたナメクジと同じ種類のものだろうか？　ありうる。地球人も金星人もともに酸素－炭素代謝系に属するからである。ナメクジたちはかぎりなく変幻自在だが、その宿主の生化学的変化に適応しなければならない。もし金星が火星と同じように酸素—珪素代謝系か、あるいはフッ素系であったら、同じ種類の寄生生物では、丙種の宿主（ホスト）に寄生できないのだ。

だが、問題の核心は、メアリがその人工孵卵器から移されたときの状況にかかわっている。タイタン生物の金星侵略は失敗したか、あるいは失敗しつつあった。彼女はタンクから取りだされると同時にとりつかれた——がメアリは、とりついたナメクジよりも生き延びたのである。

なぜナメクジどもが死んだのか？　なぜ金星侵略が失敗したのか？　これらの疑問への手がかりをこそ、メアリの頭脳のなかに、おやじ（オールドマン）とスティールトン博士が探し求めていたのであった。

「それだけですか？」とぼくがいった。

「これだけでは足りないか？」と彼が答えた。

「答えてくれたのと同じぐらい疑問も出てきたんです」とぼくがこぼした。

「もちろん、まだまだ山ほどある」とおやじ（オールドマン）は答えた。「だがおまえは金星の専門家ではなし、心理学者でもない。わしはおまえに、なぜわしらがメアリにこの実験をしなければならぬかを納得させ、これ以上このことで彼女に質問をしないようにしてもらうに十分なだけのことを話したのだ。メアリに優しくしてやれよ。あの子には人一倍の苦しみの種子があるのだ」

ぼくはこの忠告を無視した。ぼくは、他人の助けなぞなくても、自分の女房とうまくもやっていくし喧嘩もする。忠告などありがた迷惑だ。「ぼくにわからないのは」とぼくはいった。「そもそもなぜあなたがメアリと空飛ぶ円盤とを結びつけたのかということだ。いまでこそ、あなたがあの最初の調査旅行に彼女を連れていった理由はわかります。あなたの狙いは正しかった——が、なぜなんです？　ごまかしはだめですよ」

おやじ（オールドマン）は驚いた顔をした。「サム、おまえには勘というものがないのか？」

「馬鹿な、ありますよ！」

「勘とはなんだ？」

「え？　そりゃ、証拠なしに、何かがかくかくしかじかだと信じられることですよ」

「わしは勘というものを、現在自分が持っていながら気づいていないデータを基に、潜在意識レヴェルで自動的に推理した結果だと思っている」

「真夜中の石炭庫の中の黒猫みたいないいかたですね。しかしあなたはデータは何も持っていなかった。まさか、あなたの無意識下の心が、来週集まるはずだったデータに働きかけたなどというんじゃないでしょうね」

「わしはデータを持っていた」

「はあ？」

「捜査官（エージェント）に任命される前に、候補者が最後に受けるのは何か？」

「あなたとの個人面接です」

「ちがう、ちがう！」

「ああ、そうか……催眠分析だ」ぼくは催眠分析のことを忘れていたのだ。被術者はそれをまったくおぼえていない——だからつい忘れてしまうのだ。「つまり、メアリのデータは、そのときからあったんだ。それじゃ勘でもなんでもない」

「ところが、そうでもないのだ。データはほとんどないといってよかった——メアリの心の防御が強すぎた。そしてわしは、わしの知ったごくわずかの知識を忘れていた。だが、メアリがこの仕事にうってつけの捜査官であることは知っていた。あとで、わしは彼女の催眠分析のテープを聞きなおしてみた。そこではじめて、もっと何かがあるはずだということがわかった。わしはそれを求めた——そして得られなかった。だがわしには、もっといろいろなことがあることだけはわかっていたのだ」

ぼくはそのことをよく考えてみた。「それを聞きだすためにメアリをしごいているんですね？」

「やむをえんのだ。すまぬ」

「いいんです。わかりました」ぼくはちょっと待ってから訊いた。「ねえ……ぼくの催眠記録にはどんなことがありました？」

「それは正当な質問ではない」

「馬鹿な」

「それに、かりに答えてやろうにも、わしには答えられないからだ。わしはおまえの分析は何も聞いておらんのだ」

「ほんとうですか？」

「おまえの分析は次長にやらせた。彼は特別わしが知っておく必要のあることは何もないといった。だからわしは一度もあのテープは聞いてないのだ」

「なるほど……ありがとう」

おやじ（オールドマン）は唸っただけだった。父とぼくとは、いつもおたがいにおたがいを困らすことばかりするようだ。

29

ナメクジどもは、金星でかかった何かの病気がもとで死んだのだ。これだけは、われわれにもわかった（と思っただけかもしれないが）、だが、直接の情報を早急に集める機会はまたしても去った。というのは、おやじ（オールドマン）とぼくがこうして話していたあいだに電報が来て、パス・クリスチャン円盤が、奪回を免れるため襲撃され破壊されたという報告が入ったからである。おやじ（オールドマン）はあの宇宙船の中にいた人間の捕虜をとりもどし、生き返らせ、訊問しようと思っていたのだった。

そのチャンスは去った。ふたたびメアリの心の中から掘りだしうるもののみが、解答となったのだ。もし金星に特有の何かの伝染病で、ナメクジには致命的だが人間にはそうでないものがあれば――すくなくともメアリはそれを生き延びたのだ――次の段階は、その伝染病を残らずテストし、それがどれかを決めればいい。けっこうだ！　だがそれはまるで、海岸の砂を一粒一粒調べるようなものだ。金星土着の病気で人間に致命的でなくただなんとも気持がわるいだけというものは、リストにすればきりがないほどある。金星のウイルスの見地に立てば、われわれ人間は、よほどまずくてお口にあわない食料なのにちがいない――もっともこれも、もしも金星のウィルスに〝見地〟などというものがあればの話で、マッキルヴェーンの馬鹿げた考えにもかかわらず、疑わしいものだとぼくは思う。

　金星土着の疾病のうち、地球人に培養され正体を明らかにされたものが、きわめて少ないという事実も、問題を困難にしたことの一つだった。こうした点はやがて修正されていくだろうが……それはこの未知の一惑星に対してもう一世紀ものあいだ探険と調査研究が繰り返されたのちのことである。

　そうこうしているうちに、空気が冷えはじめた――〈日光浴計画（スケジュール・サンタン）〉も永遠につづけるわけにはいかないのだ。

　彼らは、ふたたび、答えの存在するであろうところ――メアリの頭脳へと戻っていかなければならなかった。気には喰わなかったが、とめるわけにもいかなかった。彼女は、なぜそう何度も何度も催眠術にかけられるのか、その理由を知っているようには見えなかった。彼女は平静ではあったが、緊張はどうしても現われてきた――目の下にくまができたり、その他の徴候が見えてきたのだ。ついにぼくもおやじ（オールドマン）にもうやめてくれといわざるをえなかった。

「おまえはわかっているはずではないか」とおやじ（オールドマン）は穏やかにいった。

「わかっていますとも！　今までに求める結果が得られないなら、いつまでやったって出てきませんよ！」

「おまえは、人間の記憶をすべて調べることが、たとえ一時期にかぎっても、どれほど長くかかるかわかっているのか？　すくなくとも、その時期とおなじだけの時間がかかるのだ。

われわれの求めるものは――もしそこにあればだが――非常に捉えにくいものなのだ」

「もしそこにあればですか……」ぼくはオウム返しに繰り返した。「それさえわかっていないくせに……もしメアリがこいつのために流産でもしたら、あなたの首をへし折ってやるから」

「もしわれわれが成功しなかったら」と彼は飽くまで冷静にいった。「おまえも流産しておけばよかったと思うことになるのだよ。それとも、タイタン生物どもの宿主にするために子を育てたいのか？」

ぼくは唇を噛んだ。「なぜぼくをソビエトにやってくれなかったんです。こんなところに縛りつけておかないで」

「おう、そのことか。わしはおまえにメアリといっしょにいて彼女を激励してやってほしかったのだ――そんな我儘な子供みたいな態度をとらずにだ。第二には……もうその必要がなくなったからだ」

「どうして？　だれかほかの捜査官が報告してきたんですか？」

「そんなことは、もしおまえがもう少し大人らしくニュースに興味を示していればわかっていたはずだ」

ぼくはいそいで外へ飛びだして、最新のニュースに追いつく努力をした。今度は、ぼくはアジア地域に流行しはじめた伝染病の第一報を見逃していたことがわかった。それは今世紀における二番めのビッグ・ニュースで、十七世紀以来唯一の大陸スケールの黒死病の蔓延だったのである。

ぼくは理解に苦しんだ。ロシア人はたしかに頭がおかしいが、彼らの公衆衛生レヴェルは非常に高い。それは〝規則どおりに〟遂行されていて、怠ることはけっして許されないはずであった。一国に伝染病が拡がるためには、その国が文字どおり不潔そのものにならなければならない——歴史的な病菌媒介者であるねずみや、しらみ、のみだらけにならなければならないはずなのだ。ソビエトの官憲は、腺ペストとチフスとが伝染病というよりはむしろ風土病であった中国をすら、徹底的に衛生化したのだ。

　ところが、この二つの伝染病が、いまや中国全土からロシア、シベリアに至る全領域に蔓延し、ソビエト政府はついに瓦解して国連に救援を求めてきたというのである。いったい何が起こったというのか？

　ぼくは事情を呑みこんでからもう一度おやじ(オールドマン)に会いにいった。「ボス——ソビエトにもナメクジが入ってますね？」

「そのとおりだ」

「知ってたんですか？　冗談じゃない、われわれも大至急行動を起こさなければだめじゃありませんか？　でないと、ミシシッピー流域全体がいまのアジアと同じありさまになってしまう。たった一匹のねずみが……」ナメクジどもは人間の衛生ということには、まるで気を配らなかったのだ。彼らが仮装行列(マスカレード)をはじめて以来、カナダ国境からニューオーリンズまでの地域で、ただの一度でも入浴したものがいるかどうか、疑わしいものだった。その結果、のみやしらみが……。

「爆撃に踏み切ったほうがいい――もしそれがのぞみうる最良の方法だったら。すくなくともそのほうがきれいな死にかたですよ」

「そうなのだ」とおやじ(オールドマン)は溜息をついていった。「あるいはそれが最上の解決法かもしれん。唯一の解決策かもしれん。だが、われわれがそれを採らないのは知っているだろう。ただ一つの希望でもあるかぎり、努めていかねばならないのだ」

ぼくはそのことをいろいろ考えてみた。われわれは、また別の意味で時と競争していたのだった。基本的に、ナメクジたちには、奴隷を生かしていくだけの才覚がないのだ。おそらくはそのために彼らは惑星から惑星へと移り歩くのだ――彼らは触れたものを片端から損ねてしまうのだ。しばらくたって、宿主(ホスト)が死ぬと、また新しい宿主(ホスト)が必要になってくるのだ。

たんなる仮説かもしれない。だが、一つだけ確かなことがあった。赤色地域は、いまナメクジを殺す方法を考えないかぎり伝染病の巣になってしまう。しかも、もういますぐにもだ！　ぼくは、まえから考えていたことを実行に移す決心をした――ぼく自身が、この精神探索会議に参加することだ。もしメアリの隠された記憶のなかにナメクジどもを殺すために使える何かがあるなら、ほかの人間が失敗したことを、ぼくも試みてみよう。いずれにしろ、ぼくは強引に――スティールトンやおやじ(オールドマン)がどんなに反対しようと割りこんでやるつもりだった。ぼくは女王の夫君と私生児の雑種のような扱いをされることに、つくづくうんざりしていたのである。

30

メアリとぼくとは一人用の士官室に寝起きしていた。ヴァイキング料理の皿みたいに窮屈だったが、気にはならなかった。そのあくる日の朝、ぼくが早くに起きていつものとおりナメクジがついていないかどうかをさっと点検した。ぼくがそうしているとメアリが目をあけて眠そうに微笑みかけた。「もう一度眠れよ」とぼくはいった。

「もう目が覚めたわ」

「メアリ、腺ペストの潜伏期間を知っているかい？」

「知ってなきゃいけないの？　あなたの目は一方が片方より黒いのね」

ぼくはメアリの体をゆすった。「注意して聞いてくれ。ぼくは昨夜、研究所の図書室に行って、ちょっと計算してみたんだ。それによると、ナメクジどもは、われわれのほうへ侵略してくる、すくなくとも三カ月前からソビエトに入りこんでいたにちがいないんだ」

「ええ、もちろんよ」

「知ってたのか？　なぜそういわなかったんだ？」

「訊かなかったもの」

「なんてこった！　さあ起きよう。ぼくは腹がすいた」

出かける前にぼくが訊いた。「いつもの時間にパズル・ゲームをはじめるのか？」

「ええ」

「メアリ、きみは、連中の訊いたことを何も話さないんだな」

メアリはびっくりしたような顔をした。

「あら、だって、わたしは何もおぼえていないもの」

「そうだってね。〝忘却〟暗示のついた深いトランス状態なんだろう？」

「そうだと思うわ」

「ふむ……よし、すこし変えてやるかな。今日はぼくがいっしょに行くよ」

「ええ、あなた」と、メアリはそれだけいった。


彼らはその日もいつものとおりスティールトン博士の部屋に集まった。おやじ（オールドマン）、スティールトン博士自身、参謀長のギプシイ大佐、中佐が一人、ほかに軍曹クラスの技術者が数人と制服を着た召使いたち。軍隊というところはお偉がたが鼻をかむにも、八人がかりでお手伝いするのだ。

おやじ（オールドマン）は、ぼくが入っていくのを見ると眉をあげたが、何もいわなかった。一人の軍曹がぼくをとめようとした。「おはようございます、ニヴェンズ夫人」とメアリにいってから、

「あなたは名簿に載っていませんから」

「名簿に載せてもらおう」とぼくはいって、軍曹を押しのけた。

ギプシイ大佐は目をむいておやじ（オールドマン）にむかって、いったいぜんたいどういうわけだ式の雑音をたてた。ほかのものは凍りついたような顔つきになったが、ただ一人婦人部隊の軍曹だけが、思わずにやりと笑っていた。

「ちょっとまってくれ、大佐」と彼はいって足を引きずりながらぼくのところへやってきた。ぼくだけに聞こえる声で彼はいった。「サム、約束はどうなった」

「約束はひっこめます。女房について男に約束させるなんてけっきょく無理ですよ」

「おまえはここには用はない。おまえはこうした問題についてはなんの技術も持っていないのだ。頼むから出ていってくれ」

この瞬間まで、ぼくには、おやじ（オールドマン）がこの部屋にいる権利について問いただそうなどという気はまったくなかった。だが気がつくとぼくはそう決心し、口に出していたのだ。「あなたこそここにはなんの用もない人だ。あなたは分析学者ではない。出ていってください」

おやじ（オールドマン）はちらりとメアリを見た。彼女の顔にはなんの表情も表われていなかった。おやじ（オールドマン）はゆっくりといった。「ルール違反だぞ、サム」

ぼくは答えた。「実験されているのはぼくの妻ですよ。今からはぼくがルールを作ります」

ギプシイ大佐が割りこんできた。「きみ、気がおかしくなったのではないか？」

「あなたの資格は？」とぼくが彼の手を見、つけくわえた。「それは獣医の指輪ですね。ほかに何か資格をお持ちですか？　医学博士ですか？　それとも心理学者ですか？」

　彼はひらきなおった。「きみはここが軍の領域内であることを忘れているな」

「あなたは、ぼくも妻も軍人ではないことを忘れている」とぼくはやり返した。「行こう、メアリ。ここを出るんだ」

「ええ」

　ぼくはおやじ（オールドマン）にむかっていった。「本部に、郵便の送り先を知らせます」ぼくはメアリをうしろに従えてドアにむかって歩きだした。

　おやじ（オールドマン）が、「ちょっと待て。わしが頼む」といった。ぼくが立ちどまると彼はギプシイにむかって、「大佐、ちょっとわしと向こうへ行ってくれないか。あんたと二人で話しあいたいことがある」

　ギプシイ大佐は軍法会議ででもあるような凄い目つきでぼくをにらみつけたが、そのまま出ていった。ぼくらは待った。部下の連中はポーカーフェースを気どった。中佐はさも困ったという顔をし、チビの軍曹はいまにも爆発しそうな顔をしていた。スティールトンはまったく気にしていないように見えるただ一人の人物だった。彼は〝未決〟と書いた籠から書類を出して、冷静に仕事をはじめた。

　十分か十五分たったころ、軍曹の一人が入ってきた。「スティールトン博士、仕事をはじめるようにという司令官の命令です」

「わかった、軍曹」彼は命令を受諾してぼくを見た。「それでは手術室に行きましょう」

「そういそがないでください。この人たちは何をやるんです。たとえばこのかたは？」とぼくは中佐を指していった。

「うむ？　彼はヘイゼルハースト博士だ――金星に二年いっていた」

「なるほど、では彼は残しましょう」ぼくはにやにや笑っている軍曹に目をとめた。「あなたの仕事は？」

「わたしですの？　わたしは一種の付添いです」

「付添いはぼくが引きつぎます。さて博士、この人たちのなかから、あなたが実際に必要とするスペアタイヤを選ぶとするとどうなります？」

「やってみましょう」

けっきょく、彼が本当に必要とするのはヘイゼルハースト中佐だけということになった。

手術室に入ったのは、メアリとぼく、二人の専門家だけだった。

手術室には心理分析用の長椅子があり、それがいくつかの椅子にとり囲まれていた。立体カメラの鼻先が二つ上から突きだしている。メアリは長椅子に行って横になった。スティールトン博士が注射器を取りだした。「この前終ったところからはじめましょう、ニヴェンズ夫人」

ぼくがいった。「ちょっと待ってください。この前までの記録はありますか？」

「もちろん」

「まずそれをかけてもらいましょう。ぼくもそこまで追いつきたい」

彼はためらったが、やがて答えた。「ニヴェンズ夫人、もしよろしければわたしの部屋でお待ちくださいませんか。でなければあとで迎えをあげましょうか」

おそらくぼくの本当の気持とは逆だったのだが……おやじ（オールドマン）に喰ってかかったことが、ぼくの気持を昂揚させていたらしい。「それより先に、彼女が出たいかどうかを聞こうじゃありませんか」

スティールトンは驚いたようだった。「あなたは自分のいってることがわかってないんだ。記録は奥さんに情緒的な混乱を与える危険があるんですよ。有害でさえありうる」

ヘイゼルハーストが口を入れた。「非常に疑問のある療法ですなあ、ニヴェンズさん」

ぼくがいった。「これは治療でないことをあなたがたも知っているじゃないですか。治療が目的なのならば薬品など使わず遡行回想技術を用いていたでしょう」

スティールトンは困ったような顔をした。「時間がなかったからです。早く結果を引きだすためにやや荒っぽい方法を採らざるをえなかった。被験者に記録を見せてよいかどうかわたしには決めかねる」

ヘイゼルハーストが口を挟んだ。「わたしも同意見です、博士」

ぼくは癇癪を爆発させた。「誰があんたの意見を聞いた。あんたはこの問題ではなんの権威も持っちゃいないんだ。この記録は妻の頭から盗みとられたもので、もともと彼女のものだ。あんたがたが神さまぶっているのはじつに不愉快だ。ナメクジに神の役を演じられるのもいやだが、人間に演じられるのも同じようにごめんだ。彼女は自分で決心する。彼女に聞いてみろ！」

スティールトンがいった。「ニヴェンズ夫人、あなたはこの記録をご覧になりたいですか？」

メアリが答えた。「はい、先生、とても見たいですわ」

彼は驚いたようだった。「おう、それは……あなたは自分ひとりでご覧になりたいですか？」

「夫と二人で見たいと思います。あなたとヘイゼルハースト先生もよろしければどうぞ」

けっきょくそうすることになった。テープのスプールが一山も持ちこまれた。それぞれ、その日付と年齢とが貼ってある。全部見るには大変な時間がかかりそうなので、一九九一年以降のメアリの生活に関する部分は除外することにした。

われわれはメアリの最も幼い頃のテープからはじめた。どのテープも、被験者——つまりメアリ——が息をつまらせ、唸り、もがくところからはじまった。それは、思いだしたくない記憶の径路を無理にたどらされる人がいつも示す反応なのだ。やがて、彼女の声と、ほかの人間の声の再構成がはじまる。いちばんぼくを驚かせたのはメアリの顔だった——あのタンクの中の顔なのだ。拡大して映してあったので、その立体像は事実上、手にとるようで、あらゆる表情を克明に追うことができた。

最初、彼女の顔は、幼い少女のそれになった。もちろん、容貌そのものは、もとの成熟した女の顔だ——だがぼくには、その愛する顔が、非常に幼かった頃にはきっとこんなだったろうということがはっきりわかったのだ。それを見ていると、ぼくらもこんな娘がほしい、と思わせられるほどだった。

それから、彼女の表情は、記憶のなかのほかの登場人物たちが現われるにつれて、しだいに変化していった。それはまるですばらしい声帯模写の天才がさまざまの役柄を演じ分けるところを見物しているようだった。

メアリは冷静にそれを受けいれていたが、彼女の手はいつの間にかぼくの手の中に滑りこんでいた。テープが、メアリの両親の変るという恐ろしい時期——彼女の両親がもはや両親ではなくなりナメクジの奴隷となるところまで来るとメアリはぼくの指を砕けるほどに握りしめた。だが、必死で自分を抑えていた。

ぼくは〈人工冬眠期間〉というラベルのスプールは省略して、彼女の蘇生の時期に関するグループから、さらに沼沢地から救出された時期のテープへと進んだ。

確かなことが一つあった。メアリは冬眠から覚めると同時にナメクジを載せられたのだ。その死んだような表情は、仮装行列（マスカレード）をしないでいるときのナメクジの表情にちがいなかった。赤色地域の立体テレビ・ニュースにはこうした表情が無数に映っていた。この時期からの彼女の記憶の乏しさも、それを裏づけていた。

やがて、かなりだしぬけに、彼女はナメクジから解放されてもう一度ちいさな女の子に——病みほうけ、恐怖におののく少女に戻った。思いだされた彼女の思考には、錯乱の兆候が認められた。だがついに、新しい声が大きく高らかに聞こえてくる。「こりゃ驚いた！　み

ろピート、女の子だぜ！」と
　もう一つの声が答える。「生きてるのか？」そして最初の声が、さらに、「わからん」というのだ。

　テープはカイザーヴィルでの生活と、彼女の恢復に移っていき、たくさんの新しい声と思い出とが交錯し――そして、やがて終った。

「こうしたらどうでしょう」と、スティールトン博士がテープを映写機からとりだしながら提案した。「この時期のをもう一本映してみましょう。みんな少しずつ違っているし、この時期が、すべての問題の解決の鍵になっていると思いますから」

「なぜですか、先生？」とメアリが訊いた。

「もちろん、いやなら、あなたはご覧になる必要はない。しかしこの時期こそ、われわれの調査のポイントです。われわれは、寄生虫に何が起こったか、なぜ彼らが死んだかを再構成してみなければならない。もし何がタイタン生物を――あなたが救出されるまえあなたにとりついていたタイタン生物を殺したかを知ることができれば……ナメクジだけを殺してあなたの生命を取らなかったものが何かさえわかれば、それこそ必要な武器を見出したことになるのです」

「でも……ご存じないんですか、それを？」メアリが不思議そうに訊いた。

「はあ？　いや、まだです。しかし見つけます。人間の記憶は驚くべき完璧な記録ですからね」

「でも、わたし、知っていらっしゃると思った。あれは九日熱（ナインディ・フィーバー）でした」

「なんですって？」ヘイゼルハーストが椅子から飛びあがった。

「わたしの顔つきから、おわかりにならなかった？　あれは、あの病気に典型的な表情よ——仮面みたいになるのが。わたし、故——いえ、カイザーヴィルに戻って、よく看病したものだわ。わたしは一度かかって免疫になっていたから」

スティールトンがいった。「どう思うね、先生？　あんたは、病例は見られましたか？」

「病例をですか？　いや、第二回探険のときは、ワクチンを持っていきましたからね。もちろん臨床的特徴はよく知っていますが」

「しかし、この記録からはわからない？」

「そうですな」とヘイゼルハーストは用心ぶかい顔になって、「いままで見たところでは、たしかに一致するようですが、決定的とはいえませんな」

「なにが決定的じゃないんですの？」メアリが言葉鋭くいった。「わたしが九日熱（ナインディ・フィーバー）だといっているじゃありませんか」

「ぜったい確実でなければならんのです」とスティールトンが弁解がましくいった。

「どれだけ確実だったらいいのです？　疑問の余地はありません。わたしはピートとフリスコに見つけられたとき重い九日熱（ナインディ・フィーバー）だったと聞いてるんですよ。そのあとで、たくさん患者をみてるうえに、もう二度とかからなかったんです。わたしは、患者の顔を——死んでいくときの顔をよくおぼえてます。記録の中のわたしの顔そっくりでした。一度でもあの病気の人を見たことがあれば、だれだって、ほかの病気と間違えたりはぜったいにしませんわ。それ以上、何が要るんです。空に、火の文字ででも描いてほしいんですか？」

ぼくはメアリが、このときほど激しい癇癪を起こしかけたのは、一度を除いてまったく見たことがない。ぼくはひとりごとをいった。「気をつけろよ、みんな頭を下げろ！」

スティールトンがいった。「たしかにおっしゃるとおりだと思います。ですが、この点はどうですか。あなたはこの期間について意識的な記憶を持っていないというふうに信じられてきたし、わたしの実験結果でも、それは証明された。ところがいま、あなたはまるで意識があったかのように話しているが」

メアリははっとしたような顔になった。「いま思いだしたんです。とてもはっきりと。もう長いこと、考えたこともなかったのに」

「わかったように思います」彼はヘイゼルハーストに向きなおった。「さて、先生、これの培養基はあるのですか？　あなたの研究所ではそのほうの研究をしていますか？」

ヘイゼルハーストはびっくり仰天の形相だった。「研究しているかって？　もちろん、してやしませんよ！　それは問題外でしたからね。九日熱(ナインデイ・フィーバー)だなんて！　むしろポリオか、チフスでも使ったほうがましですよ！　さかむけを、斧で処理する方法でも研究したほうが！」

ぼくはメアリの腕に触れた。「もう行こう。これで十分なダメージを与えたと思うよ」彼女は震えていた。目は涙でいっぱいだった。ぼくはメアリを食堂に連れていって全身処置を施した——つまりアルコール療法をである。

　そのあと、ぼくはメアリを午睡（ごすい）させるためにベッドに寝かし、眠りこむまでそばに坐っていてやった。それから本部の父の部屋に行った。「こんにちは」とぼくはいった。

　父はぼくを考えぶかい目つきでじっと見た。「やあ、エリフ。おまえ、大当り（ジャックポット）を当てたそうだな」

「サムと呼んでくれたほうがいいな」とぼくは答えた。

「よろしい、サム。成功はすべてを正すだ。にもかかわらず、大当りですらがっかりするほどちいさく見えてくる。九日熱（ナインデイ・フィーバー）か——たしかに、植民地が死に絶え、ナメクジもともに死滅したのも不思議はない。わしにわからないのはどうしたらそれを使えるかだ。誰にでもメアリの不屈の生の意志を期待するわけにはいかん」

　ぼくには彼のいう意味がわかった。この熱病は、免疫のない地球人に対しては九十八パーセント以上の死亡率を示す。ところが予防注射をしているものには死亡率はゼロになる——だがこれではしかたがない。われわれに必要なのは人間はただの病気にするだけだが、その人間にとりつかれているナメクジは確実に殺すようなウイルスだったのだ。

「そんなことはかまっちゃいられないじゃありませんか」ぼくがいった。「あと六週間のうちには、ミシシッピー流域全体に、チフスかペストか——あるいはその両方が猛威をふるうことはまちがいないんですからね」

「でなければ、ナメクジどもはアジアで得た教訓から、荒っぽい衛生処置を講ずるかもしれんぞ」彼は答えた。その考えがぼくをあまり驚かせたので、彼のつぎの言葉を危うく聞き洩らすところだった。「いや、サム、おまえはもっといい計画を出してくれなければならん」

「ぼくがですか？　ぼくは一介の捜査官（エージェント）じゃないですか」

「きのうまではそうだった。だがこれからはおまえがこの仕事の責任者になったのだ」

「ええ？　あなたはいったい何をいってるんですか。ぼくはなんの責任者でもない――そんなものになるのはごめんです。ボスはあなただ」

おやじ（オールドマン）はかぶりを振った。「ボスというのはボスのなすべきことをする人間のことだ。肩書きも階級もあとからくる。たとえばおまえはオールドフィールドがわしのかわりのできる男だと思うか？」

　ぼくは首を振った。父の機関長代理（チーフ）は副長タイプで、命令を行なわせる人間ではあっても、命令を考えだす人間ではない。「わしはおまえを一度も昇進させなかった」とおやじ（オールドマン）はつづけた。「それはおまえが、その時がくれば自ら昇進を獲得する人間だと思っていたからだ。ついにおまえはやってのけた――一つの重要な問題について、わしの判断を押しのけ、おまえの意見をわしに押しつけ、しかもその結果によってその正当性を証明したのだ」

「そんな、くだらない！　ぼくはただ猪突猛進して一つの結果を得ただけです。あなたがたお偉がたは、自分の持っていた一番の、しかもほんものの金星の専門家の意見をたたいてみるのにうっかり気づいていなかったんです――つまり、メアリにね。でもぼくは、何かを発見できると思ってたわけじゃないんだ。運がよかっただけなんです」

彼はまたかぶりを振った。「わしは運は信じない。運とは、天才の業績を説明するために二流の連中の与えた名称なのだ」

ぼくは両手を彼のデスクに置き、彼のほうに身をかがめた。「わかりました、それじゃぼくが天才だということにしておきましょう――しかし、いっておくが、その手には引っかかりませんよ。これが終ったら、メアリとぼくとは山の中に入って仔猫と子供を育てるんだ。変人捜査官たちのボスなんかになる気はありませんからね」

彼は優しい笑顔になった。

ぼくはつづけた。「ぼくはあなたの椅子なんかほしくないといったのです。わかってくれましたね？」

「それは、悪魔が神の地位にとってかわったとき、神にむかっていった言葉だ。そうむきになるなよ、サム。肩書きは当分わしが持つ。ところで、何かよいプランはあるかな？」

31

いちばん具合のわるいのは、おやじ（オールドマン）が本気であることだった。ぼくは哀れっぽく持ちかけてみたが、この手も効かなかった。その午後、首脳会議が開かれた。ぼくも通知を受けていたが出席しなかった。するとまもなく、丁寧な物腰の小柄な婦人兵がやってきて、司令官がお待ちしているからすぐにおいで願えないかといった。

そこでぼくは出かけたが——討論にはなるべく入らないようにした。だが、父はこうした会議をうまく運んでいく腕を持っていて、議長席についていなくても、彼が意見を聞きたい人物をさも期待しているようにじっと見ることによって目的を果してしまう。これは非常に巧妙なやり口で——会議は彼にリードされていることにさえ気づかないのだ。

だがぼくにはわかっていた。みんなの目が自分の上に注がれているときは、黙っているより意見を述べたほうがずっと楽なものだ。とくに、意見を持っているときはそうである。

会議室には、九日熱（ナインディ・フィーバー）を使用するのがとうてい不可能だという唸りとも呻きともつかぬ意見がみちていた。かりにそれがナメクジを殺すことを認めても——なにしろあれは二つに断ち切ってもまだ生きている金星人をすら殺すのだから——ましてや人間にとっては絶対確実に致命的だ——ほとんどすべての人間にとってはだ——彼はその中を生き抜いた女性と結婚しているが——ほかの大多数にとっては死刑同然なのだ。感染後七日から十日で一巻の終りなのである。

「なんでしょう、ニヴェンズさん？」とぼくに呼びかけたのは司令官だった。ぼくは何もいっていなかった——が、父の目がぼくに注がれて発言を待っていた。

「今日の会議では、絶望的な意見が数多く発言されたように思います」とぼくははじめた。「また、多くの仮定に基づいた意見も述べられました。しかしその仮定はかならずしも正しくはありません」

「なるほど？」

ぼくは何一つ例証を持ち合わさなかった。衝動にまかせて話していたのだ。「さてここでは、九日熱（ナインディ・フィーバー）という言葉がひっきりなしに使われています。それはあたかも九日ということが絶対的事実であるかのようにです。だがそうではありません」

お偉がたの将軍が、じれたように肩をすくめた。「それはもちろん、便宜的な名称ですよ——平均九日だという意味だ」

「そのとおりだ。しかしどうしてそれが、ナメクジの場合も九日間つづくとお考えなのです？」

ぼくの言葉のまきおこしたざわざわという呟きによって、ぼくはまたしても大当り（ジャックポット）を当てたのを知った。

ぼくは、なぜこの熱病がナメクジの場合つづく日数がちがうと思うのか、またそれがどういうふうに問題なのか説明してくれ、といわれた。ぼくは敢然と前進した。「最初の例題ですが、われわれの知るただ一つのケースにおいて、ナメクジは九日より少ない日数で――はるかに少ない日数で死んでいます。わたしの妻の記録をご覧になったかたがたは――たしかここにいられるほとんどのかたがたがご覧と思いますが――彼女にとりついていた寄生虫が、明らかに、八日めの危機のはるか以前に彼女を離れたことに……おそらくは落ちて死んだことにお気づきでしょう。もし実験の結果これが確かめられれば、問題は一変します。九日熱（ナインディ・フィーバー）にかかった人間は、ナメクジから、おそらく四、五日――かりに四日としましょう――のうちに解放されます。ということは、あとの五日のあいだにその男を抑えて処置を施せばいいことになるのです」

将軍がひゅうと口笛を吹き鳴らした。「これはまた大変な英雄的解決法ですな、ニヴェンズさん。どうやってその男を治療しようというのかね？　だいいち、どうして抑えようというのかね？　わしのいいたいのは、つまり、かりに赤色地域にその伝染病を植えつけたとして、いったい、その地域の五千万人からの人間を死んでいく前に見つけて治療してやるにはどうしたらいいのかな。おそろしく早い行動が必要となるな――しかも、頑強な抵抗も当然予想されるのにだ」

ぼくはこの難題（ホット・ポテト）をすぐ投げ返した――そして、いかに多くのいわゆる専門家が、他人に責任をなすりつけることによって名を成しているかに一驚した。「第二の問題は兵站術的かつ戦術的問題——つまりあなたの問題だ。第一の問題については、こちらにあなたの専門家がいますよ」ぼくはヘイゼルハースト博士を指さした。

ヘイゼルハーストは赤くなったり青くなったりした。彼の気持はよくわかった。準備が不充分だ……もっと調査研究の必要がある……実験が必要だ……彼は、むかしは抗毒素の研究が行なわれていたが、その後、免疫ワクチンが非常に効果的であることがわかったため、その抗毒素が完成されたかどうかよく知らない、といった。彼はへどもどしながらも、要するに金星の疾病についての研究は、いまだに初期段階である、と結論した。

将軍が遮った。「その抗毒素のことだが——どれくらいで現状がわかるのか?」

ヘイゼルハーストは、ソルボンヌ大学のある男に電話をかけて聞いてみたい、といった。

「それならそうしなさい」司令官がいった。「席を立ってよろしい」

ヘイゼルハーストはあくる朝、朝食まえにぼくらの部屋の外で騒々しくさわぎたてた。ぼくは通路に出て彼を迎えた。「起こして申し訳ない」と彼はいった。「しかし、抗毒素のことは、あなたのいわれたとおりだった」

「というと?」

「パリから、すぐ少量送ってくれましたよ。もう着く頃です。今でも活性があってくれるといいんだが」

「もしなかったら?」

「こっちにも作る方法はあります。なきゃなりませんよ、もちろん。この途方もない計画が使われることになりゃ……何百万単位も必要ですからね」

「わざわざ知らせてくれてありがとう」ぼくがいって、部屋に戻ろうとすると、彼が呼びとめた。

「ニヴェンズさん、じつは、媒介者のことですが……」

「媒介者?」

「病菌の媒介者です。ねずみやはつかねずみや、そんなものを使うわけにはいかない。金星でこの熱病が何で伝播されるか知っていますか? ちいさな羽のある輪虫の一種です。金星の昆虫ですね。しかし、こっちにはそんなものはないし……しかも、こいつが、この熱病の唯一の伝播者なんです」

「つまり、もしあなたがぼくに伝染させようと思っても、その手段がないという意味ですか?」

「ああ、それは、もちろん、注射ならできます。しかし、百万人のパラシュート部隊が赤色地域に降下して、寄生虫にたかられた住民たちに、注射をうつまでじっとしててくれと頼むというわけにはいかんと思うんですよ……」彼は両手を処置なしという思い入れで拡げてみせた。

頭のなかで、何かがゆっくりと回転をはじめていた。百万の兵士、一回の降下……「なぜぼくに訊くんです?」とぼくはいった。

「それは医学の問題だ」

「ああ、それはもちろんです。ただわたしは……その、あなたがすでに……はっきりした考えをですな……」彼は言葉をやすめた。

「ありがとう」ぼくの心は、一度に二つの問題と取り組んで交通整理に苦しんでいた。赤色地域には何人ぐらいの人口があるんだろう？　「まずこのことをはっきりさせてください。かりにあなたが熱病にかかっているとして、ぼくはあなたからは熱病をうつされないんですか？」降下は医者ではだめだ。だいいち、そんなに数が揃わない。

「容易にはうつりませんね。ウイルスをほんのすこし取ってあなたの咽喉に移植すれば伝染はするでしょう。わたしの血管から微量を取ってあなたに輸血すれば、これは確実にうつります」

「つまり直接伝染というわけですね？」空挺部隊の一単位は何人だろう。二十人かな？　三十人かな？　もっと多いのかな？　「もしそうだとすれば、何も問題はありませんよ」

「はあ？」

「ナメクジが、最近会わなかったものと出会ったときに最初にやることはなんですか？」

「接合(コンジュゲーション)だ！」

「直接協議とぼくはいってますが……そんな言葉の問題はどうでもいい。これが、病気を伝染させるとは思いませんか？」

「思うですって？　絶対です！　この研究所で、接合のときに、生きた蛋白質の交換のあることがすでに実験で証明されているんです。彼らはその転位から逃れることは絶対できない。

となれば、ナメクジの全集団に、あたかも一個の個体のように伝染させることができるのだ……いったい、なぜわたしはこれに気がつかなかったんだろう？」

「早飲みこみはしないでください。ぼくはこれでいけるかどうか心配だ」

「いけますとも！　ぜったいいける！」彼は出かけようとして、また立ちどまった。「ニヴェンズさん、ひとつ、我儘を聞いていただけたら……もちろんこれは、あまり身勝手と申すものではありますが……」

「なんですか。お話しなさい」ぼくはもう一つの問題を最後まで考えてしまおうと気がせいていた。

「じつはですな、もしよろしければ、この病菌伝播法を、わたしから発表するのを許していただけないかということなのです。もちろん功績は残らずあなたのものにします。しかし将軍があまりにこれに期待をかけていますし、これを入れさせていただければわたしの報告も完璧なものになるのです」彼があまりに一生懸命なので、ぼくはもうすこしで笑いだすところだった。

「それはちっともかまいませんよ。あなたの領分ですからね」

「ありがたい！　かならずご恩返しはします」彼は嬉しそうに出ていった。ぼくも気持がよかった。ぼくはだんだん〝天才〟であることが好きになりかかっていた。

ぼくは大降下作戦の全般を頭の中に描こうとしたが、それをやめて、部屋に入っていった。メアリが目をあけて、あのえもいわれない微笑をぼくに送ってよこした。ぼくは手をのばして彼女の髪を撫でた。「どうだね、赤毛のべっぴんさん。きみは、きみのだんなが天才だということを知ってるかい？」

「ええ」

「ほんとか？　そんなことといったためしがないじゃないか」

「だってあなたは訊かなかったもの」

ヘイゼルハーストはそれを〝ニヴェンズ媒体（ヴェクター）〟と呼んだ。やがてぼくが説明を求められた。そのときはもう父がぼくのほうを見やっていた。

「わたしもヘイゼルハースト博士と同意見です」とぼくははじめた。「これは実験による実証によっても明らかです。しかしながら博士は、医学的というよりは戦術的問題を、ここに討議すべく残しておられます。タイミングについてきわめて慎重に考慮した結果――いや、決定的考慮の結果といいましょう――」このスピーチの冒頭の部分は、ためらって見せるところにいたるまで、朝食のとき考えたのだ。ありがたいことにメアリは朝食のときお喋りをする習慣を持っていなかった。「――多くの拠点からの病菌伝播が必要であります。もしわれわれが、赤色地域住民の文字どおり百パーセントを救おうとするならば、すべての寄生虫をほとんど同時に感染させる必要があり、こうすることによって救助隊は、ナメクジがもはや危険でなくなったのち、しかも宿主（ホスト）が抗毒素の救いうる線を越える前に、赤色地域に入ることができるのです。この問題は数学的分析にもとづくもので――」おいサム、とぼくは腹の中でいった。——おまえはひどいほら吹きだぞ。おまえには電子計算機を使って二十年汗を流したってこの問題は解けっこない。「これは、軍の分析班の手に委ねるべき仕事であります。しかしながら、ここに要点のみを述べてみましょう。媒体の原点数をXとし、救助隊の人員をYとします。ここに、無限に多数の同時的解答が生じてくる——これはもちろん兵站術的要因にもとづく最適条件があった場合であります。厳密な数学的処置にさきだって——」ぼくは計算尺を使って大骨を折ったのだが、そのことには言及しなかった——「また、彼らの習慣についての、わたくし自身の不幸にしてあまりにも親密なる知識にもとづいていうならば、わたくしの計算は——」

ピン一本落ちても聞こえたろう——もしその素っ裸の集団のなかに、ピンを持ったものがいたならば。将軍も一度、ぼくがXを過小に計算しすぎていると口を挟んだだけだった。

「ニヴェンズさん、病菌伝播のための志願者ならば、必要なだけ確保することを約束しますぞ」

ぼくはかぶりを振った。「志願者を採ってはいけません、将軍」

「反対する気持はわかる。熱病は志願者の身体に発病するに十分な余裕を持ってうつされねばならないし、そのタイミングが非常に限定されているのだから。しかし、そのへんはなんとかできると思う。たとえば抗毒素をゼラチン・カプセルに入れて皮下に埋めこんでおくとかなんとか、そんな方法が。それは、なにかよい方法を考えだせるだろう」

ぼくもそれはできるだろうと思った。だがぼくの反対の本当の理由は、人間の精神をナメクジに支配させるということに対する根深い嫌悪の感情だったのだ。「いえ、人間の志願者を使ってはいけないのです、将軍。ナメクジは宿主(ホスト)の知っていることは残らず知ってしまいます。そうすると、彼は直接協議をやらなくなる。口で、言葉で、仲間に警告することになります。そこで、動物を使うことを提案します。猿でも犬でもナメクジを載せることができて口のきけないものならなんでもよろしい。しかも、ナメクジが、これは病気だと気がつく前に全部に感染させられるほどの量が手に入るものがいいわけです」

ぼくは、最後の降下作戦〈慈悲計画(スケジュール・マーシー)〉について、ぼくの考えたとおりにさっと説明してみせた。「最初の降下作戦〈熱病計画(スケジュール・フィーバー)〉は、第二の降下作戦用に十分の抗毒素が生産できると同時にはじめられます。それから一週間以内にこの大陸には一匹のナメクジも生きながらえてはいないでしょう」

実際に拍手こそ起こらなかったが、空気には感じられた。将軍はレクストン空軍元帥を訪ねるためいそいで出ていったが、あとで副官をよこして、ぼくを昼食に招待した。ぼくは、妻といっしょならば喜んで招待に応ずる旨を答えた。

父は会議室の外でぼくを待っていた。「どうでした、ぼくの出来は?」とぼくはきいた。さりげなく装ってはいたものの、真剣に父の批評が聞きたかったのだ。

彼はかぶりを振った。「サム、おまえは連中を唸らせた。わしはおまえを立体テレビに二十六週ほど契約させようかと思うよ」

ぼくは喜びをあらわすまいと努めた。ぼくは全篇を通じてただの一度もひっかからずにやりとおした。生まれ変ったような気持だった。

32

かつて国立動物園でぼくの肺腑をしぼった類人猿のサタンは、ナメクジから解放されたとたんに、もとの評判どおりの根性悪に戻っていた。父はニヴェンズ＝ヘイゼルハースト理論のテスト・ケースを志願していたが、ぼくは断乎反対して、サタンに短いクジを引かせた。ぼくが父を退けたのは、息子としての愛情でもなかったし、新フロイト派のアンチテーゼでもなかった。ぼくは父とナメクジの結合を恐れたのである。たとえ実験であるにしろ、父を敵側にまわしたくはなかった。あの抜け目のない、巧妙な知能を敵にするなんてとんでもない！　ナメクジに支配されたことのないものには、宿主（ホスト）がもとのあらゆる能力を持ったまま完全に敵側にまわるということが理解できないのだ。

そこでわれわれはこの実験に猿を使うことにした。猿は国立動物園のものばかりでなく半ダースほどの他の動物園やサーカスからも集められた。

サタンは十二日の水曜日に九日熱病菌（ナインデイ・フィーバー）を注射された。金曜日には熱病は本物になった。もう一匹のナメクジ・チンパンジーが同じ檻に入れられた。ナメクジはただちに直接協議を行なったが、その後二匹めの猿は別の檻に移された。

十六日の日曜日サタンの支配者は縮みあがって落ちた。サタンはすぐに抗毒素を注射された。月曜日の夕方、もう一匹の猿のナメクジが死に、その猿も抗毒素処置を受けた。

十九日の水曜日までに、サタンは、すこしやつれてはいたがすっかり元気になった。二匹めのフォントルロイ卿は恢復しつつあった。お祝いにぼくはサタンにバナナをやった。サタンはバナナといっしょにぼくの左の人指し指の第一関節まで喰いちぎった。治療する暇もないぼくにはつらかったが、これは突発事故ではなかった。この猿が性悪なのはわかっていたからである。

だが、こんなちいさな傷など問題ではなかった。繃帯をしてもらうと、ぼくはメアリを探しにいったが見つからないまま食堂に行った。とにかく誰かと乾杯しなければいられない気分だったのだ。

食堂は空っぽだった。研究所じゅうの人間が、熱病計画（スケジュール・フィーバー）と慈悲計画（スケジュール・マーシー）を目標にして働いていたのだ。大統領命令で、ありとあらゆる準備がこのスモーキイ山脈中の研究所一つのなかで行なわれることになったのだ。媒体となる猿およそ二百匹もここにいた。培養基も抗毒素もここで〝料理〟されていた。血清をつくるための馬も地下のハンドボール・コートの中に入れられていた。

慈悲計画用の百万の人員はここにはいられなかったが、降下直前に通告されるまでは、何も知らされないことになっていた。その時が来ると、各員は熱線銃と抗毒素注射器をつけた負い革を渡されることになっていた。パラシュート降下の経験のないものは、必要とあれば、でか足の軍曹が蹴りだしてやるのだ。秘密を保つためにあらゆる手がうたれていた。この作戦が万が一にも失敗するとすれば、裏切者かあるいはなんらかの他の方法でタイタン生物どもにわれわれの計画が洩れた場合しか考えられなかった。古来、あまりに多くの大計画が、どこかの馬鹿が女房に洩らしたために失敗しているのだ。

秘密保持が失敗すれば、媒体の猿はタイタン生物占領地域に現われたとたんに見つけしだい射殺されてしまう。こんな心配にもかかわらず、ぼくは一杯の酒を前にして寛ぎと幸福感と——そして秘密は洩れないだろうという確信を抱いていた。交通は〝降下日(ドロップ・デイ)〟まで入所者だけにかぎったし、外界への通信はすべてケリー大佐が厳重に検閲し監視することになっていた。

外部での機密漏洩についても、その機会はほとんどなかった。将軍と父とギプシイ大佐とぼくは先週ホワイト・ハウスへ行ってきた。そこで父は一場の好戦的かつ激越な大芝居を演じ、それに乗じてこちらの欲しいものを全部手に入れてしまった。最後にはマーチネス国防長官にまで秘密にされることになった。大統領とレクストンがもうあと一週間だけ寝言で喋りでもしないかぎり、失敗はありえないはずだった。

一週間はけっして短かすぎはしなかった。赤色地域は拡大しつつあった。パス・クリスチャンの戦闘以来、ナメクジどもは進出して、すでにペンサコラまでのメキシコ湾岸を確保していた。さらに来たるべきものの来る兆候さえあった。おそらく、われわれの抵抗にしびれをきらしたのだろう、ナメクジたちは、われわれが確保している都市に対して原爆を投下し原料の消去をはかるかもしれないのだった。そんなことになれば……レーダー網は防御システムに警報を発することはできる。しかし、大規模な攻撃を喰いとめることはできないのだ。だがぼくは取越し苦労はやめにした。もうあと一週間……。

ケリー大佐が入ってきて隣りに腰をおろした。「一杯どうです」とぼくがすすめた。「お祝いをしたい気分なんです」

彼は前にせりだしたビール腹をじっと見てからいった。「もう一杯ビールを飲んでも、それほどでっぱらんだろう」

「二杯お飲みなさい。一ダースでもいい」ぼくはダイヤルして、猿の実験が成功したことを話した。

彼は頷いた。「うん、聞いていた。いいニュースだ」

「いいニュースだとは情けない！　大佐、われわれはもうゴール一ヤード前にいるんですよ。あと一週間で勝てるんだ」

「それで？」

「しっかりしてくださいよ！」とぼくはいらだっていった。「そうすれば、あなたも、ちゃんと服を着て、あたりまえの生活に戻れるんですよ。それとも大佐は、われわれの計画がうまくいかないと思っているんですか？」

「いや、かならずうまくいくと思っている」

「それならなんで浮かない顔をしているんですか？」

「ニヴェンズさん」と彼はいった。「あんたはわたしのようなビール腹の男が、服も着ないで歩きまわるのを楽しんでいるとでも思いますか？」

「そんなことはないでしょうね。ぼく自身はこの習慣を棄てるのは残念だけど。時間の節約になるし、だいいち気持がいい」

「それなら心配はいらない。これは永久的な変化になる」

「なんですって？　わからないことをいいますね。あなたは、われわれの計画がうまくいくだろうといいながら、まるで〈日光浴計画(スケジュール・サンタン)〉が永遠につづくような話しぶりじゃありませんか」

「修正されたかたちでつづきますよ」

「というと？　どうも今日は頭が働かない」

彼はもう一杯ビールをダイヤルした。「ニヴェンズさん、わたしはべつに、軍用地が素っ裸のヌーディスト・キャンプになるだろうなどと考えているわけじゃない。だが、こういう経験をしたあとでは、われわれが、完全にもとの状態に戻るとは思えないのです。いや戻れないのだ。パンドラの箱は一度ひらいたらしまらない。もはやあらゆる人間が――」

「それは認めます」とぼくは答えた。「物事はけっして完全にもとのままの状態に戻ることはない。でもあなたのはすこし大袈裟すぎる。大統領が〈日光浴計画(スケジュール・サンタン)〉の廃棄を宣言したら、窮屈な法律がまた効力を持って、パンツをはかない男はやっぱり逮捕されるようになりますよ」

「そうはならんほうがいい」

「ええ？　はっきりしてくださいよ」

「わたしには、しごくはっきりしていますよ、ニヴェンズさん。ナメクジが一匹でも存在する可能性があるかぎり、育ちのいい人間は、もし要請されれば、喜んで裸になってみせようとするにちがいない——でなければ、射殺される危険をおかすかだ。今週か来週かのことじゃない、今から二十年、百年先のことをいっているんです。いや、いや……」彼はつづけた。「わたしはあなたの計画にケチをつけているのではない——しかし、あなたはあまり忙しすぎて、あれが厳密にいって局地的で一時的なものだということに気づかないんだ。たとえば、あなたは、アマゾンのジャングルを一本一本あらいあげる計画を立てましたか？」

ケリー大佐はまた言葉を継いだ。「これは言葉の遊びだが、この地球には、六千万平方マイルの大地がある。この全域を、ナメクジ探しをして歩くわけにはいかない。まったくの話、人類はまだねずみさえ退治しきれないじゃありませんか。しかも、ずいぶん長いこと取り組んできているのに」

「希望はない、というつもりなんですか？」ぼくは問いつめた。

「希望がない？　そんなことといいませんよ。もう一杯のみましょう。わたしはただ、われわれは、この恐怖と共存することを学ばなければならないだろう、といいたかったのだ。かつてわれわれが原爆とともに生きるのを学んだように」

33

われわれはホワイト・ハウスのおなじ部屋に集った。それがふと、ぼくに、何週間も前の大統領の教書が出たあとの夜のことを思いださせた。おやじ(オールドマン)とメアリ、レクストンとマーチネスがいた。それに、研究所の将軍、ヘイゼルハースト、ギプシイ大佐もいた。われわれの目はいまも一方の壁にかかげてある大地図の上にそそがれていた。〈熱病計画(スケジュール・フィーバー)〉の降下後四日半たっていた。が、ミシシッピー流域は、いまだにルビー色の電球に輝いていた。

ぼくはしだいに焦りを感じはじめていた。けれども降下は明らかな成功で、味方は三台しか失わなかったし、方程式によれば、直接協議の範囲内にあるあらゆるナメクジは、三日前にことごとく伝染しているはずだった——いや二十三パーセントも重複しているはずだったのだ。作戦はコンピューターによって、最初の十二時間以内に、都市部において、ナメクジどもの八十パーセントを感染させるように計算されていた。

もし、この計算が正しければ、ナメクジどもは、かつて世界じゅうの蠅どもが死滅したときよりも、もっと早く死にはじめるはずであった。

ぼくはじっと坐っていようと努めながら、思った——このルビー色の電球は、二、三百万の瀕死のナメクジを表わしているのか——それとも、たんに二百匹の死んだ猿をしめしているのか……？　もしかすると、誰かが小数点を一つ飛ばしたか、それとも喋って秘密を洩らしたか、またはわれわれの推理に、もともと、見つけるにはあまりに大きな誤りでもあったのだろうか……？

とつぜん電球の一つが瞬いて緑になった。みんなが、はっと坐りなおした。立体テレビだから、画像なしの音声だけが流れはじめた。「こちらリトル・ロック、ディキシー・テレビ局です」ひどく疲れたような南部なまりの声がした。「われわれは緊急に救援を必要としています。どなたでもこの放送を聞かれたかたは、このメッセージを伝えてください。アーカンソー州のリトル・ロック一帯は恐るべき伝染病に襲われています。赤十字に連絡してください。われわれは恐るべき伝染病に——」声は、アナウンサーの気力が尽きたのか、それとも電波が衰えたのか、そのまま流れるように消えていった。

ぼくは息をするのを思いだした。メアリに手をかるく叩かれてぼくは椅子の背によりかかり、はじめて意識的にくつろいだ。たんなる嬉しさというには、あまりに大きな歓喜だった。そうして眺めれば、緑のライトはいまやリトル・ロックだけではなくなり、はるか西のオクラホマあたりにも点いていた。また二つの電球が瞬いて緑に変った。一つはネブラスカで、もう一つはカナダとの国境の北だった。また声が聞こえてきた。鼻にかかったニュー・イングランドなまりの声だった。ニュー・イングランドの男が、どうして赤色地域に入ったのだろうとぼくは思った。

「ちょっと選挙の夜に似ていますな」とマーチネス国防長官が熱っぽい声でいった。

「ちょっとね」と大統領が相槌をうった。「だが、ふつうなら旧メキシコ領からは反応はないがね」彼は地図を指さした。緑のライトがチワワあたりに点いていた。

「まったくそのとおりだ。つまり、政府はこれがすんだら片づけなければならん問題をいくらかかかえこむことになりますな」

大統領が答えなかったので彼も口を閉じた。ぼくはほっとした。大統領は、何かひとりごとをいっているようだったが、ぼくが注目しているのに気がつくと、ふっと微笑して口にだしていった。

大きなのみには小さなのみが
背中に乗ってる、咬んでいる
小さなのみの背中には
もっと小さなのみが、際限(きり)もなく

ぼくは儀礼的に微笑を返したが、事情が事情だけに、この歌の意味は気味が悪すぎた。大統領は目をそらしていった。「だれか夕食をたべないかね。わたしは腹がすいてきた。この何日かでひさしぶりだ」

つぎの日の午後おそくまで、地図には赤より緑のライトが多くなってきた。レクストンは新たに二つの表示器をニュー・ペンタゴンの戦闘指揮所に設けさせた。一つは作戦完了区域のパーセンテージをしめし、つづく大降下作戦の複雑な準備のデータを提供するもので、もう一つは降下の予定時間を示すものだった。こっちの数字は時々刻々と変化した。過去二時間以内には、東部時間の十七時四十三分あたりを上下していた。

レクストンが立ちあがった。「わたしは降下を十七時四十五分に決定します」と彼はいった。「大統領閣下、失礼してよろしいですか」

「行ってください」

レクストンはおやじ（オールドマン）とぼくのほうを向いた。「もしわがドン・キホーテがまだ行く決心を変えないならば、そろそろ時間です」

ぼくは立ちあがった。「メアリ、待っていてくれ」

「どこで？」と彼女が訊いた。この問題はすでに片がついていた――ただし、あまり平和的にではなくだった。いうまでもなく彼女も行くつもりだったからである。

大統領が口を挟んだ。「ニヴェンズ夫人にはここにいてもらうことにしよう。けっきょく彼女は家族の一員なのだから」

「ありがとうございます」

ギプシイ大佐は、ひどく奇妙な顔をした。

二時間後、われわれは目標上空に進入し跳躍ドアが開いた。おやじ（オールドマン）とぼくとは列の最後についた。実際に動く連中の最後から行くのだ。両手が汗ばみ、むかし芝居で味わった、開幕前のいやな気分が甦ってきた。ぼくはおそろしくこわかった——どうしても、空中に跳びだすのが好きになれなかったのだ。

34

左手に熱線銃、右手に抗毒素注射器をかまえて、ぼくは割り当ての区域の家を一軒ごとに調べていった。ジェファースン・シティの旧市街で、ほとんどスラム街といってよく、五十年前に建てられたアパートばかりだった。ぼくはすでに二ダースほど注射して歩いたが、州庁でみんなと集まるまでにはあと三ダースも注射しなければならないのだ。ぼくはすっかり嫌気がさしていた。

なんのために来たかは知っていた――たんなる好奇心ではなかった。やつらが全滅するところをこの目で見たかったからだ！　やつらが死ぬところを眺め、自らも殺したかった。その他のあらゆる欲望を超越した、つかれた憎悪がそれをさせたのだ。だがやつらの死んだのを見たいまとなっては、もうこれ以上はたくさんだった。ぼくは家に帰り、シャワーをあび、何もかも忘れてしまいたかった。

つらい仕事ではなかったが、単調で吐気を催すようないやな仕事だった。それまで、生きたナメクジには一匹もお目にかからなかった、だが死んだやつはおびただしく見た。こっそり逃げていこうとした犬を一匹見つけて、こぶつきと思って焼き殺したが、暗かったので確かなことはわからなかった。降下を敢行したのは日没ちょっと前で、いまはもうほとんどまっくらだった。

ぼくはそのときいたアパートの調査を終えて、確かめるため叫んでから通りへ出た。通りにはほとんど人影もなかった。全住民が熱病にかかっていたので、街頭で見かける人間はいくらもいなかった。唯一の例外は、うつろな目をして、ふらふらしながらこっちへやってくる一人の男だった。ぼくは怒鳴った。「おい！」

男は立ちどまった。ぼくはいった。「きみが治るのに必要な注射をする。腕を出せ」

男はよわよわしくぼくに打ってかかってきた。ぼくが気をつけてなぐると、男はうつぶせに倒れた。背中にはナメクジの載っていた痕の赤あざがあった。ぼくは腎臓の上のいくらかきれいで健康な肌をつまみ、注射器を刺しこんで、入ったところで先をまげて折った。注射はガス容器になっていた。これ以上のことをする必要はなかった。

つぎの建物の一階には七人いた。そのほとんどがひどく衰弱していたので、ぼくは何もいわず注射だけして急いで去った。面倒は何もなかった。二階も一階と同じようなものだった。三階には空き部屋が三つあっただけだった。そのうちの一つには、入るのに鍵を焼き切らなければならなかった。四階には人がいた――いたというのは言葉の綾で、じつはキッチンの床に頭を割られて死んでいる女の死体があったのだ。ナメクジはまだ肩に載っていたが、ただそこにいるというだけで、すでに死んでいた。ぼくはいそいでそこを出ると周囲を見まわした。

浴室の中の、旧式な浴槽の中に、中年の男がいた。頭はがっくり胸の上に垂れ、手首の動脈が開かれていた。死んでいると思ったが、男は顔をあげてぼくを見た。「遅すぎたよ」と彼はにぶい声でいった。「女房を殺したんだ」

早すぎたんだとぼくは心に思った。浴槽の底の様子と男の灰色の顔から判断して、もう五分もあとに来ればよかったのだ。ぼくは男を見、注射をむだにするべきかどうかと迷った。

男がまた口を開いた。「わたしの娘が……」

「娘さんがいるのか？」とぼくは大声でいった。「どこだ？」

目がきらりと光ったが、もう何もいわなかった。頭はまた前に垂れていた。ぼくは男に叫びかけた。そして顎の線から拇指で首筋を押さえてみたが脈はなかった。

娘はベッドにいた。八つか九つの女の子で病気がなおればきれいになるだろうと思った。彼女は立ちあがり、泣きながらぼくを、「パパ」と呼んだ。「よし、よし」とぼくはなだめるようにいった。「パパが世話をみてやるからな」娘の脚に注射をしたが、たぶん気もつかなかったろう。

ぼくが行こうとすると、女の子がまた呼んだ。「咽喉がかわいたの。お水がほしい」ぼくは浴室に戻っていかなければならなかった。

水を飲ませているとき、ぼくの電話がするどく鳴ったので、すこしこぼしてしまった。

「サム！　聞こえるか？」

ぼくはベルトに手をのばして電話をとった。「聞こえます。どうしたんです？」

「わしはおまえのすぐ北にあるちいさな公園にいる。弱ってるんだ」

「すぐ行きます！」ぼくはコップを置いて立ち去ろうとしたが、ためらいを感じて振りかえった。このできたての友人を、あの部屋この部屋に両親の死んでいる家にひとり残して行くことはとてもできなかった。ぼくは女の子を抱きあげて、二階へ降りた。最初のドアをあけて中へ入り、ソファに寝かせた。そこには人がいたが、病気がひどくて、彼女にかまってはいられそうもなかった。しかし、それしかぼくにはできなかった。

「いそいでくれ、サム！」

「行くところです！」ぼくは外へ走り出て、もうお喋りにはよけいなエネルギーを使わず、スピードをあげた。父の受持区域はぼくの区域のすぐ北に並行していて、ちっぽけな下町の公園に面していた。そのブロックについたとき、はじめ父の姿が見つからず通りすぎかけた。

「ここだ、サム、こっちだ、車のところだ」こんどの声は電話と肉声と両方で聞こえた。振りかえるとその車が見つかった。大型のキャデラックの両用車で、機関（セクション）が使うやつによく似ていた。だれかが中にいたが、暗すぎて見えなかった。用心しいしい近づくと、「ありがたい！　待ちくたびれたぞ」という声がして父だとわかった。

ぼくは乗りこもうと身をかがめた——そのとき、彼が、ぼくをなぐった。

意識をとりもどしたときは両手両脚をしばりあげられていた。ぼくは副操縦士の座席に坐らされ、おやじ（オールドマン）は正操縦士席で操縦していた。ぼくのほうの操縦桿はロックされて使えないようになっている。車が飛行しているのに気がついて、ぼくはすっかり正気にもどった。

彼がぼくのほうを向いて、上機嫌な声で話しかけた。「よくなったか？」彼のナメクジがよく見えた。肩に、高々と載っていた。

「いくらかはね」とぼくは答えた。

「なぐって悪かった」彼はつづけた。「しかしああするしかなかったのでな」

「そうでしょうな」

「当分しばったままにしておかなければならんが、あとでもっといい取り決め(アレンジメント)をするとしよう」彼はにっと笑った。あの悪魔的な笑いだった。ナメクジのいう一語一語に、彼自身の性格が出ていることは、驚くべきものだった。

ぼくは〝もっといい取り決め(アレンジメント)〟とは何かと聞かなかった。知りたくなかった。ぼくは腕の縄目を調べることに神経を集中した——が、おやじ(オールドマン)は、ことさら慎重な仕事をしたらしかった。

「どこへ行くんです？」とぼくは訊いた。

「南だ」彼は操縦桿をいじった。「はるか南だ。こいつを軌道に乗せるまで待ってくれ。そうしたらこれからのことを説明してやろう」数秒間せわしく手を動かしていたが、やがていった。「よし——これで三万フィートまでのぼってあとは水平飛行になる」

そんな高々度を飛ぶと聞いてぼくは車の操縦装置を見やった。この両用車は機関の車にただ似ていただけではない——実際にわれわれの使う特製の高性能車だったのだ。「どこでこの車を手にいれたんです？」

「機関がジェファースン・シティに隠しておいたのだ。見にいったら、誰にも見つからずにあったじゃないか。運がよかったろうが？」

もうひとつの見方もあると思ったが、議論はやめにした。ぼくはまだその可能性をためしていた――それはあるかなきかの間にあった。ぼくの銃はなくなっていた。彼のは、ぼくと反対の側に持っているらしく、こっちからは見えなかった。

「だが、一番の幸運はそれだけではない」とおやじ（オールドマン）はつづけた。「わしが、おそらくジェファースン・シティでただ一体の健康な支配者（マスター）に捕えられたということだ――もっとも、運など、わしは信じはしないが、とにかく、最後にはかならずわれわれが勝つのだ」彼はくすくすと笑い声をたてた。「こいつはまるで、非常にむずかしいチェスの勝負を、自分一人でやってるようなものだな」

「どこへ行くか、まだ話してくれませんね」とぼくは粘った。何をしようにも身動きひとつできないぼくとしては、喋るのだけがただひとつの行動だったのだ。

彼は考える様子だった。「アメリカを去ることは確かだ。わしの支配者（マスター）は北アメリカ大陸全体で九日熱（ナインディ・フィーバー）にやられなかった唯一の生き残りだから、危険をおかすわけにはいかん。わしはユカタン半島がいちばんいいと踏んだ……だからいまそっちへ向かっているのだ。そこを根拠地として数を増やしさらに南へ下る。そして戻ってくるときは――おう、かならず戻ってくるとも！　そのときは、二度と同じ過ちはおかさない」

「父さん、この縄をとってくれないか。血液の循環がとまりかけてるんだ。信用できることはわかっているでしょう」

「もうすぐだ、もうすぐだ――もうすぐその時がくる。完全自動になるまで待て」車はなおも上昇をつづけていた。高性能であろうがなかろうが、もともと家族用に開発した車で三万フィートのぼるのはかなりの道程だった。

「ぼくが、長いこと支配者(マスター)といっしょに暮したのを忘れてるらしいな。事情はわかってるんです。誓ってもいいですよ」

彼は苦笑した。「お祖母ちゃんに羊の盗みかたを教えるな、だぞ。いまおまえの縄をほどけば、おまえがわしを殺すか、わしがおまえを殺すということになる。わしはおまえを生かしておきたい。わしたちは成功するのだ――おまえとわしと二人でな。わしたちは敏捷だ。頭もいいし身体もすこぶるつきに達者だ」

ぼくは返事をしなかった。彼はつづけた。「にもかかわらずだな――おまえは事情を知っておった。なぜわしに話してくれなかったのだ、サム？　なぜ隠していたのだな？」

「何を？」

「おまえは、この気持を話してくれなかった。わしは、人間がこれほどまでの平和と満足と安寧とを味わえるものだとは知らなかった。この何年来、わしはこんなに幸福だったことはない。そうだ、あの頃――」彼はちょっと謎めいた顔をしてからつづけた。「おまえの母が死んで以来だ。だが、それはどうでもいい。このほうがいい。おまえは、話してくれるべきだった」

はげしい嫌悪がとつぜんぼくを満たした。ぼくはそれまで用心ぶかく演じていた芝居を忘れた。「たぶん、ぼくが、そうは思わなかったからだ。いやあんただって思っちゃいない。ナメクジが載っかってさえいなかったら、そいつがあんたの口を通じて喋り、あんたの頭を使って考えてるんじゃなかったら！」

「まあ落ち着け、サム」優しくいった。そして——嘘ではない、彼の声音にぼくは慰められたのだ。「おまえもやがてそんなことはいわなくなる。わしを信ずるのだ。それこそがわれわれの目的なのだ。これこそがわれわれの運命なのだ。人類は分裂し、人類同士争っている。支配者（マスター）が人類を一体にしてくれるのだ」

ぼくは心中に思った。こんな考えかたにあっさり騙される左巻きのカボチャ頭もあるだろう。平和と安全の約束と引きかえに、喜んで魂の武装を解いてしまう連中もいるだろう。だが口に出してはいわなかった。

「もうそう長く待つことはない」と彼は突然計器盤を見やっていった。「すぐ軌道に入れるからな」彼は計算器を調整し計器をチェックすると、自動操縦をセットした。「つぎでとまればユカタンだ。さて仕事にかかろうか」彼は座席から立ちあがるとぼくの横の狭苦しいところにひざまずいた。「安全第一だ」彼はいってぼくの胴に安全ベルトを巻いた。

ぼくは膝をおやじ（オールドマン）の顔にぶちあてた。

彼は後しざりするとぼくを怒りもせずに見あげた。「いたずら坊主だな、おまえは。腹をたてもいいのだが——支配者（マスター）は腹などたてない存在なのだ。さあおとなしくしろよ」彼はぼくの手首と脚の縄を調べた。鼻血が出ていたが拭こうともしなかった。「これでよし。もうすこしの辛抱だ。もうそう長いことではない」

彼は操縦席に戻り、腰をおろして、肘を膝につけ前にかがんだ。それで、彼の支配者（マスター）が直接目に入ってきた。

しばらくのあいだ何も変化はなかった。ぼくも縄目をゆるめること以外には何も考えられなかった。その様子だけみると、おやじ（オールドマン）は眠っているようだったが、信用はできなかった。ナメクジの角質の茶色の表皮のまんなかに一本の線がまっすぐできはじめた。見まもるうちに、それは拡がった。やがてその下に恐るべきオパールのようなものが見えてきた。二つにわかれはじめた部分のあいだの空間がしだいに拡がっていく——そしてぼくは知った……、いまナメクジは、ぼくの父の身体の物質と生命とを吸いとりながら、二つに分裂しようとしているのだ。

同時にぼくは、ぼくの自我を持った生活があと五分とは残されていないことを、身も凍る恐怖とともに知ったのだ。ぼくの新しい支配者（マスター）が生まれつつあり、まもなくぼくに載る準備は完成しようとしているのだ。

肉と骨とでこのいましめが破れるものならば、ぼくは躊躇なく破っていただろう。だがうまくいかなかった。おやじ（オールドマン）はあがきもがくぼくには一顧も与えなかった。意識があるのかどうかさえ怪しい。ナメクジは分裂しているあいだは載っている人間に対するコントロールの少なくとも一部は放棄しているのだろう。ただ、奴隷を動けなくさせているにちがいない——
——とにかくおやじ（オールドマン）はまったく動かなかった。

ぼくが、疲れ果てどうしてもいましめをほどくことはできないことを覚って諦めたときには、銀色の線がナメクジの身体の中心を通って下までとどいていた。それは、分裂繁殖がいま完成に近づきつつあることを意味していた。ぼくの思考の方向を変えたのはそれだった……
……もしぼくの焼け焦げる頭蓋のなかに理性のかけらでも残っていたのなら。

ぼくは両手を後ろ手に縛られ足首も結びあわされたうえ、胴体は座席にベルトで固定されていた。だが脚は——縛りあげられていたとはいえ——腰から下が自由に動かせた。ぼくはできるだけ遠くまで届くように身体をずらすと、両脚を高く持ちあげた。そして渾身の力をこめて計器盤の上にぶちおろし、発射装置をひとつ残らずオンにした！

これはすさまじいGを生んだ。どのくらいだかぼくにはわからない。この車の推力がどのくらいのものかを知らないのだから、わかるわけがない。だが大変なものだったことは確かだ。ぼくらは座席にいやというまで叩きつけられた。父さんはぼく以上にひどかった。ぼくは縛りつけられていたからだ。彼が座席の背に投げつけられたとたんに、無防備の状態にあったナメクジは、二つの質量のあいだで砕けた。

そいつは飛沫をあげた。

父さんはあの恐るべき全身的反射に、全筋肉の痙攣に捕えられていた。これまで三度も見たあれだ。彼は撥ね返って操縦桿にぶつかり、顔をゆがめ、指をまげて空（くう）をつかんだ。

車は急降下した。

ぼくはなす術(すべ)もなく坐ったまま急降下するのを見つめていた――坐って、といっても、もしベルトだけで座席にかろうじてとめられている状態をそう呼ぶことができるならばだ。もし父さんの身体が操縦装置の上をどうしようもなく塞いでいなかったら、あるいはぼくも何かできたかもしれない――縛られた脚で車の首をもちあげることぐらいは。やってはみたが、うまくいかなかった。操縦装置は、ふさがれていただけではなく、たぶん滅茶滅茶に破壊されていたのだろう。

高度計は、せわしなく動いていた。ちらと目を向けたときには、一万一千フィートまで落ちていた。それから九千フィート、七千フィート、六千フィートと落ちていって、ついに最後の一マイルまで来た。

千五百フィートあたりでレーダーの連動が効いて、先端のロケットがかわるがわる火を吐いた。そのたびにベルトが胃のあたりをたちきれそうなほど締めつけた。ぼくは助かった、いまに車が水平飛行に移るのだと考えていた。だがぼくは愚かだった――父さんの身体が操縦桿をつきあげていたのを忘れていたのだ。

そう考えているうちに、車は墜落した。

ゆっくりと身体がゆれているのにしだいに気がついて、ぼくはわれにかえった。それがいやで、身体をとめようとしたのだ。ほんのちょっと身体を動かそうとしても、耐えられないほどの激痛がしたからだ。ぼくはようやく片目をあけることができた――もう片方はどうしても開かなかったのだ。ぼくはのろのろと、ゆれる原因をさぐりあてようとした。

ぼくの上に車の床があった。ずいぶん長いことそれを見つめていたあとで、ようやく床だなということがわかった。その頃になると、ぼくは自分がどこにいて、何が起こったのかということをぼんやり思いだしていた。ぼくは急降下と墜落を思いうかべた――そして、おそらくわれわれが地面にでなく水中に墜落したにちがいないと思った。メキシコ湾だろうか？そんなことはしかし、本当はどうでもよかった。

まったくとつぜん、悲しみがはげしい勢いでこみあげて、ぼくは父を悼んだ。

切れた座席ベルトが、ぼくの上にひらひらしていた。両手両脚はまだ縛られたままで、腕が片方折れていた。目の一つがつぶれたように閉じて、息をしてもずきずきと痛んだ。ぼくは、傷を数えあげるのをやめた。父さんはもう操縦桿にへばりついてはいなかった。それがぼくを戸惑わせた。ぼくは痛みを必死で耐えながら頭をまわして、良いほうの目で車のほかの部分を見まわした。父はぼくからほど遠くないところに倒れていた。ぼくの頭からほんの二、三フィートのところに父の頭があった。血まみれで冷たく、ぼくは彼が死んでしまったにちがいないと思った。その三フィートを動くのに、三十分はかかったと思う。

ぼくは頬と頬をつけるようにして、彼と顔を向きあう位置に横たわった。見たところ生命の痕跡はどこにもなく、奇妙にねじれた倒れかたからしても、死んでいる公算は大だった。

「父さん」とぼくはかすれた声でいった。それから今度は金切り声で「父さん」と怒鳴った。

彼の目がぴくぴくと動いたが、開かなかった。「やあ、サム」と彼は囁くような声でいった。「ありがとう、サムありがとう——」その声がすーっと消える。

ぼくは父の身体をゆすりたかった——しかしぼくにできるのは怒鳴ることだけだった。「父さん、目を覚まして、だいじょうぶかい？」

彼はふたたび口を開いたが、その一語一語がはげしく苦痛を呼ぶようだった。「おまえの母は——おまえにいってくれといった——おまえを自慢に思ってたと」彼の声はまたすうっと消えた。息はあの不吉な枯木をこすりあわせるような音をだした。

「父さん」とぼくはすすり泣いた。「死なないで。父さんがいなきゃぼくはだめだ」

すると父の目が大きくあいた。「いや、おまえはやっていける」彼は言葉をやすめ、苦しげに喘いだが、またいいつづけた。「わしは傷ついた」目がまた閉じた。

それ以上何をいっても返事はなかった。ぼくは叫び、わめいた。まもなくぼくは父の顔に自分のをくっつけて、涙を泥と血にまぜあわせていた。

35

かくていま、われわれはタイタン星人の掃蕩戦に向かおうとしている！

われわれ遠征参加者は、みなそれぞれにこうしたレポートを書いている。もし帰ってこないときには、これが自由な人類への遺書となる――タイタン寄生生物の機能や対処の方法についてのわれわれの知識のすべてがここにある。ケリーは正しかったのだ。一度壊れたハンプティー・ダンプティーはもとのかたちに戻すことはできない。〈慈悲計画（スケジュール・マーシー）〉の成功にもかかわらず、ナメクジどもが本当に全滅したかどうかを確認する手段はない。つい先週も、ユーコン上流地域でこぶを持ったコディアックヒグマが射殺されているのだ。

もしわれわれが帰還せず空飛ぶ円盤がやってくるようなことがあれば、人類はつねに――とくに今から二十五年間は厳重な警戒を怠ってはならない。タイタン生物がなぜ土星の一年に相当する二十九年周期を守っているのか、その理由はわからないが、彼らがそれを守っていることは確かなのだ。理由はあるいは単純かもしれない。われわれ自身も地球の一年に符合するいろいろな周期を持っている。われわれは彼らが彼らの一年のある期間だけ活動的であることを願っている。そうであってくれればこの〈復讐作戦（オペレーション・ヴェンジャンス）〉はやすやすと功を奏するだろうからである。といっても、われわれがそれを当てにしているということではないが。

ぼくは〝応用心理学者（地球外環境）〟として――神よ救いたまえ！――行くのであるが、もちろん同時に戦闘員でもある。この作戦に従事するものは従軍牧師から料理人までみなそうなのだ。われわれは本気だ。われわれはあのナメクジどもに、彼らがとんでもない大間違いをしたことを思いしらせてくれようというのである。彼らの選んだ相手がこのあたりの宇宙間で、もっともタフでやっかいで、危険でむこうみずであり、しかも有能な生命体であり、殺すことはできるがけっして手馴ずけることのできない生物であることを教えてやるのだ。

（これはぼくの個人的希望だが、あの妖精のような生物――両性人間はなんとかして救いだしてやりたいと思っている。彼らとは、なんとかやっていけそうな気がするのだ）

われわれの目的が遂行されるか否かは別として、人類はせっかく獲得したその獰猛性についての評判を持ちつづけなければならない。自由の代価はいつ、どこでも、そしてまったき大胆不敵をもって、突如襲いくる戦いに喜んで参加することにある。もしナメクジどもからこの教訓を学びとらなかったならば――「恐竜たちよ、来たれ！　われら絶滅にそなえん！」である。

この宇宙にどのような汚い陰謀が待ちかまえているか、誰が知ろう？　ナメクジなどは、ことによったら、たとえばシリウスの惑星にすむ生物たちと較べればはるかに単純素朴で友好的な存在かもしれないのだ。もしこれが前哨戦であるとするなら、われわれはこの教訓に学びメーン・イヴェントに備えなければならないのだ。われわれは、宇宙は空っぽで、したがってわれわれ人間が自動的に創造物の王者だと思ってきた。ある程度宇宙を〝征服〟してのちもその考えを改めなかった。火星はすでに死滅していたし、金星はまだその緒についたばかりだったからだ。しかし、もし人類が先頭犬(トップドッグ)たらんと欲するなら——あるいは尊敬を受ける隣人でもよい——それは戦い取らなければならないのだ。鋤を鍛え直して剣に、である。それ以外の考えかたは、オールドミスの伯母さんのらちもない空想にすぎない。

遠征に出発するわれわれは全員かつて一度はナメクジにとりつかれたことのあるものだ。とりつかれた経験のあるものだけが、ナメクジどもの陰険さを、不断の警戒の必要を——あるいは、どれだけ憎むべき存在なのかを、真に知っているからである。この旅は約十二年かかるという。おかげでメアリとぼくのハネムーンもようやく仕上げができるだろう。そうなのだ、メアリも行くのだ。行く連中のほとんどは夫婦で、独身男子の数は独身女子の数と同じにしてある。十二年といえばたんなる旅ではなく生活そのものでもあるのだ。

ぼくがメアリに、土星の衛星へ出かけるのだといったとき、彼女はよけいなこと一ついわず、「ええ、あなた」とだけいった。

たぶん、途中で、子供の二人や三人つくる暇はあるだろう。父さんのいう〝人類はたとえ行き先を知らなくても生きつづけなければならない〟からである。

このレポートはしまりがない。転写する前に推敲してしかるべきだろう。だが、ぼくはこの中にすべてをぶちこんだ。ぼくが見、感じたことのすべても。異星の生物との戦いは道具の戦いではなくて、心理の戦いだから、ぼくの考えたこと感じたことは、あるいはぼくがしたこと以上に重要かもしれない。

ぼくはこのレポートを宇宙ステーション・ベータ衛星で書き終えようとしている。ここからぼくらはアメリカ合衆国宇宙艦アヴェンジャーに移乗するのだ。推敲している暇はない。これはこのままにして、歴史家に勝手にいじくらせるほかはない。ぼくらは昨夜、パイクス・ピーク宇宙空港で父さんに、「さよなら」をいった。すると父さんはぼくの言葉を是正した。「ではまた、だろう。おまえらはかならず帰ってくるし、わしもまだまだ粘っておる。年々つむじまがりがひどくなり、やっかいものになりはするだろうが、おまえらが帰ってくるまではな」

ぼくはそうしたいと思うといった。彼は頷いて、「おまえにはやれる。おまえは死ぬにはタフで意地がわるすぎるからな。わしはおまえや、おまえに似た連中には大きな信頼をおいておるのだ」といった。

われわれはいままさに乗艦しようとしている。ぼくは元気旺盛だ。人形つかい(パペット・マスター)どもよ――自由な人間たちがいまきさまらを殺しにいくぞ！

彼らの上に死と破壊を！

侵略SFの代表的名作

作家
森下一仁

本書は宇宙生物による地球侵略をテーマとしたSFの名作である。侵略者はナメクジのような形態をしており、本文中でも「ナメクジ」と形容されているが、むしろ「ヒル」といった方がいいかもしれない。ヒルが血管に吸い付くように、人間の神経に吸い付いて精神を乗っ取る。あらゆる生物の原則にしたがってこの〝ナメクジ〟も繁殖を至上命題とし、人間を次々と自分たちの操り人形へと変えてゆく。この危機にどう立ち向かい、どう対処するか。ハインラインは持ち前の生き生きとした筆致で、主人公サムの活躍を描く。

地球が侵略される物語の嚆矢は、いうまでもなくH・G・ウエルズの『宇宙戦争』(一八九八年)である。半世紀後の一九五一年、〈ギャラクシー〉誌に三回連載された本作品は、ウエルズの創出したパターンを踏襲しながら、おもに二つの恐怖を導入することによって、侵略ものに新たな展開をもたらした。

恐怖の一つは、人間精神への寄生という、いわば個人の「内部への侵略」である。もう一つの恐怖は、そうして侵略された隣人が健全な一般人と見分けがつかないという不信感から来るもので、「成りすまし侵略」とでも名付けることができるだろう。『人形つかい』の〝ナメクジ〟がもたらす恐怖をこのような二つの側面に分解すると、それぞれ同類の作品が存在することがわかる。ざっと見てみよう。

まず、「内部への侵略」をテーマにした作品にはクラーク・アシュトン・スミスの代表的短篇「ヨー・ヴォムビスの地下墓地」（中村融編訳『影が行く』創元SF文庫所収）がある。これは、火星の遺跡に潜むヒルのような怪物が探検隊を襲い、人の頭に吸い付いてその者を支配するという物語である。この作品は一九三二年の〈ウィアード・テールズ〉誌に発表された。人間の精神に吸着するヒルというアイデアは、そのおぞましさといい、衝撃の強さといい、それだけでひとつの物語系列を形成しているといっていいかもしれない。

『人形つかい』の書かれた一九五一年にはもう一作、「内部への侵略」テーマの忘れてはならない名作が発表されている。ウォルター・ミラー・ジュニアの中篇「黒い恩寵」（川村哲朗訳／〈SFマガジン〉一九六五年六月号）がそれで、微小な宇宙生物が病原体として人間の神経組織を――そして精神をも、侵すという筋書きである。生理的おぞましさという点で『人形つかい』に優るとも劣らないが、ここでは〝侵略〟が人類にもたらす意味合いがまったく対照的なものとなっている。こうした寄生を「恩寵」かもしれないと捉えるウォルター

・ミラー・ジュニアに対し、ハインラインはあくまでも「人類への脅威」一点張りである。人間の精神も肉体も、他者に侵されることは絶対に許されない。おぞましい敵を叩きつぶすことこそが主人公の成長のあかしであり、幸福の獲得へと結びつく。このわかりやすさがハインラインの真骨頂だろう。二人の作家の思想や性格の違いを知る上でも、両作品の対比は面白い。

また、ハル・クレメントの『20億の針』（一九五〇年、井上勇訳／創元SF文庫）も、やや趣は異なるものの、当時書かれた同一分野の傑作といっていいだろう。宇宙からやって来た二体のアメーバ状生物が、人間と共生する形で、逃亡・追跡劇を繰り広げる。

こうしたテーマがいつの時代にも興味を惹くものであるとはいえ、特にこの時期、SF作家たちはヒトの「内部への侵略」に興味をもっていたように思える。なぜだろう？

ポリオ（急性灰白髄炎）という病気がある。アフリカ中部やインドなどを除き、現在ではほぼ根絶されつつある感染症だが、かつては我が国やアメリカなど先進諸国でも猛威をふるった。大恐慌直後から太平洋戦争末期まで米国第三十二代大統領の職にあったフランクリン・ルーズヴェルトが、この病気のため両足の麻痺をわずらっていたことは有名である。ポリオの感染発病の確率はそれほど高くないとはいえ、死に至るケースは多く、対応策のない二十世紀前半には極めて恐れられていた。アメリカでは「ルーズヴェルト国民基金」が創設され、対策にやっきとなったほどである。

この病気は、ポリオウイルスが脊髄を中心とする中枢神経を侵し、運動神経を破壊することで障害を起こす。ウイルスに対抗するには、免疫を獲得するためのワクチンが必要だが、そのワクチンを開発するには、当のウイルスを培養することが欠かせない。

ポリオウイルスの培養は一九三六年に成功している。しかし、それはヒトの神経組織を使うという方法によるもので、培養のための神経組織を確保するのが困難なことと、仮に神経組織を使ってワクチンを精製しても、ウイルスそのものより危険なアレルギー反応を引き起こすおそれがあり、実用の可能性はゼロに等しかった。しかし、ジョン・エンダーズ、フレドリック・ロビンズ、トマス・ウェラーの三人は、前記のルーズヴェルト国民基金の支援を受け、神経組織以外でのポリオウイルスの培養に成功した。そしてその研究結果は一九四九年一月に〈サイエンス〉誌に発表された。

この研究はそのままワクチンの開発につながるものだった。またさらに、彼らが研究のために採用した手法が画期的なものだったため、この後数年間、ウイルス研究は目覚ましい勢いで発展した。ピーター・ラデツキー著『ウイルスの追跡者たち』（久保儀明＋楢崎靖人訳／青土社）によれば、この時期は「ウイルス学の黄金時代」と呼ばれている。

このように、一九四九年初頭以来の数年間、科学界はウイルス研究の話題で沸き立っていたのである。当然、科学に関心のある一般人たちもその成果に注目していたにちがいない。ハインラインやウォルター・ミラーらが人間への寄生・共生というアイデアを膨らませたのも、そのせいではないだろうか。ポリオウイルスが人間の神経中枢に巣食うという点も、彼らの想像力を強く刺激したにちがいない。

「成りすまし侵略」の方に目を転じよう。この恐怖を描いた古典としては、ジョン・W・キャンベルの中篇「影が行く」（前出『影が行く』所収）が真っ先に挙げられる。この作品は一九三八年〈アスタウンディング〉誌に発表され、一九五一年にハワード・ホークスによって『遊星よりの物体X』として、また一九八二年にはジョン・カーペンターによって『遊星からの物体X』として映画化されている。あらゆる生きものの姿をとることができる侵略者は、もちろん人間に成りすますことも容易である。

ジャック・フィニイの『盗まれた街』（福島正実訳／ハヤカワ文庫SF）もこの種の作品として忘れることができない。こちらは『人形つかい』から四年後、一九五五年に発表された。原題からとった『ボディ・スナッチャー』というタイトルのもとに何度も映画化されている。この種の作品は映画化されやすいのだろうか、フィリップ・K・ディックの一九五三年の傑作短篇「にせもの」（『パーキー・パットの日々』浅倉久志訳／ハヤカワ文庫所収）も『クローン』として二〇〇一年に映画化されている。

外見は人間でありながら中味はまったくの別物という存在は、私たちの社会を根底から揺るがす。私たちが社会生活を営めるのは、他人も自分と同じ「心」をもっていることを前提としているからである。その前提が崩れるとしたら、一人一人が孤立して生きるしかない。社会そのものが成り立たなくなるだろう。

この種のSFが一九五〇年代のアメリカで多く書かれた理由について、ピーター・ニコルズ編『SFエンサイクロペディア』は次のようにいっている——

これはいわゆる冷戦時代で、アメリカ人は、共産主義者とホモセクシャルがアメリカ的な暮らしをくつがえすため、ひそかな企みを進めていると日常茶飯的に信じこむよう奨励された。（中略）共産主義者とホモセクシャルの決定的なところは、誰でも知っているように、彼らが見かけはわれわれとまったく変わらないということである。したがって人間そっくりの異星人についての物語が先例のない人気を博した。（福本直美訳／〈SFマガジン〉一九八四年十一月号）

この指摘が本書にも当てはまることは容易に理解できる。『人形つかい』を反共小説として読むのは簡単だし、ハインライン自身もそれを否定しなかったにちがいない。しかし、〝ナメクジ〟に乗っ取られた者と共産主義者とは、この作品では同一視されていない。はっきり別のものとして扱われている。そこに注意を払っておきたい。もし、〝ナメクジ〟が単純に共産主義のアレゴリーであれば、本書はベルリンの壁の崩壊やソビエト連邦の解体とともに過去の遺物と化していたことだろう。ソ連が存在する世界を描いていることで歴史的作品となっていることは間違いないが、ストーリーの本質は時代遅れになっていないのである。ハインラインが描いた「人間の心をもたない人間」の恐怖は、イデオロギーの異なる人間を排斥する気持ちを超えた、さらに普遍的かつ根源的なものだった。

脳神経学者のV・S・ラマチャンドランは『脳のなかの幽霊』（サンドラ・ブレイクスリーとの共著、山下篤子訳／角川書店）で「カプグラの妄想」という「神経学でもいちばん稀で派手な部類に属する」病状を紹介している。この病気の患者は自分の親や兄弟などごく親しい人物を「にせもの」だと感じる。外見は親や兄弟と同一だが、本物だと信じることができないのである。それどころか、アルバムに貼られている自分の写真を見て「これは僕にそっくりですが、僕ではありません」といったり、さらには、本物の自分が別にいるといったりする。患者は自分自身をさえ「にせもの」と感じることがあるのである。

ラマチャンドランは、この妄想が、脳の中の「顔の認知」を担当する領域と、「親しさの感情」を生み出す領域の間の連絡が途絶えたことによる障害であることを明らかにしている。そして、周囲のものごとが「親しさの感情」と結びつくことによって初めて、私たちは世界を馴染みのある統一のとれたものと感じることができるのではないかと示唆する。逆にいえば、この機能が失われると、人は見知らぬ世界に一人で投げ出され、自分自身を信じることさえできなくなってしまうのである。「成りすまし侵略」を描くSFは、この重大な恐怖をいつの間にか探り当てていたのである。

ハインラインの好む、強くて立派な父親、美しくて優しい伴侶、可愛い猫——どれもハインラインでなくても好むに決まっているが——は、カプグラ・シンドローム的状況のもとでは決して手に入れることができない。この恐怖に捉われると、人は、自分が自分であることさえもわからなくなってしまう。『人形つかい』の主人公サムの活躍は、親しい世界を守るとともに、自分自身を獲得するためのものでもある。

話を再度「内部への侵略」に戻そう。

エンダーズらのポリオウイルスの培養成功から数年後、ソークワクチンとセービンワクチンという二種類のワクチンが相継いで開発され、ポリオは先進国から駆逐されることになる。もちろん、これは『人形つかい』が書かれた後のことである。しかし、すでに書いたように、このことは予想されたとおりの成果だった。免疫による侵略者への反撃という医学的筋書きは、おそらくハインラインがこの物語を構想する際、なんらかの影響を与えたに違いない。それがどのようなものであるかは、本書を読んでご確認願いたい。

また、〝ナメクジ〟から大統領を守るという主人公の立場には、ポリオの後遺症に悩まされたアメリカ大統領に対するハインラインの思いが籠められている――というのは、うがちすぎた見方だろうか？

ともあれ、『人形つかい』における〝ナメクジ〟との戦いからは、様々な意味を汲み取ることができる。それだからこそ、この作品は名作であり続けているのだと思う。

本書は、一九七六年十二月にハヤカワ文庫ＳＦから刊行された『人形つかい』の新装版です。

ロバート・A・ハインライン

夏への扉〔新版〕
福島正実訳

ぼくの飼っている猫のピートは、冬になるときまって夏への扉を探しはじめる。永遠の名作

〈ヒューゴー賞受賞〉
宇宙の戦士〔新訳版〕
内田昌之訳

勝利か降伏か——地球の運命はひとえに機動歩兵の活躍にかかっていた！　巨匠の問題作

〈ヒューゴー賞受賞〉
月は無慈悲な夜の女王
矢野　徹訳

圧政に苦しむ月世界植民地は、地球政府に対し独立を宣言した！　著者渾身の傑作巨篇

人形つかい
福島正実訳

人間を思いのままに操る、恐るべき異星からの侵略者と戦う捜査官の活躍を描く冒険ＳＦ

輪廻の蛇
矢野　徹・他訳

究極のタイム・パラドックスをあつかった驚愕の表題作など六つの中短篇を収録した傑作集

ハヤカワ文庫

アーシュラ・K・ル・グィン&ジェイムズ・ティプトリー・ジュニア

〈ヒューゴー賞/ネビュラ賞受賞〉
闇の左手
アーシュラ・K・ル・グィン/小尾芙佐訳

両性具有人の惑星、雪と氷に閉ざされたゲセン。そこで待ち受けていた奇怪な陰謀とは?

〈ヒューゴー賞/ネビュラ賞受賞〉
所有せざる人々
アーシュラ・K・ル・グィン/佐藤高子訳

恒星タウ・セティをめぐる二重惑星——荒涼たるアナレスと豊かなウラスを描く傑作長篇

〈ヒューゴー賞/ネビュラ賞受賞〉
風の十二方位
アーシュラ・K・ル・グィン/小尾芙佐・他訳

名作「オメラスから歩み去る人々」、『闇の左手』の姉妹中篇「冬の王」など、17篇を収録

〈ヒューゴー賞/受賞〉
愛はさだめ、さだめは死
ジェイムズ・ティプトリー・ジュニア/伊藤典夫・浅倉久志訳

コンピュータに接続された女の悲劇を描いた「接続された女」などを収録した傑作短篇集

たったひとつの冴えたやりかた
ジェイムズ・ティプトリー・ジュニア/浅倉久志訳

少女コーティーの愛と勇気と友情を描く感動篇ほか、壮大な宇宙に展開するドラマ全三篇

火星の人〈新版〉（上・下）

The Martian
アンディ・ウィアー
小野田和子訳

有人火星探査隊のクルー、マーク・ワトニーはひとり不毛の赤い惑星に取り残された。探査隊が惑星を離脱する寸前、思わぬ事故に見舞われたのだ。奇跡的に生き残った彼は限られた物資、自らの知識と技術を駆使して生き延びていく。宇宙開発新時代の究極のサバイバルSF。映画「オデッセイ」原作。　解説／中村融

ハヤカワ文庫

アイザック・アシモフ

われはロボット〔決定版〕
小尾芙佐訳

陽電子頭脳ロボット開発史を〈ロボット工学三原則〉を使ってさまざまに描きだす名作。

ロボットの時代〔決定版〕
小尾芙佐訳

ロボット心理学者のキャルヴィンを描く短篇などを収録する『われはロボット』姉妹篇。

〈銀河帝国興亡史1〉
ファウンデーション
岡部宏之訳

第一銀河帝国の滅亡を予測した天才数学者セルダンが企てた壮大な計画の秘密とは……？

〈銀河帝国興亡史2〉
ファウンデーション対帝国
岡部宏之訳

設立後二百年、諸惑星を併合しつつ版図を拡大していくファウンデーションを襲う危機。

〈銀河帝国興亡史3〉
第二ファウンデーション
岡部宏之訳

第一ファウンデーションを撃破した恐るべき敵、超能力者のミュールの次なる目標とは？

訳者略歴　1929年生，1976年没，作家，評論家，翻訳家　訳書『夏への扉』ハインライン，『幼年期の終り』クラーク，『鋼鉄都市』アシモフ，『盗まれた街』フィニィ（以上早川書房刊）他多数

HM=Hayakawa Mystery
SF=Science Fiction
JA=Japanese Author
NV=Novel
NF=Nonfiction
FT=Fantasy

人形(にんぎょう)つかい

〈SF1541〉

二〇〇五年十二月十五日　発行
二〇二四年九月十五日　三刷
（定価はカバーに表示してあります）

著者　ロバート・A・ハインライン
訳者　福島正実(ふくしままさみ)
発行者　早川浩
発行所　株式会社早川書房

郵便番号　一〇一－〇〇四六
東京都千代田区神田多町二ノ二
電話　〇三－三二五二－三一一一
振替　〇〇一六〇－三－四七七九九
https://www.hayakawa-online.co.jp

乱丁・落丁本は小社制作部宛お送り下さい。
送料小社負担にてお取りかえいたします。

印刷・株式会社精興社　製本・株式会社フォーネット社
Printed and bound in Japan
ISBN978-4-15-011541-8 C0197

本書は活字が大きく読みやすい〈トールサイズ〉です。